娑萨朗 VII

神秘的红嘴乌鸦

雪漠

著

作家出版社

娑萨朗，娑萨朗，我生命的娑萨朗。

目 录

第六十九乐章

唯一的幸存者泄露了巫师的秘密。谁能想到无心的倾诉却引起了他的怀疑。可是他并不知道，对圣者的怀疑暴露的是他那颗不清净的心。无念隐藏了恶人的行迹，他正悄悄尾随圣者，伺机下手……

第 177 曲　怀疑

看着洞内满目干尸堆积如山，
胜乐郎一行便开始寻找可疑的线索。
只看见刺斜里一个人影闪出，
武士们纷纷抽出了兵刃准备迎敌。
武丁更是纵身一跃挡在胜乐郎身前，
却见那人嗵的一声跪在地上，
啥话都没说先痛哭了一气。

胜乐郎定睛一看，
发现那人穿着欢喜军的衣服，
也许是地上那堆干尸们的同伴。
只见他头发上夹着干草，衣服上也沾满了尘垢，
大概是一直东躲西藏，才能险乎乎存活至今。
再看那人痛哭的样子，似乎经历了莫大的委屈。
胜乐郎心中一软，便打算等他哭够了之后，
再细细地向他询问缘由。
幻化郎和三武士见状，
也放下了手中兵器静静等候。

那欢喜兵哭了半晌终于平静，
然后用衣袖抹干了眼泪鼻涕，
再深呼吸了几下，
才一字一句地开始叙述事情起末。

他说他是欢喜国士兵，

奉王命跟战友们一起来迎接巫师。

后来那巫师以赐福为由给大家授权，

谁知授权仪式结束，大家就瘫倒在地，

变成了一堆干尸。

他之所以能逃过一劫，

是因为在欢喜国偷偷拜了师尊，

他对那位师尊有不共的净信，

所以没有接受巫师授权也没对人提起，

只是悄悄地躲开不去参与。

过了好一会儿，他看到那原本虚弱的巫师

竟红光满面地自己走出洞外，

还得意扬扬地仰天狂笑了一番。

他心中恐惧便没敢现身，

直到巫师离开了很久，

他才偷偷地回到洞内，

看到了眼前这番惨况。

他猜那巫师一定是用某种法术

吸取了同伴们的元精，

假如那巫师知道自己还活着，

一定会将他杀人灭口。

所以他不敢回去欢喜国，

也不知道自己可以去哪里，

于是一直躲在周围，以野草野花为食，

勉强活到了现在。

他看到胜乐郎一行远远走来，

也看到他们一路上都在超度亡灵，

猜想他们一定是慈悲的高人，
这才冲到他们面前，
希望能得到他们的庇护和帮助。

幻化郎长叹："善哉善哉，
想不到你竟有如此信心，
面对利益诱惑，却没被
那巫师的花言巧语所蛊惑，
也正是这信心救了你的性命。"

那欢喜兵现在已平静下来，
于是他点了点头表示明白，
然后小心翼翼地问询五人身份，
以及他们为何来到这深山。

这下武丙总算找到了表现的机会，
只见他上前一步说明来意，
语气中尽是掩饰不住的自豪和优越。
他说胜乐郎大德已知道巫师罪行，
此番前来就是为了消灭那巫师。

没想到一听"胜乐郎"三字，
那人一声惊叫倒头便拜。
只见他的额头像蒜锤般砸在地上，
没几下便渗出了殷红血迹。
这一下众人都感到纳闷，
就算这欢喜兵死里逃生，
也不必大惊小怪如此夸张。

等到那欢喜兵终于拜完起身，
说出自己身份，大家才恍然大悟。
原来他的师尊竟是胜乐郎弟子，
徒孙见到师爷岂有不拜之理？
加上那九死一生后的激动以及
朝夕相伴的战友们无故凶死的悲痛，
诸多情绪互相交杂汹涌澎湃，
他一时难以自抑才会如此失态。

然而他还是犯了一个错误，
因为刚才是幻化郎和他说话，
他便以为幻化郎就是胜乐大德。
此时这一顿跪拜虽然情真意切，
他却不知道自己跪错了对象。
更令人忍俊不禁的是，
还没等别人做出反应，
他又跪下抱住幻化郎的大腿，
一把鼻涕一把泪地放声恸哭，
还一边哭一边大声喊道：
"我的师爷啊，您大慈大悲！
我的师爷啊，您大恩大德！
您的救命之恩我永生难忘，
能在此地遇到您是世尊显灵。
您可知这些天我水米未进，
每日里在心中虔诚地祈请？
啊啊啊啊我的胜乐师爷啊，
您就是世尊您就是真神！"

众人看到这一幕差点哄堂大笑，
却又不忍心打断他的倾心号哭。
幻化郎哭笑不得地将他扶起，
指着胜乐郎告诉这迷糊的徒孙：
"他才是胜乐，你的正牌师爷。
不过，你这一声'师爷'也没有叫错，
我和他同门，也是你师爷。"

那欢喜兵一听不禁满脸通红，
顿时局促不安地连连搓手。
他望一眼胜乐郎又望一眼幻化郎，
那表情说不出有多么尴尬。
众人再也忍不住一个个发出笑声，
连那胜乐郎本尊也一脸笑容。
但他倒不是笑那徒孙迷糊，
而是为那一片赤诚之心而感动。
只见他走上前来拍拍徒孙肩膀，
说："好孩子啊你不必尴尬，
你的那份纯净信心最是宝贵，
无论跪谁都是跪自己的恩师。
难得你如此虔诚，
那祈请之力才感召来这场相遇，
这也是一种殊胜的法界因缘。
眼下你已经彻底脱离了危险，
先吃一些东西恢复体力，
有话慢慢说不必着急。"
说着又让武丙拿出了干粮，

连同水壶递给了可爱的徒孙。

这一说那欢喜兵才缓和了面色，
接过干粮和水壶感激流涕。
看看胜乐郎他又想要叩拜，
胜乐郎却轻轻托住他的手臂，
说："好孩子不必如此拘礼，
只要你能虔诚净信你的师尊，
远胜于在我面前磕一万个响头。
也正是因为你的那份坚定信心，
才保住了性命没被巫师戕害。"

欢喜兵闻言忸怩不安，
说那些士兵们也并非完全盲从，
只是那巫师的理论天衣无缝以假乱真，
和正法极其相似有很强的迷惑性。
他也强调净信强调全然接受，
他也要求无我放下防范意识，
他也说有信心才能得加持之力，
大家听这说法跟经典吻合便生起信心，
才被那巫师勾摄了元精。

却不料说者无心听者有意，
听了欢喜兵这一番话后，
三个武士莫衷一是各怀心思。
武甲的心里擂起了隆隆战鼓，
他悄悄地向自己问道，
如果胜乐师尊要取他性命，

他能不能毫不犹豫地供养？
扪心自问，他好像没有这种信心。
尽管他知道胜乐师尊是具德师尊，
尽管他知道生死只是幻觉，
尽管他知道修行的本质是相应师尊，
但所有的知道，只是道理上的知道。
他不贪荣华不慕富贵，
却舍不下他宝贵的生命，
更害怕死亡之神的降临。

武丁闻言只是怜悯那些众生，
觉得他们遇到了邪师邪法，
才会白白葬送慧命。
他看着那一地的干尸默默感慨，
心想若是赶在士兵们前面到达，
就不会发生这令人痛心的惨剧，
更不会让那巫师再一次死里逃生。
但这也是无可奈何，他们已经日夜兼程，
极力想要避免这种局面，到头来
却还是晚了一步。
随即他又想起那漫山遍野的尸体，
心里便生起了一种浓浓的悲哀。
因为他知道，巫师一日不除，
这景象定然还会再次出现。
他更庆幸自己遇到的是胜乐师尊，
师尊是举世闻名的殊胜大德，是真正的大成就者。
能在师尊门下学习正法，
而不用走那弯路，更不会被邪师迫害，

真是三生有福七生有幸。

那武丙的心里却如遭锤击，
内心掀起了惊涛骇浪。
他平时擅使心计弄虚作假，
总怀疑他人也同样不诚。
于是那欢喜兵的三言两语如同利剑，
直通通戳中了他内心的敏感点。
他不由自主地将胜乐郎对号入座，
发现那巫师说的话竟和师尊相同。
都是要求净信和全然接纳，
都是要求供养和放弃自我。
这让他疑心大起如受惊的兔子，
不由得怀疑胜乐郎是不是也另有所图。

于是，他开始放飞他思绪的野马任其驰骋——
万一胜乐郎是另一个巫师，
自己岂不是也会像那干尸般被榨取？
虽然自己的修为蒸蒸日上，
谁敢保证不是胜乐郎放出的烟幕？
说不定他也在暗处勾摄他的精气，
说不定自己还是他廉价的劳动力，
说不定那奶格玛也是他编造的故事……
他还想，更有可能，
胜乐郎其实是个野心家、阴谋家，
他潜水极深也隐匿极深，
他一切的行为都是伪装，
只为得到最后一刻的天大利益。

这一想武丙头晕目眩仿佛受了天大的打击，
心中更像有无数只兔子在猛踢。
他惶恐不安如惊弓之鸟，
感觉前途渺茫如一叶浮萍。
仿佛所有的"说不定"，
都成了铁定的事实，无懈可击。
一阵阵心慌一阵阵波动一阵阵疼痛，
一阵阵痉挛一阵阵乏力一阵阵怀疑。
仿佛自己所有的坚持都失去了意义，
自己变成了胜乐郎实现个人利益的工具。
虽然他没有任何的确切证据，
但还是感到灵魂的宫殿瞬间坍塌。

殊不知他所有的怀疑，
都源自他内心的污垢——
他耍弄心计已成习惯，
便怀疑师尊也耍弄自己；
他自欺欺人成了常态，
便怀疑师尊也欺骗自己；
他拿蝇头小利诱惑别人，
为达目的而常施小惠，
也便怀疑师尊计功谋利，
将他对自己的着力培养，
也当成了师尊实现个人利益的筹码。
所有的怀疑都是他的内心投影，
有怎样的心就会看到怎样的师尊。
就像他从不怀疑胜乐郎学养深厚，

因为他自己也是个好学的种子。
他更不怀疑胜乐郎是名门之后，
因为他平时从不看重别人身份。
他心中没有那概念，
对很多事情就不会产生关注。

这就是那怀疑之心的本质，
所有的怀疑都是自己的投影。
可武丙此时却并没有意识到，
他不具备那觉察的能力，
他只是陷入了风暴里无法自拔，
更不可能隔着那风暴观察自心。

要说那怀疑也确实有趣，
平日里武丙跟着师尊鞍前马后，
这些疑心也没有探出过头。
此时那欢喜兵不过是一番话，
便激起了心中无限的涟漪。
就像在始料不及之间，
一块石头落入了平静的水面。
他像活活吞下了十来只老鼠，
有一些恶心有一些反胃，
有一些慌乱有一些眩晕。
也像从心底里伸出一只手臂，
一下一下地往下拽他的心。
并且那手臂的纹理还十分粗糙，
把他的内心刮出阵阵撕裂的疼痛。
还像在喉轮与心轮之间，

长出了一棵带刺的仙人掌，
动与不动，都是钻心的疼痛，
让他吐不出来又咽不下去，
让他病骨支离浑身无力。
他甚至觉得灵魂的殿堂天塌地陷，
他被抛入了风中无所凭依。
那是怎样的一种恐慌和孤苦啊，
仿佛那风中的秋蝉般末日降临。

在内心怀疑之毒的侵袭下，
武丙失魂落魄仿佛也成了干尸。
胜乐郎的一举一动都充满疑点，
他总会想到背后有不可告人的勾当。
他拼命告诉自己不能有这些想法，
修行的根本就是要净信师尊。
可他越是压抑，那些贼寇越是猖狂，
他找出一千个理由净信师尊，
他的脑海中就会冒出
一千零一个理由怀疑不断挑衅。
他发现这世上没有绝对的真相，
所有的真相都是自己愿意去相信。
他像个不断说服自己的推销者，
却总是被怀疑的客户冷冰冰地拒绝。
时间一长武丙的脸色就成了阴晴不定的天空。
师尊指派的任务也开始消极怠工。
他怕受到胜乐郎的欺骗和利用，
像那些干尸一般白白损失了生命。
于是他将自己装入了怀疑的牢笼，

并且自以为这牢笼才是他的防护罩。
对曾经敬爱有加五体投地的师尊，
他开始想远离，却又身不由己地靠近；
当他想靠近，却又鬼使神差地远离。

然而这是后话暂且不表，
再回到胜乐郎见到徒孙的当下。
胜乐郎好像对弟子们的心事并无察觉，
他既没有回应脸上也没有愠色。
他甚至没有多看武丙一眼，
只顾为那欢喜兵解疑，
然而他的回答之中，似乎也隐含着
武丙正在寻找的谜底：
"区别仅仅是形式背后的那颗人心——
存善心就是善行慈悲摄受，
存恶心就是恶行蚀骨勾魂。
虽然这些欢喜兵是被巫师欺骗，
本质上却也是因缘的聚合。
他们的心性中必然有遇害的种子，
又或者在过往的行为里已种下今日的恶果。
如果既没有心性种子也没有行为恶因，
就如同你这样的孩子遇到灾难也会躲过。

"孩子啊，当知道正邪只在一线间，
真正的大德都具备无上的内证，
接近他便会感到身心融入了清凉。
只因他的功德已经形成了气场，
无形无相却能磁化周围的人心。

这一点不是鹦鹉学舌者所能伪装，
犹如那明月高空对烛光的荧荧之火。

"当然，那些心中污垢无比深厚者，
即便是感受到清凉也依旧会怀疑。
此时他唯有跟随着师尊不离不弃，
天长日久那毒素逐渐消融。
如同乌云消散阳光总会射出，
不知不觉间发现污垢已经清除。
真正的善知识只会让你越来越清凉，
而不像邪师邪法一直加重你的欲望。

"你也可以观察大德的行为，
一个人的行为高不过他的心。
只是这需要长久的时间，
更需要一双清净无染的眼睛。
若是心中的毒素蒙蔽了双眼，
便会对那善行产生歪曲的解读。
他会用自己充满偏见的眼光，
去审视大德们纯善无我的行为。
每个人的行为都高不过自己的心，
每个人的世界更高不过自己的眼。

"孩子啊，不要怕，
那些污垢仅仅是霜花。
你们的师尊有大智，
只要不离不弃一起前行，
自然会融入智慧的光明。"

胜乐郎说完了这番话语，
更释放出一波波的加持。
那清凉之波仿佛徐徐春风，
抚平了在场每个人的心绪。
众人都陶醉在那清凉之中，
内心空明极其柔软，
仿佛喝下了百年老树之香茶，
默默品味着竟久久无言。
武丙的怀疑之毒开始消失，
真的像太阳下的露珠那般蒸发。
他的灵魂仿佛经历了一场劫火，
火焰散去，顽垢成灰，
只剩下一片空寂一片安详。
他的身体也像是植入了新的程序，
不由自主开始叩拜胜尊。
他的这一行为也带动起众人，
大家纷纷跪在地上对师尊顶礼。

这就是成就师的无形摄受，
这就是成就师的智慧加持。
虽然没有一句咒语和铃声，
却如同那甘霖般注入每一个心灵。
成就师的每句话都是法界甘露，
不知不觉间便埋下了智慧的种子。

然而那武丙虽然此刻被磁化，
几天后怀疑的毒素还是会复发。

真的如胜乐郎所说的那样，
即便是感受到证量也依旧会怀疑。
怀疑那清凉也可以伪装，
怀疑那邪魔外道也有这种证量。
这世上似乎没有他相信的事情，
所有的事物都能找出证伪的理由。
只因那问题本质是他的毒素未清，
瘀积在脉结里才无法自在。
因此他还需要继续对治，
依靠祈请和观修来扫除。

第 178 曲　追踪

武丁看到干尸于心不忍，
他想请胜乐郎超度冤魂。
自从上次被师尊批评，
他便开始提醒自己要心怀慈悲。
胜乐郎本想让武丁超度，
又想不能让他风头太盛，
若是给他太多不同的待遇，
其他师兄难免会心存芥蒂。
他要保护武丁不招人嫉妒，
因为那嫉妒会招来违缘。

于是他在一闪念中观出了师尊，
又持诵《安魂咒》熄灭嗔恨。
眼见一个个灵体相继飞来，
像风中的烛火般围着师尊，
飘忽不定忽明忽暗，
一粒粒一个个璀璨晶莹。
胜乐郎鼓动起大宝瓶气，
借瓶气的力量猛念咒语，
仿佛那喷气式飞机开足了马力，
嗖的一声便飞龙在天。
从此冤魂融入清凉净境，
再也不回那污浊的红尘。

这一来冤死者得遇胜缘，
福兮祸兮果然无常转换。
所有人都感到一片清凉，
所有的阴气于瞬间消散，
顿时风和日丽清明无限，
仿佛太阳出来雾气消融。

随后胜乐郎让弟子们找来工具，
将这些尸体就地掩埋。这既是
对亡者的一份尊重，
也是培养弟子们慈悲精神的良机。
接着他和幻化郎商量对策，
思考下一步该如何行动，
既然巫师已痊愈离开了此处，
他们该去何处寻觅巫师。

幻化郎说："师兄不必担忧，
那巫师纵然已恢复体力，
也需要休养才敢与我们对决。
而且他的命能已经足够，必然不会
再这样大肆杀害百姓，
且让我在法界系统里观察，
看他身居何处现状如何。"
说着，幻化郎拿出金刚杵念咒开屏，
将意念植入法界系统。
他仔细搜索，认真分辨，
却不见一点巫师的踪迹。
他从中心寻到边缘，再从边缘搜到中心，

巫师却蒸发了一样无影无踪。
这让幻化郎百思不得其解。
莫非那巫师也像胜乐郎一般，
修到了无形无相融入虚空？

胜乐郎闻言却摇一摇头，
他不信巫师能契入空性，
否则他就是圣贤而不是魔王，
他们也不用如此劳心劳神。
他还说造化系统也有缺陷，
只能检测到活动脑波，
那巫师定然是进入了无记顽空，
无思维无心念波动如顽石一般。

幻化郎闻言恍然大悟，
想起自己也曾借无想躲避追杀。
那种日子真是朝不保夕，
就像在地狱里一样受尽煎熬。
仿佛一秒的疏漏都不能有，
否则就会有杀手乘虚而入。
如今他好了伤疤忘了疼，
那刻骨的岁月也成了天边的风。
可见，生命的本质是记忆，
而所有的记忆，终将归于遗忘。

这时武丁武丙拿了封书信跑来，
说是他们刚才从尸体上翻出。
看起来像是欢喜国文书，

也许是欢喜郎给巫师的口信。

胜乐郎闻言紧锁眉头，
并没有接过那封文书，
他反而厉声呵斥武丁，说翻人家身体
便是不尊重亡者。
修行修的是一个个细节，
不注重细节就没有修行。
翻查别人身体是侵犯人权，
想得到物品更是一种贪婪。
"你们当换位思考一下，
别人翻查你的尸体你会有何感想？"

武丁闻言连忙诺诺，
他觉得师尊的话仿若惊雷。
自己总是于不觉间犯下错误，
若不是师尊提醒便要误入迷途。
他发现师尊对他越来越严厉，
动辄便是劈头盖脸的训斥，
这让他惶恐也让他窃喜，
因为师尊已开始对他打磨。

武丙却下意识寻找理由，
因翻查尸体是他的主意。
他说他们没有工具埋尸，
只能取之于尸再用之于尸，
也想找到物品服务于大家，
并没有贪图欲望的私心。

他感到自己受了委屈，
想不通师尊为何训斥。
再说那欢喜兵神识已被超度，
也不会产生不快之心。

胜乐郎听了武丙的辩解，
皱皱眉头只保持沉默。
修行的本质在于调伏自心，
若舍本逐末就忘记了本原。

更何况师尊已点出问题，
武丁立刻答应全然接受，
武丙却抱着自己的成见，
总巧言令色为自己开脱。
其心性显然还不成熟，
却空谈真理自我感觉超好。

胜乐郎只是长叹一声，
并没揪住其耳朵反复提醒。
该说的都说了多说无益，
吸收多少全靠弟子心性。
只有学会了净信师尊，
明白了根本才会成长。

再说幻化郎看过了情报，
又细细问过幸存的欢喜兵。
对方说是接到命令要护送巫师，
至于其他的事情他一概不知。

因此幻化郎想去欢喜国搜寻，
胜乐郎却观出了另一种因缘，
电光石火间他脑中闪出画面，
欢喜、威德两国发生了战争。
并且这一战惨烈异常，
有无数的生命化为了血光。
他想先去那战场上进行调停，
看能不能阻止这一场杀戮。
至于那巫师随他去吧，
功亏一篑也是一种因缘。

幻化郎听完了胜乐郎想法，
却并不赞同师兄的计划。
他想趁巫师刚刚恢复继续追击，
一鼓作气将其彻底消灭。
至于那欢喜、威德两国的战争，
也不是谁说说便能够调停。

胜乐郎却说事有轻重缓急，
那巫师现在隐匿了脑波，
一时半会难觅其踪影，
但两国的战争正如火如荼，
无数的生灵正遭涂炭。
要知道救人一命胜造七级浮屠，
与其谴责黑暗不如弘扬光明。

这一番道理让人十分信服，
幻化郎却感到心中不爽。

虽也承认胜乐郎言之有理，
但又觉得他总是高高在上。
张口闭口都是绝对真理，
这样的人生好生无趣。
何况同门师兄本来平等，
凭啥自己要服从对方？
他有心再找些理由反驳，
话到嘴边却咽回肚里。
在晚辈面前争论十分不妥，
于是他放弃了自己的主张。

胜乐郎却没有这么多想法，
更不会刻意维护形象。
他的一言一行皆出自真心，
自然纯朴毫无造作与刻意。
别人有看法是别人的事，
他只管安住于真心随缘任运。
即便是他和弟子谈话，
也没将他们当成心外的存在。
他心光和万物已达成一昧，
在那种境界里无我也无你，
没有二元对立也不分彼此，
更不会卖弄表演或运用机心。
他只是安住境界自言自语，
用一生的时间完成最好的自己。

幻化郎却还未达成一昧，
还会为博取认可而诸多造作。

虽然他表面上服从了师兄，
但仍会时不时就打开系统查询，
一旦发现巫师便会兵分两路，
自己会抡刀直奔巫师，
让胜乐郎去救度他的众生。

第 179 曲　火帐

望着那六人渐渐远去，
巫师露出了胜利的微笑。
原来他一直潜藏在附近，
时刻观察着胜乐郎一行。
只是他安住于无记和顽空，
就像穿了一件隐形的衣服。
别人不知道他近在咫尺，
他却能将别人一一看清。
他也听到胜乐郎说他不懂空性，
他觉得这种说法真是荒诞至极。
他是证得无相境界的大魔王，
怎么可能不知道空性是何物？
他不但觉得自己懂得空性，
甚至觉得自己已证悟空性。
因此他动辄就谈玄论道口若悬河，
享受那魑魅魍魉们的仰慕之情。
却不知自己真的没有智慧正见，
至于那慈悲更是一星不存。
但正邪之别就是这样微妙，
虽谬以千里却像是相差毫厘。
要是他补全那毫厘之别，
就会明白那慈悲和正见。
此时他就会像胜乐郎所说，

不再是魔王而成了圣贤。

可惜那巫师并不想成为圣贤，
他只想尽情地掠夺和享受。
他喜欢听到痛苦的哀号，
他喜欢让人间充满血腥，
他喜欢看人们钩心斗角，
若天下太平他反而会无聊。
他就是那种纯粹的恶人，
邪恶已变成了他的信仰。
但他当然不想要邪恶的后果，
他也像凡人一样害怕无常。

所以，躲过致命危机的这一刻，
他感到如释重负畅快无比。
但他明白这只是暂时的安全，
而且这种安全背后还有隐患——
他万万没想到，自己竟留下了活口。
他对人性的贪婪很有把握，
以为没人能拒绝那天大的诱惑。
不承想却会出现漏网之鱼，
将那信仰看得比欲望更重要。
这就是做事不谨慎的结果，
但他并不想就此认命。
他想尽快处理掉那个欢喜兵，
以免给胜乐郎留下告状的把柄。

他还发现，胜乐郎和幻化郎联手，

已对他构成了极大威胁。
他这次之所以暴露行迹，招来
胜乐郎金刚火焰的远程打击，
也是因为那两人取长补短，
对他进行了联袂攻击。
幸好两人的组合并非无懈可击——
幻化郎的身上仍有凡人的弱点，
他固执，甚至对师兄暗暗不服，
这些都是自己的可乘之机。

于是他的心中生出了万千恶意，
他要挑拨离间煽风点火，
他要让他们两人手足相残同室操戈，
他要让两人的联盟彻底破裂。
此刻，他仿佛已看到了煮豆燃萁，
心里荡漾起一波波快意。
那快意携带着微弱的电流，
充斥在细胞里激荡出一阵阵酥麻，
愉悦的感觉好似灵魂在飞扬。

可转念一想到自己当下的处境，
他不由得惊出了一身冷汗，幸好
胜乐郎们没有感应到他刚才的脑波，
否则还没等他行使那离间之计，
他们就会立马回来，将他斩草除根。
于是，他马上平复了心绪，
继续安住于无念无住犹如顽石。

现在，他面临新一轮的选择：
是留在这青山里继续隐修，
直到外伤痊愈内力恢复，
还是去欢喜、威德的交战之处，
乘杀戮的戾气助长他的邪风？
从本性上来说，他不是一个隐修者，
他是一个不甘寂寞的人，
他害怕世界忘掉自己。
因此他很难静静地躲在一个地方，
哪怕那也许是最好的方法。
无论眼前的敌人多么强大，
无论眼前的难关多么巨大，
他都想搅起更多的腥风血雨，
壮大自己在法界的势力。
这已经成了他牢不可破的生命程序。

他左右权衡上下思量，
决定暗中尾随胜乐郎。
他知道，灯烛之下最是黑暗，
越是黑暗越是安全，
只要他时时安住于无记，
他们就找不到他的踪迹。
到达那血腥杀戮的战场之后，
他便有了无数的欢喜兵保护。
对方再想刺杀也难上加难，
他便能肆无忌惮随心所欲。
当然，在此之前他必须杀人灭口，
不能让那幸存的欢喜兵回到军营。

何况他知道胜乐郎的弱点，
在斗法时总是心慈手软，
也明白自己气数未尽，
所以不管斗法如何危险，
他总能转危为安化险为夷。
他更知道自己是欲望的载体，
只要有罪恶和欲望，他就不会死去。
只要保护好自己的肉体，
不被胜乐郎从肉体上消灭，
这世上就有他的容身之处，
他可以伺机卷起欲望兴风作浪。

于是他暗暗跟随胜乐郎下山，
一路上提醒自己安住于无念。
不要被胜乐郎的出现搅动了心神，
不要因内心的仇恨乱了方寸。
只要他安住于死水波澜不兴，
就不用担心被胜乐郎发觉。
等到他功力恢复后再报仇雪恨，
定要将胜乐郎的团队粉身碎骨。
只见他一边跟踪一边静养身体，
很快，功力就恢复到六成，
已能驱使那诸多的傀儡，
去执行一些简单的任务。

这时胜乐郎的队伍也发生变化，
那幸存的欢喜徒孙要告辞而去。

虽然胜乐郎是他的传承师爷，
但他对师尊有不共净信。
他说已将身心供养了师尊，
便生是师尊的人死是师尊的鬼。
他明知道胜乐郎的修为登峰造极，
也不愿意背弃自己的师尊。
胜乐郎知道他的师尊是谁，
那个弟子品行端正德行宽厚，
可惜修行的证境不尽如人意。
因为修行需要一定悟性，
并不是人人都能契入了义。

望着徒孙坚定的眼神，
胜乐郎有心将他留在身边，
他对师尊的信心极为难得，
是修行的上根法器。
也恰恰因为他有这样不共的信心，
才躲过了巫师的致命诱骗。

但每个人都有各自的因缘，
只能尽心却不能强扭。
经过无数的历练，胜乐郎
早已学会随顺众生。遇到事情，
他会善加提醒却不会勉强。
他知道勉强只能够暂时改变，
日久月深，固有的业力又会反弹，
最终还是会回到原来的轨迹。
因此圣人从来不勉强行事，

只会釜底抽薪而不扬汤止沸。

因此胜乐郎即便想培养这个徒孙，
也只是给机会让他自己把握——
不给机会是他身为人师的失职，
给了机会他仍错过，则是因缘所致。
于是他先用善巧的方式挽留：
"善哉善哉啊我的孩子，
随喜你对师尊的这份坚定信心。
因为这种信心你才躲过那命难，
也因为这种信心才能最终成就。
只是除了信心之外你还需要机缘，
那机缘的本质便是一种福报，
福报是通过帮助师尊做事而来。
恰好我这里需要人手，
你且在我身边多留几日，
权当帮忙还可以积累资粮。
等走完这一段路程你再告辞，
这并不违背一门深入的教诫。"

那徒孙闻言并不言语。
他对师尊之外的行者始终怀有警觉。
多少次有大德要收他为弟子，
多少次有行者要与他结缘，
都被他一一婉拒。
对那些五花八门的所谓因缘，
他打内心里就不愿沾染。
他不愿意接受师尊之外任何人的指派，

哪怕对方是师爷他也依然有隔阂。
有心拒绝又觉得伤了师爷面子，
于是他低垂眼帘不言不语。

胜乐郎见状轻叹一口气，
他当然明白徒孙心中所想。
只是这样的上根之人极为难得，
况且他还看出徒孙背后的命难，
知道他一旦离开自己，就会遭遇灾祸。
他不忍心看这样的法器碎裂，
于是再一次用善巧的方法挽留。

他说："要不我给你的师尊写信，
告诉他我将你临时征用几天。
如果他同意你留在这里做事，
是不是就能打消你心中的顾虑？"

那徒孙一听立刻双眼放光，
如果他的师尊能同意此事，
就是自己天大的福报因缘。
他也知道胜乐郎的修为，
只是不愿意违背自己的誓约，
今生今世只愿追随师尊一人。
虽然这信念有一些偏激，
但这就是他做人的原则。

如今师爷的方案十分妥当，
只要把这件事先告知师尊，

而师尊又予以许可，
所有的顾虑便都烟消云散。
因此他长长地舒了一口气，
叫一声："师爷，感恩您的垂青，
如果能得到我的师尊许可，
我愿意遵师嘱为您肝脑涂地。"

于是胜乐郎放下心来，
只因他十分熟悉那弟子品性。
那弟子对自己也十分净信，
定然不会违背自己的意志。
想想此事又觉得十分有趣，
净信的弟子带出的徒孙，
竟然也是个净信的好种子。

然而这时那武丙又心生不平，
一股嫉妒和威胁的感觉油然而生，
让他的胸口仿佛吞下一块火炭，
闷疼而炽热。虽然他还没有净信师尊，
还在对胜乐郎时时产生怀疑，
但每当师尊多收一个徒弟，
他总是会感到多了一种威胁。

他想要得到师尊的独门传授，
今后好传承本门的法脉。
他的怀疑并不妨碍他的个人欲望，
可他却没意识到自己的矛盾。
这一点非常有趣，说明他下意识

还是明白传承的宝贵，可他的心
偏像个盛满了五毒尿液的玻璃瓶子，
总是随着因缘冒出一股股臭气。
而眼下，师尊的挽留如此殷切，
这样的待遇前所未有。
更因为这欢喜士兵的净信师尊，
衬得自己的三心二意丑陋无比，
所以武丙的心中打翻了醋桶，
由着那狭隘嫉妒的酸液腐蚀灵魂。

进而他下意识地发动起机心的程序，
思考着如何排挤这个强劲对手。
他虽然也时时嫉妒武甲和武丁，
但因为朝夕相处接纳了他们。
如今这师侄却是刚刚加入，
便立刻引起了武丙的警觉。
如果任由他接触师尊，
自己传承法脉就多了障碍。
因此必须动动脑筋想想办法，
让他远离师尊滚回老家。
武丙的目光开始变得阴恻恻，
射出一股冷风瞅那新来的伙伴。
诸多的心思也化为毒蛇，
在他的心里七缠八绕。
他忽而被怀疑的酸液腐蚀，
忽而被嫉妒的火焰灼烧。
他时时落在了队伍的后面，
将自己黑化成阴暗的蛇虫。

再说那徒孙留在了队伍里，
让巫师一时间也无从下手。
他虽然还没有恢复全部的法力，
但邪恶的心性却与日俱增。
他时时心痒难忍想从中作梗，
更有那嫉妒和仇恨的习气，
已成为他下意识的程序。
久染善念可铸就光明，
久染恶念也成为本能。
胜乐郎早已是他恨之入骨的仇敌，
即便是平时也要想方设法谋害，
这样日日夜夜地近距离跟随，
更是让巫师感觉自己就像老虎尾随野猪，
不咬上两口就浑身难受。

那个胜乐徒孙，
更如同扎入眼中的钉子。
一方面因为他知道自己的恶行，
回到欢喜国中定然会大肆宣扬。
那时自己就会名声扫地，
势力也会日渐萎缩。
另一方面也因为他那坚定的信心，
使胜乐郎的力量更加壮大。
尽管他现在只是嫩芽小树，
但只要假以时日，
他必将成为参天之树。

同时巫师的心中也隐隐难过，
为何自己门下无这等人才。
想想自己也真是可悲，
出山授徒几十载，
只聚集了一堆鸡鸣狗盗之徒，
整日里跟着自己混吃混喝，
无法将法脉传承发扬光大。
眼看自己年事渐高却后继无人，
穷途末路的萧条与冷寂也浮上心头。

这世上无论是世尊还是魔王，
都希望自己的门派能发扬光大。
世尊希望众生能证得解脱智慧，
魔鬼想将众生变成魔子魔孙。
就连一个十恶不赦的神棍，
也希望能将那一身法力传授他人。
任何人都希望肉身消逝后法脉还在，
而不是随着自己的死亡便销声匿迹。

虽然巫师的传承规模庞大，
其中却没有一个真正的法器。
因修学魔法也有诸多要求，
需要净信巫师并且出离苦修。
而他平时的鼓吹便是满足欲望，
这是他迷惑世人的惯用伎俩。
依止他就有通天福报和神通大能，
还可以借助他的加持迅速成就。
既然大家都是因为欲望而投奔他，

就不会为了担当传承而放下欲望。
他们都想着一步登天或不劳而获，
在欲望的魔海里尽情游戏，
没人愿意去那深山老林里闭关受苦。
因此前来依止的信众如山如海，
却没有一个能担当的种子。

在这种师徒关系的熏陶下，
弟子也只想着满足自己的欲望，
都把信仰当成求取福报的工具，
都把巫师当成无所不能的天神，
都把供养当成飞黄腾达的投资，
都想和巫师做一本万利的交易。

于是巫师陷入了命运的悖论，
他一方面靠欲望来招揽信徒，
让自己的势力如滚雪球般迅速壮大，
另一方面也因为信徒奔欲望而来，
他找不出能承受出离专修之清苦的弟子。
并且巫师也只是将信徒当成工具，
从没有真心培养过传承者。
因为培养弟子需要付出心血，
像雌虎哺育虎崽般用心，
这需要大量的时间精力。
更何况教会了徒弟就饿死了师父，
若弟子不成器还可能反咬一口。
他没有倾囊相授的无私胸怀，
也不会为任何人花费时日，

只愿用生命享受名闻利养，
在声色犬马中恣意纵横。
他甚至把弟子当成豢养的肥羊，
暗地里吸食其精气滋养命元。
需要时再把他们派上战场，
拿所谓的信仰让他们卖命，
自己却躲在后面坐享其成。

于是他一边鼓吹着欲望泡沫，
一边希望有人能放下欲望专修；
一边把弟子当成牟利工具，
一边抱怨弟子没有尊师重道；
一边纵情于声色犬马享受生命，
一边哀叹门派凋敝后继无人。
他自己的行为造成了种种恶果，
却又在恶果面前怨天尤人。

如今他看到胜乐郎的团队壮大，
好种子如雨后春笋般涌现，
顿时羡慕嫉妒恨纷纷登场，
哀叹惶恐怨一起上演。
五味杂陈之下他也像那武丙一般，
被心中的火苗灼烧成阴暗的毒蛇。
他发誓要将胜乐郎的弟子斩草除根，
还要把正法的火种扼杀在萌芽状态，
以免它势成燎原烧毁自己的基业。

于是他在这恐慌和嫉妒里，

时不时就想见缝插针施展拳脚。
乘对方不注意时喷些邪气，
让他们身心染病烦恼丛生。
他已经看出他们的薄弱环节——
你看那武丙习气最重心眼最小，
总是让团队出现疙疙瘩瘩。
他要从这个薄弱处打开缺口，
让他们从此鸡犬不宁。
于是他紧紧尾随虎视眈眈，
总想寻找合适的机会偷袭武丙。
他更想找机会弄走那徒孙，
眼下此人已成为最大的隐患。
只要让他远离了胜乐郎，
自己就有一万种方法弄死他。

只是那胜乐郎总是观出火帐，
罩住了自己和一众弟子。
这已经成为他下意识的习惯，
如同呼吸般须臾不离。
并且那金刚火帐固若金汤无懈可击，
巫师根本就找不到插针的缝隙。
喷出的邪气一遇到那金刚大火，
便会像太阳下的霜花立刻消散。

而眼下，他也不宜轻举妄动，
因为他一旦暴露自己，
就会惹来杀身之祸。
他只好按捺住内心蠢蠢欲动的火苗，
一边恢复法力一边等待时机。

第七十乐章

圣者总是忍不住大发慈悲，为了搭救那些壮丁，聪明能干的徒弟们各显身手，不料落入敌人早已设好的圈套。他们能全身而退吗？

第 180 曲　壮丁

苍天不负有心的巫师，
还真赐予了他一个机会——

在胜乐郎们前行的途中，
出现了好些欢喜国士兵。
士兵们抓获了一批壮丁，
像小孩子捉蚂蚱般将他们连成了串，
还时不时用鞭子抽打他们，
那景象很让人触目惊心。

那徒孙在嘴唇前竖起食指，
嘘一声说别叫他们发现，
他们正在到处抓人，
弄不好会顺手牵羊。

胜乐郎见状于心不忍，
他比那唐僧还要慈悲。虽然
一次次受伤，一次次陷入危情，
但每见落难者仍不改初衷。
只因慈悲已成为他的本能，
无法对眼前的苦难视而不见。
因此他动员大家群策群力，
设法让欢喜军释放壮丁。

无论是给他们灌输慈悲理念，
还是缴纳一些赎金，
只要对方肯释放百姓，
他们愿意不惜代价。

那欢喜徒孙却连连摇头，
说："他们抓到壮丁绝不会释放。
壮丁能扩充自己实力，
壮丁能分担自己劳役，
壮丁可充当战场的炮灰，
壮丁能在和平时期换取赎金。
抓到壮丁是有百利而无一害，
释放壮丁却是有百害而无一利——
不但上述的好处全会消失，
还可能招来叛国罪名。
和平时期尚可通过赎金交换，
现如今战事频发旌旗高扬，
每一个壮丁都是稀缺资源。
后方的欢喜将军更被压上任务，
据说完不成任务者要提头来见。
因此欢喜军四处抓捕，
每一个村庄都被洗劫，
每一个城市都被清扫，
很多地方已十室九空。
别说青壮年男子都被抓光，
就连老人孩童也时时被抓去凑数。
这样的情况之下，就算给再多的赎金，
他们也不可能放过一个壮丁。

虽然赎金是他们的所爱，
但生死面前，保命要紧。
别说咱们要去赎人，
要是被他们发现，
还没等开口，
我们也会变成壮丁。"

只见那武甲闻言满脸不屑，
说："软的不行就来硬的，
文言不成就上武力！
那些欢喜兵不过几个莽汉，
咱兄弟对付他们绰绰有余。"

胜乐郎闻言皱起了眉头，
他向来反对那以暴制暴。
但这次还没等他出言制止，
武丙已察言观色抢先发话。
只见他正正神色大义凛然，
说："壮丁和士兵都是众生。
你要是杀了士兵去救出壮丁，
等于砍了右手保那左手。
就算壮丁们逃脱了虎口，
你干的还是杀生害命的营生。"

武甲闻言顿时竖起眉毛，
青筋暴出怒火中烧，
他没想到武丙会训斥自己。
他可以接受师尊的批评，

可你武丙又是哪头蒜哪根葱？
于是他强抑着怒气，
以半软半硬的口气回敬武丙：
"既然软硬不行你指条明路，
难不成看他们受害，
我们装模作样地念经？"

其实那武丙正是此意，
本想劝师尊别管闲事赶路要紧，
自古成大事者不拘小节，
不能因小善而坏了大事根本。
此时却被那武甲一通驳斥，
话到嘴边却已说不出口，
还必须拿出应对的办法，
证明自己确实更加高明。
否则画虎不成反类犬，
会轻易地让他人看轻。
于是他转动着眼球，
开动脑筋思考救人妙计。
一时间诸多念头在心中翻滚，
只见武丙经过一番运筹，
一石二鸟的计划忽闪而出。
既可以救壮丁逃脱苦难，
又能避免双方产生冲突。
只是其中有个关键环节，
让他左右为难举棋不定。

他的想法是配制些蒙汗药，

让欢喜徒孙带到军中，
说他的连队已被打散，
正想找机会重新立功。
因为他熟悉欢喜军的情况，
必不会引起对方的怀疑。
只要他找机会将药粉洒入饭锅，
对方吃完饭后必会呼呼大睡，
乘此机会不必伤人便可解救壮丁。
只是这计划危险重重，
万一下药时被对方发现，
立刻就会身首异处。

尽管武丙对徒孙心生排挤，
却不忍心让他前去送命，
无论他的机心如何严重，
最后的底线却不敢触碰。
也正是因为有这样的底线，
他的灵魂才有被救赎的可能。

胜乐郎见武丙一脸沉吟，
知道他心中有了主意，
机心重的人足智多谋，
只要他们用对了方向，
就能建立不凡的事功。
于是他让武丙别有顾虑，
说出想法让大家商议。

武丙听到胜乐郎发话，

心中一横想也罢也罢，
交由大家商议出结果，
便不会让我一个人负责。
只是他依旧做足了铺垫，
看起来很是为难犹豫不决，
支吾了一番才说出计划，
还刻意提醒了其中风险，
看起来是为那徒孙担忧，
实则是为自己开脱责任。

大家听完武丙的想法，
都觉得这一计确实高明。
既不会伤害欢喜兵性命，
又能解救被绑的壮丁。
只是那下药之人必须稳妥，
稍有疏忽便会断送自家性命。
这时那徒孙却露出了犹豫，
他虽然能做到净信师尊，
却缺乏视死如归的勇气。
就算是理论上知道要慈悲，
但面对死亡仍心存恐惧。
他没有实修实证的功力，
便被那恐惧抽走了勇气。
他动了动嘴唇没发出声音，
胸口剧烈起伏呼吸急促。

胜乐郎眼见那徒孙的反应，
皱了皱眉头想不过如此，

不由得对他产生了失望。
但转念一想又觉情有可原，
这欢喜徒孙长期在军中厮混，
并没真正走入修行之门。
欢喜军是藏污纳垢之地，
贪生怕死也是人之常情。
如果世人都没了习气和欲望，
谁还需要依止圣贤学习？
于是他正了正神色做出决定，
说武丙的计策确实高明，
只是那投药的任务非常危险，
徒孙的能力未必能承担此行。
依他看让武丁前往军营，
武丁来无影去无踪轻功高超，
又有那丰富的经验和不死之身，
执行这样的任务最是合适，
更不会产生不必要的伤亡。
这一说大家顿时活跃了脸色，
认同武丁确实是不二人选。

却见那徒孙面露惭愧，
既因为自己的退缩而羞赧，
也觉得师叔们个个绝技在身，
唯有自己是一个平庸凡人。
和他们一比如鸡立鹤群，
他于是暗暗产生了自卑。
他最大的优点是净信师尊，
除此之外也有许多习气。

欢喜军营远比修行群体污浊,
他在大染缸里怎能独善其身。
所以他一时间五味杂陈,
脸色也像是打翻了染缸。

武丙在心中暗叫惭愧,
他咋没想到去指派武丁。
这样的事情非武丁莫属,
怎就莫名其妙地想到了徒孙?
难道他潜意识里本存有私心,
希望能借刀杀人干掉那徒孙?
这一想他顿时惊魂不定,
翻来覆去检视自己的动机。
却不知为何只观到一团乱麻,
早忘记了自己当时的初衷。
随着那观察生起一阵昏沉,
他仿佛撞到了内心的墙壁。
撞得他头晕眼花,不得不
放弃了观照才恢复轻松。

因为他平时无自省习惯,
不具备穿透妄念的观察力。
真正的觉察之心需要安住,
在毫无偏见中观照自心。
而他时时有机心念头负隅顽抗,
让他无法穿透妄念看到真心。
那观察自心也需要勇气,
能面对内心污垢的纤毫毕见。

能对内心的污垢一次次触碰，
能持久忍受自我剥离的疼痛，
才能培养出真正的观察力，
看清楚习气编织的谎言。

武丁倒无任何想法，
他心里没冷病不怕吃西瓜，
一边连连催促武丙去配药，
一边向徒孙讨教欢喜军的生活习惯：
一般会把军粮放在何处？
什么时辰做饭又如何用餐？
武甲也开起武丁的玩笑，
说干偷鸡摸狗的勾当他最擅长。

这一来那徒孙得到了安慰，
他发现自己并非全无用处，
至少还可以提供一些信息，
给师叔们带来一点方便。
于是他竭尽所能将情况告诉武丁，
来为这次行动尽一份心力。

第 181 曲　蒙汗药

巫师躲在暗处看到这一幕，
心里顿时生起十万分的欣喜。
这个机会简直千载难逢，
好好利用就能达成目的。
虽然他的法力还未完全恢复，
但可以让欢喜军替他去动手。
他想，即使不能一举歼灭，
也可以出口恶气欢天喜地。

日暮时分，欢喜军终于回到军营，
一个个士兵开始解甲休息。
他们看上去懒散而安逸，
或逗弄小虫吹奏小曲，
或恣意打闹围观摔跤，
一阵阵笑声穿云破雾，
一张张笑脸灿若云霞。
这美妙的黄昏呵这快乐的时光，
他们忘了血腥也忘了刀剑，
他们忘了战争也忘了厮杀，
他们只是一群生活在刀刃上的百姓。
此刻，他们暂时从刀刃上解放，
松绑了心也松弛了肢体，
他们尽情畅享这苟且的幸运。

他们希望这押送的路途山长水远，
他们更渴望岁月静好生活安稳。

只见一股股炊烟直入云霄，
一缕缕香味充盈天地，勾得
欢喜兵饥肠辘辘食欲大增。
从朝阳初升到暮色四起，
他们风尘仆仆马不停蹄，
只有这晚餐是唯一的期待。
它是幼时母亲悠长的呼唤，
也是心上人凝望时的无语。
它只是粗粮杂米，
并不是八珍的美味，
却比那八珍更让他们感到珍贵；
它也不是满汉的全席，
却比那全席更让他们垂涎欲滴。
因为有了它，就意味着
一天的征尘终于结束，他们又
混过了两个半日多活了一天。

士兵们吃完晚饭就可以各自安排，
或者洗洗涮涮或者给亲人写信。
最后在星星眨着眼睛的夜空下，
将轻柔的风儿当成被子沉沉睡去。
然后在第二天早上太阳升起的时候，
重新戴挂上沉重的铠甲踏上征途。

只是这次，随着炊烟一起飘忽的，

还有那武丁的身影和巫师的心。
慈悲的前者为了解救生命，
歹毒的后者却为谋害圣贤。
两股力量在这平静的黄昏
相互交织相互博弈，
很快就拉开了精彩的大戏。

只见那武丁的身影如同鬼魅，
几个起伏就跃近厨房。
那厨师正背对着他，
投入地演着属于自己的独角戏——
没有歌手，他自己哼着小曲；
没有乐队，他锅铲翻动锅底；
没有舞伴，他左右扭动屁股。
一阵阵油烟从锅中蹿入口鼻，
油烟中还带着令人垂涎的香味。
厨师也打起安逸的喷嚏，
眯着那小眼睛快速地翻动着锅铲。

只见武丁伏在屋外的树上，
像一只黑色的狸猫般悄无声息。
那影子挂在树上也像一只蝙蝠，
仔细观察着伙房的每一个角落。
他艺高人胆大当机立断，
决定择日不如撞日当下执行。

于是，他如一袭闪电飞身而出，
躲在那伙房外使了一招调虎离山。

只听见一声狸猫的惨烈尖叫，
震得那树枝哗啦啦乱颤。
那值日的厨师从忘我中醒来，
依着那尖叫循声而去。武丁
说时迟那时快，影子般掠入厨房，
将救命的迷药投入锅里。

这一连串的动作完成于电光石火间，
所有的环节都快如闪电，
既如行云般自然，也像流水般完美。
也只有武丁的轻功和超凡心理，
才能把这件事情做得如此顺畅。

此时那厨师也从外面返回，
武丁一个闪身躲进了柴房。
本来想等那厨师不注意时，
窜出伙房便万事大吉，
这样的事情他常常经历，
已是轻车熟路定能万无一失，
却不料随着那厨师进入的，
还有一个欢喜军士兵。
他说来伙房里找一个铁锹，
厨师便顺手指了指柴房。

武丁心中陡然一个激灵，
一波波电流在毛孔里炸开。
那是他下意识的反应，
如同那受惊的野猫竖起了尾巴。

他的心中暗叫不妙，恐怕
这次要阴沟里翻船马失前蹄。
于是他捏紧了随身的短刀，
放松了浑身的肌肉蓄势待发。
这也是武功高手的临阵反应，
越是危险就越是放松。
只因那放松才产生弹簧之力，
若是绷紧了肌肉只会四肢僵硬。
僵硬之下动作和速度都会受限，
可能被对方抓住机会致命一击。

那武丁屏住呼吸倾听着动静，
仿佛野兽对着猎物万分警惕。
只要那欢喜兵走上前来，
他便立刻挥出短刀一击致命。
忽想到师尊的训诫不可杀生——
这教言已和他的习气产生联动，
每当恶念产生慈悲也会出现，
于是他放松刀柄改变了主意。
他想欢喜兵也无非是普通士兵，
打晕后逃遁并不是难事。
因此说这武丁是一个上根利器，
他只要听一回教诫便信受奉行。
不像那巧言令色的武丙，
总是找一些理由自欺欺人。
他不知道修行的本质就是打碎自我，
在师尊的教诫下不断升华。
如果总是抱定自己的成见不放，

就永远也不能真正成就。

再说那欢喜兵已步步逼近，
武丁准备用拳脚将他打晕。
他进入十二分的临敌状态，
在拳头上聚集了内功气力。
然而那欢喜兵却突然停住，
武丁也便没有挥出拳头。
两个对手隔着一扇木门静止不动，
那个片刻空气仿佛已凝固。
武丁只听到自己的呼吸和心跳，
血液也在体内呼啸。
他高度警觉下竟有些虚脱，
觉得这种对峙是一种折磨。

不知道时间过去了多久，
武丁只感到脑中一片空白。
也许是非常短暂的片刻，
但武丁却觉得度日如年。
忽听到那欢喜兵往后退去，
说憋不住了先出去解个手。
只听得一阵脚步飞奔而去，
武丁在暗处松了口气。

他只感到全身一阵放松，
紧绷的神经也瞬间松弛。
再看身上已微微地出汗，
脑中也产生一种微弱的眩晕。

仿佛那如临大敌的紧急集合，
却忽然被宣布取消了警报。

这时他再看那厨师正专心做菜，
丝毫没有注意到暗处的自己。
于是他深呼吸一口气沉丹田，
脚下猛地发力弹起了身体，
仿佛一道黑色的闪电射出房门。
随着那跃出的身影安全着陆，
他的心中也感到一阵踏实，
想着这次任务定然会顺利完成，
就等着欢喜军昏睡后前来救人。

却不料刚出了营房又生变故，
见四面八方都有欢喜兵涌来。
他们手握刀枪、棍棒和罗网，
显然是有备而来。

那武丁见状又是浑身一紧，
刚才的电流又在毛孔里轰鸣，
紧接着内心感到巨大的震荡，
空白的雪花随即充盈了脑海。
然而只一个瞬间他便回过神来，
迅速进入了状态准备战斗。
只见他下意识地抽出了短刀，
身上已没了刚才的紧张。
他摆出一个架势半攻半守，
同时仔细地观察周围的状况。

只因那大风大浪他经历无数，
一旦明刀明枪也就没了负担。
不像那危机四伏的暗箭对峙，
最是折磨武丁的敏感神经。
仿佛你知道有暗箭对准自己，
却不知何时会破空而来。
那是一种灵魂被挤压的煎熬，
一分一秒神经都像要绷断。
整个人都被那紧张勒出了窒息，
同时还要提起十万分的警觉。

第 182 曲　突围

眼下的局面已彻底明朗，
欢喜军大呼小叫包围了武丁。
这一下双方都没了悬念，
无非是一场你来我往的厮杀。
只见那欢喜军官声嘶力竭地喊道：
"放下武器，尽快投降——
投降者宽大处理，
顽抗者剁成肉泥！"

他的语气轻蔑而藐视，
还一手提刀一手叉腰，
显出十足的吊儿郎当，
更有无数的声音，附和着嗷嗷。
他们都把眼前人视为毛头小贼，
一个个懒懒散散松弛懈怠，
仿佛猫群围住了鼠崽，
玩一个游戏打发打发无聊。

武丁见状发出一声冷笑，
把自家的门户守得滴水不漏。
他边观察边思忖，
眼前的无非是些肉体凡胎，
自己对付他们易如反掌。

可师尊的教言是铁律准则，
不能杀生是戒律绝不能破。
大战将至却不能杀生，
这该如何是好？

欢喜兵们手握钢刀步步逼近，
他们大肆喧哗高声吼叫，
恨不能剥其皮食其肉，
让这毛贼死无葬身之地。
他们一个比一个兴奋，
一个比一个疯狂。在这场
以百敌一的不公平较量中，
他们显出非同一般的自信，
觉得志在必得稳操胜券。
这么多人对付一个毛贼，
简直是无聊时日的一个点缀。

眼见那包围圈已逼到眼前，
武丁来不及分析也来不及思考，
他下意识地展开身法左冲右突，
心想要是不能突出重围，
伤他几个也在所难免。

只见他影同鬼魅飘忽不定，
刚刚还在东边，眨眼已到西边；
明明就在眼前，
转眼却又在头顶。
他身形移动神妙莫测，

搞得欢喜军大眼瞪小眼。
如此几番，
上至欢喜头目下至欢喜小卒，
无不恼羞成怒。
本以为只是普通小贼，
用牛刀杀鸡边娱边乐，
却不料这狂徒武功超凡，
竟然无懈可击登峰造极，
那迅疾的身法一如鬼神。

但欢喜兵也不是酒囊饭袋，
在惊愕之余有人开始放箭，
众人也回过神纷纷效仿，
并且变换队形开始集体围剿。
这群欢喜兵不是散兵游勇，
他们是欢喜国的正规军，
是身经百战的国家精锐。
他们单枪匹马独木难以成林，
但群体作战却是威力强大。
随着他们布下的阵形，一个个欢喜兵
也从呆愣中恢复了骁勇。

只见那飞箭瞬间成了暴雨，
哗啦啦一阵布满整个天空。
更有欢喜兵齐声发出的嘶吼，
仿佛雷霆一般震慑着武丁的心神。
这一拨攻击配合得娴熟流畅，
显然是身经百战的精锐士兵。

骤然之间，武丁只感到满眼寒光，
它们一闪一闪在眼前捣乱，
每一点寒光都是要命的咒子。
他往天上飞，天上全是暗器；
他往旁边躲，旁边暗器紧随；
他往前冲，暗器星罗棋布；
他往后退，暗器立刻就位。

武丁的瞳孔里已经聚满了寒光，
更有尖利刺骨的寒气从四面逼近。
只见他舞动兵器拨打雕翎，
撕开死神的狞笑之网，
又一个懒驴打滚倒在地上。
于是那四面而来的箭雨，
反将第一排欢喜兵纷纷射伤。
只因他被围在了人海中央，
飞箭错过了他，便会扑向自家的士兵。
欢喜军再一次震惊了心神，
他们呆立在原地面露惶恐。
也有清醒者，欲改变策略重新布阵，
再从天上地下全方位打击。

忽听一阵嚷嚷声从远方传来——
威德兵偷营！威德兵纵火！
只见冲天大火霎时燃起，
顿时欢喜军陷入一片混乱。
围剿武丁的欢喜兵瞬间减少，
很多人都赶往着火之处。

压力减轻的刹那，
武丁瞅准一个缝隙，
来了个鹞子翻身。只听得
哗啦啦一声，他已飞出了包围圈。
紧接着，又是几个连环的起落，
速度之快令人目不暇接。
等欢喜兵们终于回过了神，
武丁已经来到了后方军营。
一看那军营确实燃起大火，
所有欢喜兵都在忙着救火，
并不见什么来袭的威德兵。

因此武丁相信是有人前来接应——
武丙虽然恢复了武功，
但屡次大战引发了旧患，
幻化郎师叔又外出侦察未曾回来，
师尊的徒孙也只是一介凡夫，
他们都无法承担这艰巨的任务，
只可能是武甲在暗中帮助自己。

他的心中遂涌起一股暖流，
这同门兄弟是左右手，
关键时候不离分。
他又怕那武甲身陷重围，
便前往那着火之处观察情况。
他噔噔噔几步飞跃上树，
仿佛一只御风而行的鸟，

飞上了树冠向着火处瞭望。

只见那大火烈焰滚滚，
它焚了帐篷烧了军旗，
却不见武甲被围的身影。
武丁想定是他打一枪便挪了地方，
于是他纵身一跃，从树上跳下，
兜兜转转，费了九牛二虎之力，
才甩开了追赶自己的欢喜兵返回营地。

原来那大火真是武甲所纵。
如此艰巨的任务，怎能没有他的参与？
于是他请示了师尊配合武丁。
胜乐郎闻言极为心安，他叮嘱武甲：
完成那任务即刻撤回，
不恋战不嗔恨免生事端。

那胜乐郎深知武甲心思，
更观察到一种莫名因缘。
他觉出了武丁恐有凶险在身，
多一个武甲也好有个照应。

武丙和徒孙心生失落，
他们多想去那战场大展拳脚，
为自己积累修法的福报，
可奈何心有余而力不足，
只能在这里巴巴地等候。

武甲得到了师尊许可，
脸上绽开了一朵烂漫的春花。
他丁零当啷收起随身兵刃，
一副雷厉风行的样子抖擞精神。
然而那声响让武丙更觉得不爽，
一想到武功受损他就愤愤不平，
若不是自己当初舍命救了师尊留下旧患，
哪能轮到他们扬威耀武？
在嫉妒失落及众多的不平衡下，
武丙甚至希望武甲出些差错，
这爱出风头的家伙气焰嚣张，
不好好打击就改不了这毛病。

然而武甲却对武丙的心思毫无察觉，
他还沉浸在前往战场的兴奋之中。
只见他收拾好了东西立刻动身，
远远地跟在武丁的后面赶往军营。
只是他的轻功不像武丁高迈，
这一路跑得气喘吁吁。
心想这该死的飞贼像脱枪的兔子，
等完成了任务再好好修理。

没想到还真被胜乐郎猜中情况，
等武甲赶到时武丁已陷入包围。
见此状武甲心头先是一阵喜悦，
心想谁他妈让你跑成一股飞烟？
这下遭了报应真是苍天有眼，
还得靠老子想办法搭救于你。

于是那武甲一边幸灾乐祸，
一边施展了身法去纵火焚营。
这样的配合他们以前经常干，
早已轻车熟路彼此心照不宣。
只见他纵火之后，
晴空响起了一声声霹雳：
威德兵来袭营格杀勿论！
欢喜军顿时乱成一团，
他们如临大敌一般，在混乱中
制造出更大的混乱。

武甲见自己的调虎离山成功，
知道凭武丁能耐必定顺利突围，
于是再看一眼战场，才恋恋着离开。
连日来，他无风无浪也无聊，
眼前的欢喜兵成了他解闷的对象。
可一想到师尊临行前的教诫，
他又对自己的习气生起了警觉。
只好放弃了缠斗一场的想法，
讪讪地返回了胜乐营地。

胜乐郎听完二位弟子的汇报，
皱皱眉觉得也只好听天由命。
眼下那些欢喜兵必然提高警觉，
再想营救壮丁们更是难上加难。
有些事情他看到了必须要救，
只因救人已经成为大德的本能。

但营救失败也是冥冥中的命数,
胜乐郎也只好叹口气随顺因缘。
于是他让弟子们收拾好东西,
再往前走上几里远离欢喜军,
以防被他们发现踪迹多生事端。

第七十一乐章

　　按捺不住仇恨心的巫师，终于露出了马
脚。那困兽之斗的绝望，将他的心灵历程尽
数回放，果然是一念成佛，一念成魔。鸟人
的翅膀扑扇而起，那即将画好的追杀句号，
被拍碎成了未知的省略号。

第 183 曲　烛光

这一个夜晚月黑风高，
浩荡的阴风裹挟了恐怖，和着
凄厉的狼嗥自草原深处传来。
生逢战乱，杀戮遍野，
横死的人命多过草芥。
远远近近，到处是呜咽的幽魂，
他们成了随处可见的蝼蚁，
而众人，却习以为常呼呼大睡。

只有胜乐郎点起一盏烛光，
为那些冤屈的灵魂彻夜诵经。
虽然他鞍马劳顿疲惫至极，
但那颗悲心总能让他忽略自己。
他早已消解了狭隘的个体，
铸就了一个更伟大的人格。
那人格是法界的博爱，
脱离了肉体所固有的桎梏。
他的生命也早已成为载体，
承载着来自法界的大慈大悲。
他虽然也有喜怒悲伤疼痛疲倦，
但所有种种，都不能妨碍他慈悲的心，
就像密勒日巴虽然知道
自己喝下的是毒酒，

却依旧对谋害他的女人充满慈悲。

那慈悲让他无法漠视苦难，
不管是看得见的壮丁还是看不见的冤魂，
他都能感受到对方命运的煎熬。
于是，他废寝忘食，日理万机，
为众生祈福并回向给他们。
尽管他知道，那祈福的力量很是有限，
就像他于夜里点亮的烛光，
但烛火总能照亮一小块的黑暗，
他的行为也会给那些求索的灵魂以希望，
他坚信这一点。
这就是他生命的意义。
即使不能救度，也不要紧，
他不在乎有没有人因此获益，
他只在乎自己有没有尽到本分，
有没有为世界发出自己的光明。

正在这时，摸索进武丁清瘦的影子。
只见他轻轻悄悄地抬脚，屏气凝神地呼吸。
他将手中的灯芯挑了又挑，
烛光映照出他那俊朗的脸，
他怕师尊过度劳累特意替换。
只有虔诚至善的心灵，才会
时时处处为他人着想。因此，
胜乐郎才更器重他，
将重要的事交给他办理。
这让个别弟子心理有些不平衡，

时不时就凑在一处嘀咕。
他们可以花大把的时间
做种种揣测，却唯独不能深刻自省。
其实师尊的心中早没了分别。
每一个弟子都是精心栽培的小苗，
每一棵小苗得到的，
都是最适合的培育。
所以，看到别人被器重，
不必失衡也不必懊恼，
更不必以凡俗之心去揣摩师尊。
应该收回目光依教言而行，
让心性和行为达标能担重任。

再说那胜乐郎明白了武丁心意，
他欣慰的笑如冬日的暖阳，
他温和的话语如春风拂面：
"好孩子武丁仔细聆听——
心好意好有大能，才能度众于无量。
尔等尚需更精进，提高修证广利生。
徒有其声之诵经，非有大用予冤魂。
吾之心子快成长，组队成团利苍生。"

武丁边点头边注视着师尊的眼眸，
他看到宁静的夜幕上皓月当空，
那流光是无尽的慈祥，
一波波一晕晕扑向心中。
责任，担当，使命……
一个个朴素的词语从天而降，

砸中了他的心海，如惊涛拍岸。
他只感到生起一种非他莫属的担当，
此生定然会努力修持不负师望。
于是他决定今晚不再睡觉，
而是找来一个蒲团闭目盘坐，
待在师尊的身边精进不怠。

忽然武丁的耳根开始抖动，
一声异响惊扰了他的神经，
凭着自己超人的直感，
他知道是有客人前来造访。
只见他圆睁了双眼像捕鼠的猫，
几个闪身便没入了黑夜。
紧接着，黑暗中传来几声惨叫，
和着骨头脱臼的声音。
随后武丁喝骂几声无知小辈，
竟敢来冒犯胜乐师尊。
这一声喝骂惊起了众人，
武甲武丙和幻化郎瞬间现身。
那欢喜徒孙却因为肉体凡胎，
依旧在呼呼，其声大如煮熬牛头。
只见那营地周围火把通明，
无数的欢喜兵骤然现身。

此时那武丁也放开了手脚，
夜战是他的擅长之能。
只见他的身体如飘忽的影子，
飞来跃去与敌人周旋，

几个穿梭便倒地一片。
他攻其腿脚击其手臂，
使关节脱臼失去战力。
那武甲和幻化郎也投入了战斗，
他们的加入也是虎入羊群，
所到之处便躺下一片，
一声声惨叫此起彼伏。

武丙在一旁观得心痒，
多想像他们那样上阵，
多怀念当年的威风凛凛，在万军丛中，
他来去自如快似流星，
现如今俨然成了废人一个。
他一声感叹其声苍凉——
好汉不念旧日事，只因此刻未穷途。
他知自己非孬种，一声喟叹祭当年。

随着一声声打斗和惨叫，
徒孙也从梦中惊醒。他看到这情景，
一个激灵，三魂顿时吓掉两魂。
他上过战场杀过敌，
却不曾这样以寡敌众。
他下意识躲在了胜乐郎身后，
小心翼翼地探出脑袋。

那打斗的三人却不觉得凶险，
他们身怀绝技，是超能异士，
眼前的士兵不过菜鸟，

他们当然仿如虎蹿羊群。
看到两位师叔和幻化师爷如此勇猛，
欢喜徒孙也终于壮起虎胆。于是，
他一个箭步从胜乐师爷的身后
跃到前面，拉开了架势保护师爷，
表现出一种视死如归的英勇。

此时幻化郎忽然发现异常，
他看到有一个欢喜兵非同一般，
其身影飘忽，眼神空洞，
就像那鬼魅般来去如风。
于是他甩开了纠缠欺身而上，
一招仙人指路携带那三昧真火，
以迅雷不及掩耳之势劈向对方。

幻化郎的这一掌既有凡人气力，
也有那降妖伏魔的量能。
因为所有的鬼魅都害怕火焰，
那三昧真火更是致命的克星。
只见那掌势如同霹雳闪电，
裹着巨大的能量击中敌人。
然而手掌之下一阵轻飘，
明明打到了对方却没有实感。
再看，没有那倒下的尸体，
只有飘落的灵符。

胜乐郎看到这异常现象，
顿时明白那巫师在作祟。

只因这傀儡之术是巫师的专长，
此番出现定然与他有关。
武丁今日的行动之所以失败，
说不定也是那巫师横加干涉。
他也许白天便已派出傀儡，
发动那欢喜军想灭了对手。

胜乐郎猜得没错，
正是巫师在操纵傀儡。
一路上他都在隐忍着怒气，
那火焰几乎已让他五内俱焚。
此时终于见到有报复的可能，
他当然会马上行动。
白天不能把那武丁置于死地，
他就在夜晚发动欢喜军进行奇袭。
他也知道欢喜兵只是凡胎，
很难跟胜乐郎师徒对抗，
更何况还有一个幻化郎，
那也是一个棘手的敌人。
见到眼前的战况，
他更是气得咬牙切齿，
但即便没有胜算，
他也依然在努力尝试。
他已经不指望能够报仇雪恨，
只想借人类的手，
给那胜乐郎们制造麻烦。
他不愿让胜乐郎们心想事成，
更不愿他们的事业一帆风顺如日中天。

此时他宁愿冒着暴露形迹的风险，
也要告慰自己压抑已久的嗔心。
这就是巫师，
有强大的神通异能，有无数的阴谋诡计，
却没有一点智慧，也管不住自己的心。
其实胜乐郎心中早有预感，
只因他能感应到若有若无的邪气。
一路上似乎有黑暗在紧密跟随，
但他请幻化郎打开系统观察却不见异常。
直到如今发现那傀儡，
他的直觉才终于得到确认。
于是他不由得叹那巫师有勇有谋，
更有深厚的功底和法力神通，
又叹他空有一身好本领却误入歧途，
给世界制造了如此多的血腥。
如果他能调整方向，
将头脑和本领都用于利众，
不再搞那些歪门邪道，
他定然能做出一番光辉事业，
他的传承也定然能绵延久远。
只是照如今的势头看来，这一天
还遥遥无期，甚至永远都没有这个可能。

众人听到胜乐郎的指令，
得知巫师就在眼前，
遂鼓荡起决一胜负的豪情，
出招也开始变得迅疾狠辣。
胜乐郎提醒弟子注意分寸，

无论何时都要心怀慈悲之念，
切不可被那暴力裹挟了慈心。
弟子们闻言便控制了力道，
虽然出招迅疾但不再致命。
都像那武丁一般专打关节，
顿时有许多欢喜兵断手断脚。
他们哭爹喊娘地仓皇逃窜，
狼狈的身影像遁形的老狗，
纷纷消失在黑色的夜幕之中。

此时，幻化郎也前来助力。
他分出幻身去四处找寻，
胜乐郎在明空之境用天眼寻找。
他们知道巫师的功力尚未完全恢复，
必然不会远离那傀儡兵丁，
否则便无法进行有效的操纵，
因此那巫师定然在附近。

却见夜色中四周都是静悄悄，
丝毫没有巫师的讯息，
反复多次搜索，仍是毫无发现。
忽然间胜乐郎明白了原委，
定然是那巫师又安住于无想。
这一路上他跟随自己不露痕迹，
就是靠这无念无想的本领隐身。

于是，他在明空中启动智慧，
心中闪出了引蛇出洞的妙计。

说时迟那时快胜乐郎眼神一紧，
立刻在四周观出漫天大火。
大火所到之处无不是噼啪爆裂，
所有的阴性物质都纷纷显形。
那三昧真火肉眼无法瞧见，
只有灵体和修行人才会感到威胁。
这是一种意识层面的较量，
其杀伤力比真枪实剑更要威猛。

随后胜乐郎启动了觉察之眼，
观察那火中传来的细微变动。
只因那巫师没有破执证得空性，
遇到大火必然有下意识的反应。
果然胜乐郎捕捉到了信号，
原来那巫师伪装成了一棵树。
他在火中微微地发出了颤抖，
仿佛那风中的枝叶唰唰作响。
于是胜乐郎用眼神暗示幻化郎，
两人配合默契动作神速，
未等巫师反应过来，
便一前一后开始夹攻。
再说巫师操控傀儡引来欢喜军，
自己则安住于无念观察，
但百密一疏还是露出破绽，
傀儡飘忽的身形被幻化郎发现。
随着那雷霆霹雳的一掌袭来，
一张纸片飘然落地。
巫师的心尖一阵发紧，

仿佛那一掌也打在他的胸口。
此时他忽然有些后悔，
想何必如此迫不及待地报复，
再忍个几天等到达了欢喜大营，
还不是任由他覆雨翻云？

然而，他只是一个执着的巫师，
他的心不属于他自己。
他被仇恨和嫉妒袭扰，他恨得要死。
对于报复胜乐郎，他一刻也不想等，
他只想泄愤，不能让胜乐小子好过。
他要看到他手忙脚乱惊慌失措，
他要看到他无可奈何哭天喊地，
除此之外他已想不到太多，
于是不知不觉将自己置于险境。
他就像那小偷看到了金银财宝，
即便是明知道四周的警戒严密，
一旦失手自己就会万劫不复，
也仍然会忍不住心存侥幸地出手。

可是，这时的他已没有退路。
他硬着头皮继续于无念中安住。
他把自己站成一棵树，
他要巍然不动风雨不摇，却怎奈
那一个个念头如风中的叶子，
当胜乐郎燃起的漫天大火，
像那飓风般扑来，它们便哗哗作响。
他不能不惊恐，饶是一定万年，

也对那三昧真火有着下意识的恐惧。
那是灵魂深处的索命咒语。
他还没有证悟空性，他很怕死，
而那漫天的赤魔正是他致命的克星。
他从修炼之始便被植入这种概念，
遇到火焰就像遇到天敌。
这已变成他修行中的程序，
只要遇到火焰他便会下意识逃避。

如今见两个成就者联手扑来，
巫师心慌意乱不知道如何应对。
自己的功力尚未完全恢复，
一时间大脑六神无主。
然而他的心中却突然生出豪气，
像落入陷阱的困兽一般挣扎，
既然没有了退路不如横下一心，
说不定还能出现奇迹。

于是他大吼一声现出了真身，
搅动起冲天的仇恨邪气。
就算是明知道自己不敌，
也要让自己死得壮烈。
他要释放出全部力量，
给敌人造成最大重创，
哪怕付出生命的代价，
也不能留下任何遗憾。

第 184 曲　困兽

只见那三昧真火越来越猛，
巫师的定力也越来越差。此刻，
他没了指挥傀儡的魔力，
他是一只名副其实的困兽。
胜乐郎的咒力让他心慌意乱，
他的脑中有无数支箭在搅动。
火如游蛇一样爬上了身，
他已顾不得大师的威严，
抱起了头忍不住惨叫。

那武甲武丁看到这一幕，
提着那长剑短刀扑了上来。
只见他们的眼中也满是火焰，
那是愤怒的火，
快意恩仇，大功欲成。
自从这挨千刀的开始祸害人间，
他们便没了清修的安宁。

多少次欲取他首级，被他狡猾地逃脱；
多少次欲斩草除根，却被他耍了心机。
他们的心中早已贮满憋屈和愤怒，
千刀万剐的仇恨也尽数充盈。这一次，
他们绝不会让他再度逃离。

巫师读懂了这个讯息，绝望地闭上双眼，
无助使他停止了思维。他只感到
一种深入骨髓的恐惧。
曾经他凭借邪法随意取人性命，
享受着一个个头颅滚地的快意，
他从不曾尝到那死亡的滋味。此刻，
轮到自己才知道什么是恐惧——
那是一种让灵魂抖动不已的战栗，
那是一种暗处有猛兽吞噬自己的恐惧，
那是一种所有一切都化为泡影的虚无，
那是一种灵魂和肉体都被割裂的痛苦。
饶是巫师自认证得了空性，
饶是巫师自认超越了生死，
饶是巫师自认法力无边，
饶是巫师自认已天下无敌，
然而一旦死亡真正降临，
无法自主的心便毕露原形。
虽然他明知道还可以投胎再生，
却依旧留恋今生的皮囊。
他因执着而生恐惧。
因恐惧而生慌乱。
因慌乱而失去定力。
因没有定力而绝望。
他仿佛已看到自己灵魂出窍，
随着无数的杀业飘荡游离……

在那死亡即将来临的时候，

他的心中才闪过一些片段。
其实他的心中不全是阴毒，
也有暖，有软，还有风景——
在那心海的最深之处，
他还种有一棵美丽的珊瑚树。
只是岁月渐长，江湖阴暗，
他的珊瑚树被命运之神
剪了又剪，修了又修，
直至面目全非枝叶成灰。
于是，他才放纵了自己，
向命运妥协，向魔王俯首称臣，
在欲望的世界里雄霸天下。
而此刻，他的心中一再现出那些过往——
他天真烂漫的笑容，母亲无尽的疼爱，
跟屁虫一样的小狗，无忧无虑的时光。
他也有那海枯石烂的爱情，
他也曾与心爱的姑娘誓死缠绵。
那时，他胸怀天下情系苍生。
那时，他言必信行必果毫不妥协。
那时，他刚刚背井离乡寻师学艺。

也许因为他的心魔未尽，
也许是这宇宙造化的因缘使然，
他明明跟随了具格大德，
却在修行中时时生出魔心。
多少次师父苦口婆心地劝诫，
多少次自己左右交攻地挣扎；
多少次在怀疑和信任间犹豫，

多少次在退缩和坚持间纠结；

多少次自己给自己醍醐灌顶，

多少次内心的欲望又发出声音；

多少次在平静的关房里如疯如狂，

多少次在心中的旋涡里挣扎不已……

终于在一个风雨交加的夜晚，

他受不了灵魂抽丝剥茧般的撕裂之苦，

将自己作为祭品供给了欲望的魔王。

随着那一声电闪雷鸣的霹雳，

一个星眉朗目的青年瞬间死去，

取而代之的，是一个横空出世的巫师。

这一切的一切都变成画面，

闪过那巫师即将死亡的脑海。

他忽然产生一种奇怪的平静，

仿佛早就等待着这一刻降临。

他不顾一切地疯狂作恶，

好像就是为了让自己受到惩罚。

既然他没有悔过自新的勇气，

那就让命运的利剑砍下他罪恶的头颅。

来吧！砍吧！

让他引刀一快让他死而后生！

去那地狱的诺亚方舟吧！

这一切都是自作自受的结果，

于是他平静地闭上眼睛。

他甚至希望能够与胜乐郎和解，

告诉他自己一直都钦慕着他的境界。

如果有可能也请他超度自己，

让他在天国里从头再来。

他还想告诉那个一直等他的女人，
自己并没有玩弄她诚挚的感情。
那一份爱至真至美，
那一份爱轰轰烈烈，
那一份爱刻骨铭心，
那一份爱天荒地老。
那一份爱是他甜蜜的忧伤，
那一份爱是他灵魂的秘密。
那时，他最大的愿望
便是死在她的怀里，与她朝夕相伴日夜不分。
只是一旦被欲望的恶魔绑架，
他便身不由己地下坠。他已完全失控，
他已坠入深渊，他已回头无路——
善良的姑娘啊，我深爱的姑娘，
我已无颜占据你月亮般的心房。
你的世界应该鲜花怒放清风呢喃，
你的世界应该没有邪恶慈悲蔓延。

他的心中还闪过许多画面，
每一幅画面都让他无比懊悔。
他没有一点力量只想彻底放弃，
他没有一点希望只想彻底下堕，
他的嘴角甚至扬起了一抹苦笑
——我不下地狱谁下地狱？
那个片刻，他忘了时空，
所有的一切都凝聚成点……

终于，随着他刀光剑影的掠过，
他放过了自己不再后悔也不再恐惧。
他还是那个一往无前的巫师，
过去的自己已被他诛灭。

巫师以邪气护体，
那邪气像一条条游动的蛇，
组成了一个密不透风的防护轮。
胜乐郎提醒武士不能上前，
因他们没修成坚固的火帐，
没法保护自己不受邪气侵害。
他和幻化郎则观出防护火帐，
一起冲向邪恶的巫师。

巫师置之死地而后生，
再一次接通了法界的黑暗能量。
你看他与对手交战许久，
竟然勇不可当不落下风。
他虎虎生风的样子，
哪像是功力衰弱元气大伤？

眼见两人联手仍久攻不下，
幻化郎随即改变了策略。
他使一个眼神给了师兄，
胜乐郎顿时心领神会。
只见他们一前一后催动脚步，
从相反的方向同时夹击。
他们强强联合左右兼顾，

那拳来脚往也势大力沉，
如漫天流星出神入化，
直打得巫师惨无天日。

然而吊诡的事情接二连三，
每次他们的拳脚快要击中对手，
却每每被对手巧妙地躲闪。
那巫师就像渔夫网中的滑鱼，
你前后夹击，他就靠边躲去；
你上下叠压，他就横身而过；
你左右攻克，他就向后退去；
你里外应合，他就中间打转。
真所谓道高一尺魔高一丈。
任凭你如何严密，
他总能找到那百密一疏。

随着战斗时间的持续延长，
强弱形势渐渐开始逆转。
幻化郎和胜乐郎显得力不可支，
巫师却屡扑屡起越战越勇。
他的脸上现出诡异的笑容，
因向死而生而更加自如，
他不再只是一味地防守，
开始向对手发起猛烈的反攻。

这已经不是精神的较量，
这是实实在在的肉体搏击。
只因那斗法总是无果，在法界中，

总有种力量帮助巫师逃脱，
因此唯有消灭巫师肉体，
才能除去他让世界安宁。

第 185 曲　逃遁

幻化郎眼见巫师愈战愈勇，
他那有恃无恐的狞笑
更让幻化郎感到暗藏玄机。
于是他一边催动着拳脚应对巫师，
一边凝神静气分出幻身。

他用这幻身再度观察，却发现
一个惊天的秘密。原来
这脚下绿草青青的土地，
在不久以前还是血流汪洋。
它曾诞生过无数的冤魂，
也曾铸就过无数的英雄。
而如今，这些冤魂都成了
巫师源源不断的命能。

只见他们滚滚滔滔，像海浪般涌动，
一波波一层层前赴后继。
他们或张牙舞爪恐怖狰狞，
或四肢不全缺胳膊少腿，
他们无穷的怨气释放出黑色毒焰，
那无尽的毒焰云雾般升腾，
最后又汇聚在一起，
并入那巫师的邪恶之魂。

见此状幻化郎收起了清净幻身，
喝神断鬼般揭穿了巫师的阴谋，
并建议由他抵挡巫师的攻击，
请胜乐郎退出战斗超度冤魂。

再看那巫师正和两个成就者酣战，
他越战越勇心中好个畅快。
只因在绝望之际他发现了救星，
有无数的冤魂都可以壮大他的力量。
那些怨气和仇恨都变成能量，
从其项背源源不断地灌入。
因此他不再是孤军奋战，
他是名副其实的将军。
他冲锋在前。他的身后，
是看不见的千军万马。
他以一当十，天下无敌，
将战争中的恶能都化为了自己的大力。

以前，与胜乐郎无数次的较量，
他从未如此扬眉吐气，
这次，他一改往日的被动和狼狈，
挑衅着要与胜乐郎一决雌雄。

只见他鼓荡起前所未有的威风，
恨不能将对方碾为肉泥。
他的面孔在极致的兴奋中狰狞，
吼叫中激荡起一波波恶能；

那洋溢着酥麻的污浊肉体，
也爆发出压抑已久的激情；
更有那背后的冤魂厉鬼，
借巫师放出他们冲天的怨气。
诸多恶能汇集成澎湃的海啸，
一波又一波击碎了巫师的理智。
只见他疯狂起来好个可怕，
仿佛体内充斥着裹天之力。
他红眼圆瞪胡须直竖，
挥动起拳脚如受惊的公牛，那扇起的拳风，
更将近旁的树木连根拔起。
顿时，飞沙走石尘土四溅，
它们也簇拥着巫师向胜乐郎扑去。
咦呀！好一个魔挡杀魔
佛挡杀佛的恐怖气势！

却不料就在他发起致命一击，
想要撕碎了胜乐郎的时刻，
却忽然被幻化郎窥破玄机。
那声断喝如晴天响起霹雳，
惊得他三魂直上九天。
虽然他不知对方如何窥破，
但这一针见血的棒喝却使他惊慌，
犹如那饱胀的轮胎于刹那间泄气，
他一时竟忘了补充那邪恶能量。

尽管胜乐郎还没来得及超度，
心理上的依赖也让他瞬间崩溃。

他就像被识破把戏的魔术师，

瞬息间六神无主慌不择路。

只见他冲锋了一半便突然驻足，

就像那失去拐杖的瘸子，

也如高潮处弦断的一支乐曲，

没法继续弹奏下去。

那不可阻挡天下无敌的气势骤然不见，

只剩下英雄末路天不助我的绵软与哀叹。

但他仍不甘心，他有些气急败坏。

他要继续向前冲！他要杀了胜乐郎！

他要阻止胜乐郎行法超度！

他要与胜乐郎同归于尽！

因为，他也倦了这样的追杀。

他不想再胆战心惊地隐藏和观察，

他不想再藏于暗处像一只老鼠，

他不想再因为那蛛丝马迹而惶恐不已，

也不想再承受仇恨之火对心的灼烧。

既然眼前的大战已如火如荼，

既然对手已经对他下了杀心，

既然双方都已豁出一切你死我活，

既然情绪已高涨到那泰山之巅，

那么，

就索性裹了冤魂余威玉石俱焚！

于是他把心一横加大了力度，

恶能如暴风般涌入他的身体，

他的双眼闪烁出黑暗的幽光，

让那欢喜徒孙和武丙等人不寒而栗。

忽然之间，巫师使出了无影腿，
他声东击西，竟然踢到了幻化郎。
随后他对着胜乐郎挥出了连环掌，
那长长的指甲比刀还锋利，
其势刚劲迅猛如雷霆万钧，
其招杀气腾腾迅疾无比，
外力威猛内力遒劲，
根本不似大病初愈。

那幻化郎也使出了看家功夫无影腿，
想阻挡巫师插向胜乐郎的手指，
却不料巫师化掌为拳击向自己。
而自己那一腿也是气势磅礴，
将万千力道集于一脚。
一下扑空立刻身体失衡，
不由自主地向前摔去。
而那巫师的拳术又极其刁钻，
一见幻化郎重心不稳，
马上改变拳路迎面痛击，
竟像是幻化郎自己送上了脑袋。

胜乐郎眼疾手快改变招式，
把阻挡敌人的手臂就势翻转，
以力劈华山之势砍向巫师。
它具备了一招毙命的三要素：
一曰稳，二曰准，三曰狠。
如果那巫师不想死，必然
会收回那伸出的拳头。

他知道巫师贪生怕死，
绝不肯和敌人同归于尽。
但转念一想，此刻的巫师不同以往，
若是他丧心病狂想玉石俱焚，
自己虽然能一掌定乾坤，
但也会搭上师弟的性命。
连无辜的众生他都心生怜悯，
更何况情同手足的同门兄弟？

于是他当机立断，将这一掌
砍向巫师手臂，他想削弱那拳头的力量，
只要幻化郎的头颅不被重击，
他愿意错失良机放过巫师。
于是电光石火间几个招式交换，
令人眼花缭乱目不暇接。
只见胜乐郎的手掌劈中了巫师手臂，
巫师的拳头打中了幻化郎肩膀，
幻化郎那一脚也扎扎实实踢中巫师。

原来幻化郎见迎头一拳已躲闪不及，
万念俱灰下反而忘记了恐惧，
他一边一心不乱祈请师尊，
一边加重了踢出的力度，
要与对方鱼死网破同归于尽。
不料兔起鹘落的几个转换，
巫师的拳头砸上他肩膀。
他感到肩头涌入刺骨的寒气，
阴邪的能量直冲心脉，

仿佛被注入了眼镜蛇的毒液，
一阵阵麻痹一阵阵眩晕，
剧烈的疼痛让他难以承受。
他觉得他要窒息了，
他觉得他要死去了，
猛地一口鲜血喷向虚空，
这血色的暴雨让太阳都战栗！

巫师也中了胜乐郎的一掌，
更有幻化郎拼死的一脚，
顿时感到头晕目眩金光乱闪。
他口吐白沫气若游丝，
马上运气暗自疗伤。

胜乐郎也感到眼冒金星，
大半个身子顿时酥麻，
他明白是巫师邪气之故，
那一股恶能量好生可恶。
狂风总能吹熄烛火，
黑垢最易染污白练，
胜乐郎虽然智慧超群，
却难抵巫师的恶浊熏心，
一时间觉得有气无力，
难以发起新一轮进攻。
斗来斗去，谁胜谁负？
正邪双方两败俱伤，
只好各自运起内力疗伤，
护住那根本命气不绝如缕。

眼看幻化郎脸色铁青奄奄一息，
胜乐郎马上运气帮他排毒疗伤。
如果幻化郎抵不住巫师邪气，
稍有迟缓就会阴毒入心。
武甲武丁见状提起了刀剑，
想上前结果正在疗伤的巫师。
胜乐郎一声棒喝禁止他们靠近，
说巫师身边的邪气已形成护轮，
谁若靠近便会邪气入心。

场上局面一时陷入静止——
那巫师在运气为自己疗伤，
胜乐郎也在凝神帮幻化郎疗伤，
他感觉那邪气无比霸道，
在幻化郎体内左冲右突，
只要攻入心脉就非死即残。
于是他一丝不苟万分专注，
调动起元气小心引导，
将一股股暖流送入对方身体。

幻化郎嚅动着嘴唇挤出声音：
"不要管我，结果那恶魔。
快！去！"
胜乐郎摇摇头让他别再说话，
只管凝神静气配合自己。
他不能让同门兄弟留下任何后患。
于是他运功封闭了幻化郎重要穴道，

继续向他输送出爱的能量。

只是邪气的作用总比正法迅疾，
巫师的恢复也极其神速。
虽然不像正法厚重稳妥，
却对表面的伤势具有奇效。
至于那隐患他已无暇顾忌，
只求以最快的速度恢复体力。

二武士候在一旁心急如焚，
既不能结果巫师也不能助力师尊，
他们感到前所未有的无力，
只能恨自己无法疾速成就，
不能在关键时刻发挥作用。
另一旁武丙也是心焦万分，
他奋力撒出了灵丹妙药，
却被邪气冲击得胆战心惊。
那邪气黑漆漆一片罩住巫师，
像环绕着一团蠕动的毒蛇。
于是武丙再次启动了机心，
让武甲武丁向巫师投去暗器。
武甲武丁恍然大悟，
怎就忘记了使用暗器。
说时迟那时快他们正要投击，
却听到巫师一声大笑。
一个黑影冲天而起。

原来巫师也集中了全部心神，

弃伤势于不顾只管恢复法力。
为尽快逃离这危境，他甚至
采用涸泽而渔的做法。
只见他把周围的怨气统统吸入，
那是历届战争中死去的冤魂，
因此他的法力迅速生起效用，
已恢复体力能疾速遁逃。

就在他鼓起势头冲出时，
忽然间脚下一个趔趄，
他的身体如泰山倾倒，
刹那间砸向武甲。
这一个插曲猝不及防，众人
都为那武士甲捏了一把冷汗。
好在武甲是久经阵仗，
看到巫师倒向自己也临危不乱。
只见他一个转身扭住巫师手臂，
借助巫师倒来的势头再加上自己臂力，
犹如那旋转的陀螺把巫师猛地甩起，
电光石火间已化解了危机。
不仅如此他还在储蓄大力，
等巫师摔下再踢出致命一脚，
他天生神力加上地球引力，
定能让那万恶的巫师一命归西。

要说那巫师也是乱了手脚，
等他终于回过神来，
已被武甲扔到了半空。

眼前的景物在倒退在模糊在消失，
对死亡的恐惧在叠加在啸叫在吞噬，
巫师绷紧的神经已达到了极限。
如箭在弦上，他不能不发！
于是他屏息凝神高度专注，
储蓄那实力准备拼死一击。
谁知千钧一发之际突然有灵光闪过，
他的脑中开出了一朵活路的鲜花。

他随顺那抛掷之力变身为一个鸟人，
借助那向上的势能直冲蓝天——
那尖尖的嘴巴是红缨枪的枪头，
那怪异的翅膀是破旧不堪的薄扇，
那嶙峋的爪子是行凶者的匕首，
那猩红的双眼是黑夜里的探照灯。
紧接着，一声尖叫几个飘忽，
那鸟人就如一道闪电于瞬间消失。

这一幕只看得众人面面相觑，
眼见那巫师在劫难逃，
却不想又一次被他侥幸逃遁。
武丁使出轻功，腾空追赶，
却远不及那鸟人的闪电速度。
原来，这七十二般变化是巫师绝技，
连胜乐郎和幻化郎都无能为力。
他们只好眼睁睁看着那鸟人消失，
一个个大眼直瞪呆若木鸡。

武甲懊悔不已又捶胸顿足，
早知道应该将他摔在地下，
何必使蛮力抛往虚空？
但下意识的动作他无法自控，
那平时的训练早成为本能。
他像吞下无数只苍蝇，
心中一声声嗡嗡一阵阵恶心，
更有那鸟人嘲弄的怪声，
无尽的自责和懊恼涌上心头。
他一时间脸色铁青呆立不动，
一言不发仿如那木人。

胜乐郎看到功败垂成，
不由得低下头来轻叹一声。
无论是精神世界的斗法，
还是现实世界的肉体搏杀，
总有一种莫名其妙的因缘，
屡次助他绝处逢生。
看来那巫师果然是气数未尽，
要消灭他还是要等待因缘。

于是他走上前来宽慰武甲，
叫一声："好孩子你不必自责。
这是那巫师气数未尽，
即使那大罗金仙也毫无办法，
你下意识的抛掷是法界的因缘，
结果早已在冥冥中注定。"

武甲听到师尊的劝慰，
铁青的脸色开始缓和。
那武丙也走上前来，一脸诡秘。
他说："你如果朝地上使力，
他就会变成臭鼬土遁而去。
现在他变成怪鸟无非是怪叫几声，
要是变成臭鼬你我可就要忍受屁熏。"
这一说气氛骤然轻松，几声大笑，
众人心中的豪情不减当初。
好在幻化郎的伤势未触及根本，
得到了胜乐郎的能量后，大为好转。
众人再环顾四周，仍有横尸挺卧，
那是受到巫师蛊惑的欢喜兵。
尽管他们倍加小心不伤性命，
却仍有危急之下的意外失手。

武甲武丁都在心中默默忏悔，
他们已经学会了自我反省。
只要是暴力无论有何等理由，
都应该忏悔而不能放纵。

胜乐郎见状也于心不忍，
垂下了眼帘默默诵经。
他已在无尽的虚空中，
观出了清凉秘境，
将这些冤魂都化为光点，
一个个一盏盏如倒行的雪花，
融入了秘境如水滴融入海中。

还有那些过往战死的冤魂，
虽然他们为巫师提供了能量，
但胜乐郎的心中没有嗔恨，
他依旧用那颗无我无分别的悲心，
将那秘境的大门向他们敞开。

只见那些冤魂们各有反应：
有的欢呼雀跃，有的避而远之；
有的放不下新仇旧恨，
有的难割舍爱欲贪执。
可见那些真正的顽固分了，
即使成为一缕魂魄也固守着自我。
他们已变成执念的载体，
他们懦弱又无明，可怜又可悲，
胜乐郎只能眼睁睁看着他们再入轮回。
于是他一声喟叹道，
慈门虽广却难度无缘之人。

然而何止是那死去的冤魂，
便是活着的人们也只是一串心念。
那心念最善变也最善于欺骗，
总用自我的概念捆缚自己，
并用夸大其词的种种恐惧，告诫
跃跃欲试的同类休要痴心妄想。
于是，无量的众生便在这界限之内，
生了又死，死了又生，
如同烈马被驯服套上了缰绳。

其实，那界限本身就是谎言。
亘古以来，并没有几人敢于逾越。
那打破我执，也是另一种自杀——
从心理上杀死小我，杀死虚妄，
杀死七情六欲，杀死种种比较，
再腾挪出空间，请进一个伟大的神。
哦，这伟大的神呵永恒的神，
他是伟大精神的载体！
他无我而慈悲，智慧而利众，
只有他，能让你清凉，达成不朽的永恒。

那些幽魂肉体上虽然死去，
但自我的概念却没有消失。
他们总怕真理的光明过于耀眼，
总怕打碎了这团飘忽不定的执着，
便由着那真理消失于虚空，
还为保全了自我而庆幸。
他们像逃过火焰山的猴子般雀跃，
却不知自己错失了无上的良机。
这样只好随他们去吧，
胜乐郎在慨叹中安住悲心。

天上的灵魂错过了往生净境，
而地上的人们还要继续战斗。
这一个夜晚真是波澜不断，
好在他们已习惯了功亏一篑，
习惯了只管付出不问结果，
境遇已成了调心的道具。

一遍遍一次次反反复复，
直到将心中的巫师彻底剿灭。

此时，东方已经亮起一抹红晕，
仿佛给万物抹上淡淡的胭脂。
草木们纷纷舒展着身躯，
在晨风中打着舒畅的呵欠。
它们当然不在乎昨晚的故事，
它们只享受当下的闲适，
那生生死死的事情它们早看厌了，
上演了千年仍是老一套剧情。
它们宁可伸长了慵懒的纤腰，
去品味那璀璨晨露的晶莹。
那露珠的味道好个甘美呀，
喝上一口快乐直赛过神仙。

胜乐郎们便决定继续前行，
去两国的交战处调停战乱。
更怕那巫师先一步到达战场，
将战火搅得更高让更多生灵涂炭。
于是你挑着箩儿我扛着担，
六人的身影一同走向朝阳。
然而正当他们迈开脚步，
胜乐郎突然间心念一动，
潜意识中流露的细节，
电光石火般在他的脑海浮现。
原来昨晚的交战是一种因缘，
在交手中巫师沾染了胜乐郎气息。

气息的交汇构成了量子纠缠，
胜乐郎便能感应到巫师的心念。
他看到了巫师出现的画面，
似乎不在那两国交战的现场。

于是他告诉了幻化郎他的发现，
让幻化郎进入那系统再次搜寻。
幻化郎闻言叫一声妙绝，
这样的线索他居然没有想到。
随后他安住于明空之境，
又念动咒语打开了系统。

那欢喜徒孙见到这一幕，
目瞪口呆仿佛入了仙界。
从昨晚到此刻，他如堕梦中，
飘飘忽忽，真真假假，
天上地下，一片混沌。
不管是惊险还是神奇，
都让他极度震撼久久失语。
从前，他只是普通人中的普通者，
如众多谷粒中的一粒。而眼下，
眼见这师爷的队伍个个神通广大，
使得他大开眼界也信心大增。
师尊的回信还没有动静，
但他却多了一分期待，
他希望能留在师爷身边，
依止师爷开始真正地修行。

再说那幻化郎打开了系统，
轻而易举找到了巫师踪迹。
那巫师还不知道被打上烙印，
依旧安住于无想中试图隐身。
看样子他像在欢喜国王宫，
正鬼鬼祟祟进入一间密室。
只因那欢喜郎正带兵出征，
他一路畅通如入无人之境。
他四处摸索找出一个宝匣，
打开宝匣拿出了一个盒子。
幻化郎觉得那盒子好生眼熟，
定睛一看不由得大惊失色。
原来那竟是欢喜郎的魔盒，
想不到它没有随着黑城堡消失。
如愿以偿的巫师仰天狞笑，
眼神中透露出骇人的凶光。
随后幻化郎退出造化系统，
告诉了师兄自己所见。
胜乐郎闻言沉思片刻，
他的脸色变得严肃至极。随后
他命众人掉转方向速往欢喜国都，
他有一种奇怪的不祥预感——
那巫师得到了黑城堡的魔盒，
必然会引发更大的灾难。
因缘已变胜乐郎也必须改变，
事分先后更分轻重缓急，
他要将最大的祸患先彻底清除。

明知道巫师命不该绝，
但他还是要不认命地追杀。
巫师的作恶是巫师的本能，
圣者的追杀是圣者的使命，
就像光明总驱逐黑暗，
也像太阳总追赶黎明。
这是一种宿命的追逐，
先尽了人事再听天命。

第七十二乐章

娑萨朗的那些人总在救治伤患，宣传和平，实在令人讨厌，城府极深的欢喜国王，已为他们摆好了鸿门宴。神通无碍的寂天仙翁、无所畏惧的流浪汉，怎么还没从酒宴上速速归来？

第 186 曲　熏染

再说以流浪汉和寂天为首的娑萨朗成员，
整日奔忙于战场拼命救人，
无论是欢喜军还是威德军，
他们都不分敌我一视同仁。

尤其那流浪汉，在大多数人眼里，
他根本就是傻瓜、呆子、一根筋。
他虽然身怀空行大力，却软硬不吃，
顽固不化，只坚持自己的原则。
他虽是个勤劳而无我的人，
在自己的田地里种着自己的庄稼。
他心怀慈悲见不得有人受苦，
诸般努力纯粹为了利益他人，
这种行为渐渐地感动了旁人，
无数人都开始下意识地效仿。
于是这默默无闻的流浪汉，
一时间在娑萨朗声名鹊起。

这让欢喜郎感到很是棘手，
娑萨朗人的行为已阻碍了战事进程，
为了那救援常常要休战，
那一鼓而起的士气也因此中断。
而如果强行阻止他们救援，

又唯恐在国际上引起负面舆论。
咦呀！这就是世间事的奇妙，
你的蜜糖是他的砒霜，
你的乐园是他的深渊。
那人人渴望的娑萨朗，
也变成了绊脚的石头，
只因它让战争的车轮出现了停顿。

这还不是最可怕的因素，
单纯救人也没什么要紧，
要命的是他们还宣扬什么和平，
而且见人便说逢人就讲毫不厌倦，
影响得军心涣散个个疲软。
因此，在那些救死扶伤的空当里，
战场上空回荡的不是鼓角铮鸣，
而是和平大爱的旋律。
娑萨朗的无私行为一呼百应，
很快便得到了官兵的回应。
从此，将军不是将军，
战士不是战士。他们都无心恋战，
大敌当前，也显出妇人之仁。
而那和平仁爱的思想，
像洪水一样漫灌开来，
它老少通吃也黑白通吃，
它还能吞吃一切虎狼之师，
再生出一只只绵羊和兔子。
而所有伤者被救后，
更被他们另类的气息感染——

它是爱与慈悲、美与美德，

是久违的人性之光，

像春风一般温暖，

像慈母怀抱似的温柔，

是无情世界的有情一角。

于是，杀人不眨眼的开始颤抖了，

屠戮成性的开始犹疑了，

坚硬如铁的心变得柔软了，

他们终于明白自己有罪了。

那刀光剑影的生活遂成了梦魇，

他们开始忏悔和反省……

更有人开始学习经典，

耳濡目染变成信仰载体，

他们康复后再也不想打仗，

即使在役，也要想方设法逃亡，

融入娑萨朗的阵营。

欢喜郎开始悔不当初，

他觉得不该放纵那些娑萨朗人到战场上救治，

于是，他决定斩草除根不留后患。

然而，那娑萨朗却有着强大的摄受力，

它像磁石一样，牢牢吸引着有缘人。

即使国王明令禁止，也阻挡不了

士兵对娑萨朗的心向往之。

那里汇集的修行之人，

形成了更强大的慈悲气场，

润物无声地熏染着一个个孩子——

士兵们是被人蒙了双眼的孩子，

他们曾经被暴力洗了脑子，
提着脑袋痴迷于杀戮的游戏。
如今他们都想放下武器拥抱和平，
在清净的世界里安度余生。

于是，即使开战，他们也心不在焉，
勇猛无敌的欢喜军变得军心涣散个个疲软。
他们开始动用心计偷奸耍滑，
想把握那适当的分寸，
不再像过去那样拼命绞杀，
而是打鼓一阵便鸣金收兵。
打仗于是成了一场军演，
一些士兵竟露出微笑。
他们彼此心照不宣哼哈有力，
却不见使出致命的杀招。

欢喜郎也感受到娑萨朗的气场，
那是一种和平仁爱的大善之波。
它仿佛那轻柔的甘泉，
无形中消解了士兵斗志。
他们经过慈悲的洗涤，
沐浴在祥和的忘我之中，
再也不想拿起冰冷的武器，
去战场你来我往地拼命。
他甚至也认可仁善理念，
承认大爱能够抚平世间的纷争。
他更能从胜乐郎的身上，
体会到清凉的加持之波，

它能融化他一切的烦恼，
让他忘记世间的忧愁。但眼前
是你死我活的战场，
是生死存亡的关键，
是时不我待的大势，
是千载难逢的良机，
由不得这种理念肆意扩张。
否则士兵们一旦缴械投降，
宏图大业便会全部泡汤。
若是娑萨朗的号召力超过朝廷，
在士兵们的心里扎下根须，
他多年的统治基业势必摇摇欲坠。

其实，就连欢喜郎自己也在动摇——
不管他有多少宏大抱负，
不管他有多大的基业要守，
也总有那么一些时刻，
娑萨朗的善能会涌了来。
就像灭火的水吞黑的白，
扑向他的恶心恶念。
然而那恶能也不甘示弱，
它总会鼓起更强的邪恶之气，
在欢喜郎的经脉里乱窜，与善能争夺领地。
于是，国家的战争还没结束，
自我的战争也硝烟四起，
使欢喜国王冷热交替身疲力软，
时不时就陷入晕厥或疯狂吼叫。

上一次因善恶相攻虎落平阳，

他不得不放弃战斗逃回老巢。

这一次他不想重蹈覆辙，

他取下皇冠做将军，

那黑衣黑甲着上身，

那长刀重剑提在手，

那旧恨新仇都要了。

于是，他不断回忆先父那屈辱的一跪，

来激发自己心中钢铁般的斗志。

他要让皇天后土向他道歉。

他要做让天地都战栗的恶魔。

他要踩踏威德国成断壁残垣。

他要以暴制暴。待一统天下

再谈那天下太平的大愿。

他想这发心也是为了黎民百姓，

以暴制暴是实现和平最快的途径。

于是他扫清了内心的善念，

鼓起了十二万分的斗志。

这时他再看那娑萨朗，

就不是大善大爱之师，

而是最可怕的搅局者，

也是当下最亟须解决的难题。

一日不解决这个问题，

军心就会继续涣散，

士兵们就会继续无心打仗，

自己就会继续善恶相攻不得安宁，

这些都是欢喜郎最难容忍的。

而如何解决却是另一个问题——
大张旗鼓地干预定会陷入被动，
因为所有人都会骂他残暴不仁，
竟阻止娑萨朗救死扶伤。
这不但会增大政治污名的风险，
而且同样会瓦解军心造成动荡。
相比之下，暗算是更好的选择，
但他忌惮寂天和流浪汉，
觉得暗算成功的可能性不会太大。
他见识过流浪汉的空行大力，
阴阳城一战令他心有余悸。
于是他发挥善于谋略的优势，
通宵达旦连番算计，
终于在三天三夜后一拍脑袋，
定下了完美的实施方案。

他立刻召来了军队指挥官，
好一番交代如此这般。
他的剑眉时不时竖起，
体现出一种决然和威严。
他提醒自己要做十恶不赦之人，
不可有丝毫的妇人之仁。

待得那指挥官领命而去，
欢喜郎又回到案前反复推敲。
他最近变得不太自信，
感觉很多事无法掌控。

人力虽谋划得精准细致，
有时却抗不过注定的天意。
他像一颗身不由己的棋子，
在命运的棋局里总被操控。
他能做的就是仔细再仔细，
明知人不能胜天也当尽力。
他的精力总是在耗损，
这几年看上去老了许多。
他越来越像当年的父王，
甚至已成了父王的范本复刻。
这也许是所有国王的宿命，
一旦戴上那王冠，必定
在命运的磨道里如驴子般循环。

咦呀我的欢喜郎君王，
眼下可是你想要的人生？
你可曾想过，抛下王位，
人生就会有另一种可能？
你可以找到一万个借口，
继续玩这个权力游戏，
但出离其实不需要任何条件，
同样也不需要任何理由。
你只要能放下一切，
你只要心不再留恋，
真正的出离即刻就会实现。
像世尊，他就是告别了妻儿父母和王冠，
才能在树下一坐六年。
别再被虚假概念困住了心，

当知时光如同白驹过隙。
一个眨眼人生就会耗掉，
再想弥补只能徒发悲叹。

那时的欢喜郎还在梦中，
根本听不到雪漠的声音。
沉重的世间烦恼羁绊了他的心，
他只好继续拖着疲惫身躯，
在发黄的地图前殚精竭虑。
我也只好继续讲他的故事，
为世界送上启示的教言。
我们在各自的命运轨迹上，
完成着不同的人生使命。

第 187 曲　物资

那一夜月黑风高伸手不见五指，
娑萨朗的营地上灯火通明。
只因两国交战造就大量伤兵，
志愿者们忙前忙后通宵达旦。

可由于物资匮乏，救援力量有限，
仍有许多伤兵照顾不及，
他们错失了救护只能身亡。
面对他们不甘心的灵魂，
娑萨朗组织人员进行助念。
活着时，他们挣扎在水深火热之中，
死了后，希望他们能往生净境。

志愿者们总是舍身忘我，
把自己忙成旋转的陀螺。
仁爱和焦急都化成了动力，
倾尽所能与死神争分夺秒。
不少志愿者过度劳累，
在高强度的救助中透支了生命。

人们就把那些亡者视为英烈，
还为他们送上至高无上的祝福。
他们启用特定仪式进行超度，

让纯净的灵魂都往生净境。
更有那后来者继承遗愿，
把慈悲精神发挥到极致。

他们把亡者的骨灰装入盒子，
埋进那沃土再立上墓碑。
因为没有石碑，他们用临时的木片替代。
明知道木片不堪风雨，
短暂的存在也不过刹那，
但该尽的人事依然要尽，
用必需的仪式才能守护信仰。

从此，荒凉的墓地不再荒凉。
骆驿不绝的人们四处涌来，
他们带着祭品手捧鲜花，
他们肃立默哀缅怀英烈，
他们用自己的方式表达着敬意。
他们把英烈变成一个个故事，
一个个故事里，
是一段段感动世界的插曲，
它们成为世上的信仰烛光，
一点点一盏盏照耀千秋。

娑萨朗是乱世中的世外桃源，
在战火纷飞之中提供着庇护。
无论是活着的士兵还是死去的灵魂，
都把这里当成自己的归宿。
还有那些志愿者们，

他们也成了大善的灯烛。
他们守护着娑萨朗也诠释着娑萨朗，
他们告诉迷途的灵魂娑萨朗在何处。
于是，黑夜里亮起了点点烛火，
照亮了法界亘古的暗夜。

忽然，视线中出现了一队人马，
没有高扬的旗帜，
没有进攻的战鼓，
众将士身着欢喜军的铠甲，
却不曾持握战斗的器械。
一车车物资浩浩荡荡，
走近娑萨朗的难民营外。
人们见状生起警觉——
那山雨之前风猖狂，
那履霜之戒不曾忘。
这昏天黑地里从天而降，
也许来者不善会出麻烦。

那寂天正在救治伤患，
闻讯皱一下疲惫的面孔。
他连续几夜都没有合眼，
通宵达旦地抢救着伤患。
他的双眼早布满了血丝，
雪白的胡子上沾满了灰尘。
那一声声叫唤响在他的耳边；
那一片片血迹淌在他的眼前；
那一双双眼睛痛苦在他的心上；

更有那烦琐的事务劳他心神。
他夜不能眠日不停歇，
慈悲的双目早已红肿
如兔子的红眼睛一样，令人生畏。
虽然他有不好的预感，
但还是整了整妆容仪表，
那白须白眉又抖起了仙风，
让人一见就生起敬意。

他总是很在意自己的造型，
这是他生为天人的习气。
反而不如那流浪汉质朴，
整天傻呵呵无拘又无束。
流浪汉的心中没有概念，
从不在意别人的看法。
他只管守着那天然质朴，
从小草成长为一棵大树。

寂天来到了娑萨朗广场，
传唤欢喜军头目进入营地。
只见那头目躬身施礼道：
"老仙翁大慈悲别来无恙，
请收下我们对您的敬仰。
我们的国王心怀仁善，
送一批物资拯救伤患。
为防威德国加害娑萨朗，
特意暗地里悄悄支持。"

寂天闻言感到好笑，
好一颗发动战争的仁爱之心！
捐献物资都不敢正大光明，
莫非怕杀业太重阴德大损，
才捐来些物资填充心虚？
却看那欢喜军头目一脸敬意，
那言辞恳切充满诚意，
分明是字字句句发自肺腑，
不像那国王满是政治的机心。

而事实也是如此，
那小头目正是在表白心迹。
他没有统治者的阴险狡诈，
也没有阴谋家的两面三刀，
他心思纯正想法简单，
抛头颅洒热血只为报恩。

娑萨朗的善行有目共睹，
众士兵敬这里如敬净土。
那头目也看到了仁爱景象，
于无声处受到感染——
你看那伤患残肢断臂，
却不见哎哟呻唤哭爹喊娘。
再看那营地处处凌乱，
却满目温馨一片清凉。
他们痛苦，但他们也安详；
他们悲伤，但他们也宁静；
他们眼里分明有泪，

但他们却在对你微笑。

他还发现了昔日的战友——
身负重伤者，手持经卷念念有词；
行动灵便者，忙前忙后帮助救治。
他们一脸的幸福充实并绽放出圣光，
无忧无虑和当初在军营时判若两人，
就像魔鬼洗礼后变成了天使，
再也不见当初的杀戮之气，
通身的和睦十分安详。

小头目当然受到了感染，
仿佛回到了久违的家园。
他的灵魂也发出了纠结的呐喊，
向往那从不敢奢望的幸福——
"母亲啊，我多想卸下这沉重的铠甲，
卸下我孱弱肩膀上无端的重负；
母亲啊，我多想回到您的怀抱，
为您端上热气腾腾的茶饭。
可儿王命在身不能不从……
我不能叫娑萨朗思想渗入军心；
我不能让士兵质疑那战争的意义；
我不能让他们知道，
那和平与信仰也能实现救赎；
我不能让他们明白，
敌人也可以是兄弟，
可以在一个秘境里经忏；
我更不能让他们感受到，

原来这世上还有一种情，
不是亲人却胜似亲人……"

于是，两种文化两个人格，
开始在欢喜军头目的心里
相互撞击相互冲突，
但他看起来仍是一脸平静。
他沉吟了半晌之后，
还是向寂天转达了欢喜国王的旨意：
此行前来，一为送达物资，
二为邀请寂天老仙翁，
想借仙翁的影响达成和解，
再也不要血腥的杀戮结束战争。

流浪汉一听眉飞色舞，
双手相拍连连叫好。
寂天却沉默不言若有所思，
他不似流浪汉心无城府，
一生的风雨历程告诉他，
帝王的野心比海深。
不过，虽然他不抱什么希望，
但也想会一会那欢喜郎。

于是，他点点头，说：
"感谢将军邀请。
欢喜国王仁慈，天下百姓之福。
容在下准备一下即刻出发。"
他对随同的志愿者略作安排后，

又将自己的形象做一番梳理。
那疲惫的状态一扫而光,
他又成了那个矍铄的老头。

第 188 曲　酒宴

寂天和流浪汉随那头目前往欢喜军营，
一路上，士兵们都对他们礼遇有加。
只因士兵们看到了娑萨朗的和睦，
两国的伤兵竟能尽弃前嫌，
在同一片天空下一团和气。
其实他们也厌倦了杀伐征战，
想放下那刀枪归隐田园。
寂天仙翁仙风道骨，
一看就是那世外高人。
只是那流浪汉显得痴痴傻傻，
像个孩童进了游乐园。

欢喜郎候在军营外迎接客人，
迎接的仪式很是隆重。
娑萨朗救死扶伤人心所向，
他的礼敬只是政治需要。
看到了寂天他快步上前，
握住对方双手嘘寒问暖，
没有一国之君的高高在上，
表情也显得谦卑而诚恳。
他先是感谢娑萨朗善行，
再询问娑萨朗有无困难。
流浪汉人心单纯看不出作秀，

只当每一句话语都出自真心。
于是他两只手揉着衣襟，
一味傻笑着说不出话来。
那寂天发出爽朗的笑声，
真是中气十足铿锵有力，他说，
感谢欢喜国王送的物资，
愿大善之光垂顾欢喜国，
愿天下百姓都远离战乱。

欢喜郎闻言微皱起剑眉，
这弦外之音真是巧妙，
无非是讽刺他到处征战，
有悖于天道的伦理之常，
更定下这会面和平的基调，
以免出现分歧埋下祸患。

欢喜郎只是微微一笑，
这寂天果真不同凡响。
他要拿出十二万分的警觉，
不能让一个老头牵着自己。
只见他拉起流浪汉的双手，
再次感恩他们的救死扶伤，
还说已备好酒菜要款待圣贤。
这一拉，拉出了欢喜国王的热情与诚恳；
这一拉，还拉走了寂天带给他的不快。

流浪汉顿时心生感动满脸崇敬，
也改变了对欢喜郎的印象。

虽然欢喜军到处厮杀征战，
他们的国王却如此和蔼。
这也许是一个具德之王，
能主宰天下也未尝不是好事。

寂天却忍不住皱了一下眉头，
他的话题被不着痕迹地化解，
看得出对方城府极深，
定然有意图隐在幕后。
想到此寂天便提高警觉，
以防中了欢喜郎的埋伏。
倒是那流浪汉傻傻呵呵，
和欢喜郎像久别重逢的兄弟。
这样的心性也是一种福报，
他的世界总那么干净，
寂天虽看清世间污垢，
却无能为力徒增烦恼。

一行三人进了国王帐篷，
欢喜郎的笑声传到很远。
他对娑萨朗越是尊重，
就越能赢得士兵的好感。
他深谙天下大事必起于细节的智慧，
于是，言行举止皆滴水不漏，
每一个细节也恰如其分。
他是难得的全面型领袖，
不仅仅是卓越的政治家，
还是最优秀的男演员。

他能把黑的演成白的，
能把大奸演成大善。
士兵们都对他满怀期待，
都仿佛看到了和平的曙光。

帐篷里摆满了美酒佳肴，
一个个宫女貌若天仙。
欢喜国王春风得意满面笑容，
真真是——
有朋自远方来，不亦乐乎？
好酒沏满杯，好菜端上来；
好曲奏起来，好舞跳起来！
这样的场面够奢华！
这样的宴席够气派！
这样的款待够真诚！
欢喜郎还请寂天和流浪汉坐在自己身边，
这样更像是朋友聚餐，
能让对方卸下心理防范，
在轻松之中聊入核心话题。

流浪汉第一次见这样的场面，
满眼都是红黄绿的各种饭菜，
自己完全被勾人的香气围绕。
而且所有的餐具都金光闪闪，
每一种样式都是他前所未见。
他只感到肚子里翻江倒海，
恨不能马上就大快朵颐。

可转眼看到那些倒酒的宫女，
流浪汉又忘记了食物。
他想起已死的夜叉新娘，
眼神不觉间变得直勾勾。
他当然不是那登徒浪子，
却也没有跨过美人关。
寂天见到他如此失态，
不由得一言不发陷入尴尬。
欢喜郎挥了挥手让宫女退出，
寂天仙翁的脸色才开始和缓。
流浪汉又盯住了桌上的美食，
眼里重新绽放出饥渴的光芒。
他非常像扑鼠的狸猫，
专注中却有另一种贪婪。

欢喜郎倒是很喜欢他的直心，
觉得流浪汉毫无心计又不会掩饰，
别有一种憨厚真诚的可爱。
于是他微笑着点了点头，
随即举起酒杯致以开场词，
说承蒙两位仙人屈驾光临，
这里是两国交战之地，
行军在外招待不周还请海涵。
说罢他仰脖饮了杯中美酒，
又亮出杯底示意自己的真诚。

寂天彬彬有礼端起酒杯，
用手遮住了胡须一饮而尽，

随后露出了微笑须发翻飞，
一派世外高人的形象。
流浪汉却吃得须发沾油满面红光，
狼吞虎咽全不顾及形象。
待得酒过三巡菜过五味，
欢喜郎终于说出了自己的打算，
他说老仙翁救死扶伤固然可敬，
却也只是杯水救火游戏一场。
天下的局面已如滚油，
娑萨朗的救助是飘落的霜花。
根本的救治是消灭战争，
釜底抽薪才能天下太平。

寂天不露声色面容淡然，
说："洗耳恭听欢喜国王的高见。
依你说如何才能釜底抽薪，
让天下彻底没有战争？"

欢喜郎说自己曾提倡和平，
也有娑萨朗那样的情怀。
寂天说知道这段历史，
那时的你还是个纯善少年。
欢喜郎说："我的愿望虽好，
但世道早已被罪恶染透。
自己无论如何努力，
都洗不尽人类天性中的污垢。

"我第一次见到奶格玛时，

女神正在救助百姓。
她心地善良急百姓们所需，
却差一点被难民撕碎。
那些人为了抢夺食物，
互相踩踏像同类相残的毒蛇。
那一幕至今仍让我感到恐怖，
也让我明白了人性的不可救赎。

"我还曾夜以继日讲经五年，
也收获了一些可喜的成果。
人们在教化下长幼有序，
像娑萨朗一样和睦安详。
可只要发生一场小小的战乱，
人们就会撕破脸面，露出丑恶本质。
我的努力总会于瞬息间付诸东流，
我的善良也被赤裸裸嘲讽。
那时，我看不到出路又无法重塑梦想，
只好时时撕扯自己的发肤。
我的身上总是伤痕累累，
我的内心更是痛不欲生。
每个长夜里我都无助地哭号，
像疯子一样到处奔跑。
我的头发成片地脱落，
我像疯了一般精神崩溃。
我的灵魂时时像被撕扯，
一点一点被推入更深的绝望。
那种痛苦绝非常人能够承受，
我那时真是生不如死。

但经历那番淬炼后我终于死而复生，
看清了人性丑陋无比的本质。

"那一刻，我开始思考
如何才能真正地拯救人类。
如果人性的欲望不可消除，
如果人类的天性就像稀泥，
如果无论如何感化和劝教，
都无法把人类塑成佛像，
而想用善心实现世界大同，
也像用火柴照亮漆黑的夜空，
那么我就放弃这无用的救赎，
不再做那天真的书生。
我知道，你们未来也会这样，
因为娑萨朗眼下无论多么美好，
都必然逃不过人性的欲望魔咒。

"我还看清了另一个事实——
就算我不当国王不发动战争，
天下也依旧会大乱到处也依旧有战火，
人命依旧如草芥百姓依旧难安宁，
就像生命体失去平衡各种机能紊乱。
所以，绝对的理想无法实现，
只能介入乱象寻找平衡点。
只有达到平衡状态万物才会有序共存，
而不像这乱世到处都是血腥。
虽然我改变不了人心的本质，
但我至少可以消灭罪恶的现象。

然而消灭罪恶只能用暴力和战争，
以暴制暴才能建立和平的世界。

"此外，要想让人类摆脱灾难，
还需要建立规范的制度，
待得天下一统四海升平，
我们会靠制度约束人心。
要明白人是动物天性贪婪，
只有制度才能囚禁欲望。

"一旦想通了这动态平衡的哲学，
我便放弃了纯善的救世主义。
我要用暴力消灭战争，
为百姓打造大同世界。
我要借助权势建立制度，
让无序的世界有序运转。
这就是我从那书生变成国王，
脱掉长衫换上戎装的原因。
而那些你们所认为的罪恶，
都只是我为追求和平做出的努力。

"这便是我的人生意义，
此外的一切皆是幻影。
我这副躯壳终将归于泥土，
功业也会消逝于历史长河。
连这看似广阔无边的人类世界，
也不过是宇宙中忽生忽灭的火花。"

说罢，他举起那酒杯，
悲壮地仰起头又黯然地放下。
寂天的心中也充满了沧桑。
明白欢喜郎说的都是实情，
这世界上无论有过多少圣人，
战争与和平都会无休止地循环。
没有人能一劳永逸拯救人类，
没有人能彻底打破那欲望魔咒。

于是，他叫一声："国王你太过多虑悲观。
人类啊拯救啊都高在云端，
我只知道娑萨朗的百姓，
都是和睦相处没有争端。
就连昔日刀兵相见的将士，
也在信仰的感化下尽弃前嫌。
因此真正的和平并不需要战争，
信仰之光定能照耀世界。"

欢喜郎闻言先是一愣，
随即露出无奈的苦笑。
他说："现在的娑萨朗确实是一方净土，
只是因为规模尚小，
几个成就者加上少许信徒，
能轻松地凝聚人心坚守梦想。
就如同我那时教化了的百姓，
没有战争时他们也能和睦相处。
等你们声名鹊起后广招信徒，
娑萨朗的规模就会迅速庞大。

一旦规模庞大人数众多，
就会产生管理和被管理，
就会诞生政治阶层和制度，
就会有利益的分配和组织矛盾，
娑萨朗就会成为乌有之邦，
或者成为国家一样的组织。
战争或冲突在所难免，
娑萨朗也会从此异化。
除非你们严格筛选投奔的成员，
但这又会把广大百姓拒之门外，
你们也会变成封闭自娱的团体，
无法救度广大的众生实现和平。
所以，这几乎是一个无解的难题。

"君不见那许多的宗教组织，
虽然还保留着信仰的名号，
却早已没有了信仰的精神。
那僵化的制度和教条，
是捆绑心灵的另一种枷锁。
更因为精神控制的便利，
教派也成了藏污纳垢之地。
领袖们披着圣贤的外衣，
内里却充满利益和欲望。
那是肮脏政治的另一种变形，
还不如一些政治家更有情怀。

"所以，每当我看到现在的娑萨朗，
内心就既感到欣慰又感到悲哀。

我欣慰这善心还没有灭绝，
也悲哀娑萨朗注定是一个空想。
要么它躲在世外的角落里自娱自乐，
要么它在欲望中异化为枷锁。
它很难保证纯粹的信仰核心不变，
让百姓一代代传承一代代敬仰。
这就是所有信仰组织的魔咒，
从古至今都没人能打破。

"寂天仙翁啊，我的大成就者，
您看看我说的哪句是谎言？
我早已看透了肮脏世界的游戏。
无论是政治还是信仰，
有人的地方就有心魔。
我站在人类的顶端俯瞰众生，
只看到一堆堆欲望的躯体，
熙熙为名攘攘为利，
偶有善心也只是一时的情绪。
便是我扔进智慧的火种，
也会被污染成欲望的毒焰。
他们自以为是固执己见，
只能在世俗的泥潭里倾轧厮杀。
我明知道他们不可救赎，
依旧想尽力让他们安生片刻。
我只好用杀伐遏制杀伐，
救不了根本我就先救现象。
寂天寂天我敬重的菩萨，
您的出世大智广传千里，

您有没有更高明的哲学，
来打破人类的信仰魔咒？"

寂天听了欢喜郎的话语，
哑口无言中充满怅然。
这欢喜郎不仅擅长厮杀征战，
还有一双犀利深邃的慧眼。
他看透了这世界的根本因缘，
更能点出娑萨朗的死穴，
要么是边缘小众要么被大众异化。
于是，一时间寂天也默然无语，
既不能赞同也没有理由反驳。

倒是那流浪汉闻言点头，
说："想不到国王也有难咽的黄连。
荣华富贵你享尽，
美酒美食天天有，
生出思虑无限多，
徒增烦恼又自扰。
我听不懂你高尚的拯救，
却知道一张嘴塞不进两只鸡腿。
想做皇帝又想当圣者，
发动战争又想好名声，
我的欢喜国王呀，
你也是一厢情愿难两全。
当婊子必然立不了牌坊，
一只脚必然踩不了两船。
我觉得你不要有太多顾虑，

认准了一条路就毫无旁顾，
轻轻松松地自由逍遥。
有这些美酒美食和衣物，
你就应该快乐而不应该苦恼。"

欢喜郎闻言眼前一亮，
上下来回地打量起流浪汉。
没想到这个人看似呆蠢，
脑袋里竟然有这等智慧。
他说："壮士所言虽然通俗，
但讲出的道理却如醍醐灌顶。
我确实纠结于天使和魔鬼，
善恶的交织总让我晕眩。
我既当不成圣人也做不了恶魔，
位及至尊却依旧烦恼不堪。

"我既然生在这帝王之家，
就无法如你这般潇洒。
各人的因缘无法改变，
在舞台上都有注定的角色。
一人难饰两角，那就尽好本分。
你行你的菩萨道，
我当我的好国王。
为了拯救天下苍生，
观念和行为的分歧
并不妨碍我们的向往。
这世界本就是多种义化共存，
需要无为的圣人也需要有为的君主。

"那就让黑暗与光明共存吧，
让我们点亮光明，尽管微弱；
让我们驱除黑暗，尽管艰难。
不管我们能照亮多少众生，
那点亮本身就是希望。
只要有希望和向往，
人类就不会沦为兽类。
这个世界也需要杀伐之力，
荡清寰宇的暴力和战争，
能让百姓安享和平休养生息，
因此我决定心无旁骛，
一条道路走向光明。

"感谢你为我坚定了信念，
从此我安心做一个国王。
虽然我内心认可你们，
但也会身不由己多有得罪。
希望你们能够理解，
我并不是传说中的恶魔。"
说罢，他再次斟酒仰天长叹。

寂天却听出了弦外之音，
他预感到欢喜郎要图穷匕见。
他思忖了片刻叫声国王，
说："世界本是大舞台，
无数的角色无数的戏，
我们不求您放下兵刃，

只请您尊重娑萨朗的信仰。

我们在各自的轨迹上完成自我,

这才是真正的雄才大略。"

第 189 曲　谈判

欢喜郎闻言放下了酒杯，
他知道寂天已看出了自己的意图，
并且想要劝服他不去干涉娑萨朗，
以便能保留那信仰的火种。
这仙人看起来好个超越，
对世间的机心却深谙十分。
于是他动起了国王的谋略，
说道："就算我想放下刀兵，
也势必被威德郎赶尽杀绝，
众百姓也难免生灵涂炭。
我就像是被绑上了战车，
已然人在江湖身不由己。
这是天下不可扭转的大势，
任何人力的挽回都只是螳臂当车。

"我虽然尊重你们的行为，
但出于自己的立场也只能施加干涉。
因为你们拖延了战争进度，
让我们的攻击陷入了迟缓。
更因为你们瓦解了军队斗志，
让士兵们总想放下武器拥抱和平。
因此我必须进行干预，
才能扭转局势回到正常的轨迹。

"我已了知那世界真相，
和平无法用信仰获得，
以善制恶无非是扬汤止沸，
更是望梅解渴画饼充饥。
娑萨朗看似充满希望，
其实将祸患暂且压下，
如同将皮球摁在水中。
与其这样反复纠缠，
让众生备受煎熬暗无天日，
不如狠心化长痛为短痛，
与威德郎彻底做个了断。
从此后，无论胜负都一笔勾销，
再没有你死我活的征战杀伐。
希望娑萨朗能撤离战场，
让我们能快刀斩乱麻速战速决。

"连日来我在威德国各地观察，
发现这威德国满目疮痍，
早已是强弩之末，不再是当初的强大帝国。
因此我有九成把握战胜对手，
只求你们不要横加阻挠。
等我一统江山之后，
再请娑萨朗来欢喜国教化百姓。"

寂天闻言冷笑几声：
"欢喜国王你好个霸道，
这是威德国的领土，

娑萨朗也是中立的存在。
恐怕你并无权力令我们退出！
更有战场上的无数伤兵，
若是我们退出必将送命。
我们不劝你停止战争，
也请你尊重我们的信仰。"

欢喜郎眼中寒光一闪，
言语顿时成了利剑：
"你们当然可以不奉我号令，
只是为大业我不容私情。
你们不但收留欢喜国逃兵，
还在现场救治我们的敌人，
我即便出兵也是师出有名。
如今我尊重你们的信仰，
才有这礼敬商议的宴请。
若是你们坚持己见一意孤行，
我也只好不徇私情不再手软。"

说罢他望了一眼傻乎乎的流浪汉，
语气又缓和了很多：
"其实我并非破坏你们信仰，
本王一向尊重信仰！
只希望你们能换个地方暂避锋芒。
这样既保护了你们的信仰，
也有助于和平的实现。
别以为信仰的力量无穷大，
一旦压抑的人性遇到暴乱的火星，

娑萨朗也会片甲不留碎骨粉身。
眼下你们不该再继续掺和，
更不适合在战场出现，
否则不但救不了众生，还会引火烧身。
你们若是动摇了国之根本，
必然有人会出手干预。
我甚至可以坦言那惯用的手段，
先是抹黑一番再兴兵讨伐，
打翻在地再踩上一只脚。

"再说你们救了那么多伤兵，
若没有财力后盾，又能支撑多久？
那成千上万的信仰者，也是
成千上万张吞吃五谷的口。
你若是喂不饱他们的肚皮，
他们就会反过来将你撕碎吞吃。
所有想救度众生者，
也必沦为众生的敌人。
人类的欲望性永远无法改变，
如同那顽石永远也变不成黄金。

"寂天啊寂天我的老仙翁，
千万别抱有清纯的幻想。
众生本是欲望的产物，
谁拯救他们就会把谁钉上十字架。
你就算明知不可为而为之，
也要懂得善巧方法。
眼下的娑萨朗已是内忧外患，

各方势力都对你们虎视眈眈。
若是意气用事徒逞英雄，
必然一败涂地不可收拾。"

欢喜郎叹息着再饮一杯酒，
眼眶看上去竟有些湿润。
似乎他已忘了政治意图，
仿佛他说到深处情不自禁，
或是怀念起自己曾经的善良，
或有对世界看透后的绝望。他说：
"我当然认同你们纯洁的信仰，
劝你们退出也是一种保护。
我不愿信仰者被虎狼噬咬，
最后变成一堆殉葬的血肉。

"寂天啊寂天我的老仙翁，
您具备我没有的出世间智慧，
我却比您洞悉这红尘的险恶。
古往今来有那么多大德，
世界却依旧充满暴力，
您只要翻开人类的史书，就会发现
那漫天的血腥总是糊了慈悲。

"更可怕的是另一些书籍，
他们对血腥大加颂扬鼓腹讴歌，
于是，屠夫成了民族英雄，
招展着开疆拓土的旗帜四处讨伐，
刽子手也不甘落后，

扛着保家卫国的镰刀，
割下一茬又一茬无辜的头颅。
一代代的啦啦队鼓噪个不停，
一代代刽子手源源诞生，
文化中充满了暴力基因，
战乱便成了自食其果。

"而对于充满欲望的人类，
明知不可救，我们却都在救，
我们就是那同一战线的手足。
只要您退出战场避其锋芒，
就可以保存信仰的火种。
无论今后是哪一国获胜，
你们都可以重出江湖教化民心。
那时候天下太平政权稳定，
需要信仰来安抚百姓，
让民心归附拥护君主，
你们会有合法的地位与支持。
那时你们会有普世的教育，
比如智慧慈悲仁义礼智信，
让百姓快速地提升自己，
让他们远离欲望促成安定团结。
但你们不要弘扬纯粹的信仰，
更不要与君王争夺群众基础。
只要培养几个传承者，
就可以确保这世界有光明的延续。

"要知道真正的信仰少有人爱，

众生多追求福报和利益。
就算是给他们机会传播空性，
也不会有几人想真正解脱。
这就是般若智慧的悲哀宿命，
智慧越是究竟越不接地气。
它只能是黑夜里孤零零的灯塔，
注定了无法进入千家万户。

"不过我欢喜郎真的尊重信仰，
若能统一天下我定然开风气之先。
对于真正有志向的修行者，
我可以提供优渥的环境，
以此来保存人类智慧的火种，
这是我身为一国之君的郑重许诺。

"寂天啊寂天我的老仙翁，
我欢喜郎说的是肺腑之言。
别看那美酒令我陶醉，
其实我心中明镜般清晰。
那娑萨朗已危在旦夕，
就看您是进是退何去何从。
切莫再被妇人之仁乱了心智，
毁了伟大基业可就后悔莫及。"
说罢他又饮下一杯美酒，
然后便直勾勾盯着仙翁。

寂天闻言可真犯了难，
欢喜郎的话语绵里藏针，

但也有发自肺腑的诚恳，
和一种贴心贴肺的气息，
并非单纯为了所谓的政治意图。
欢喜郎毕竟情怀未泯，
对信仰也有独到的见解。
他一针见血地点出了娑萨朗隐患，
不愧是洞悉世事的明君。
更抓住窝藏逃兵的把柄，
这已是触犯了国家律法。
即便借此对娑萨朗下手，
在政治上也有合法的理由。

见寂天面色阴沉默默不语，
流浪汉更不知如何应对。
看起来欢喜郎在掏心掏肺，
所有话都是为娑萨朗着想。
但如果真要退出战场放弃伤兵，
他又有一些不太情愿。
只是没有力争的理由，
眼中遂露出了无尽的迷茫。

只见寂天沉吟片刻便做出决断，
他端起一杯美酒一饮而尽，
说："感谢欢喜国王的盛情，
你对娑萨朗的分析确实一针见血。
也许它现在的救援不利于长久，
但我的眼中没有娑萨朗的蓝图，
只有那一个个伤兵。

"君王不断征战杀伐天怒人怨，
我们只好跟在后面尽力挽救生命。
所以，最好的解决方式不是我们退出，
而是你和那威德郎就此休兵。
我也知道这是一厢情愿的幻想，
你们已撕毁了无数次合约。
只要这天下不归于统一，
众生就会在乱世里浮沉。

"正如你所言各有各的宿命，
我的命运就是践行信仰。
明知道大智慧没有市场，
我也依旧要弘扬微弱的光明。
老朽我太清楚灯塔的孤独，
也依旧会用一生做个守塔人。
尽管那蜡烛能发出些光亮，
却无法指引人类远航的方向。
灯塔有其不可替代的意义，
因为它是人类文明的希望。
大海中若是没有了灯塔，
人类就只能在黑暗中摸索。

"而圣人就像那黑夜中的灯炬，
虽然不能照亮整个世界，
但至少能照亮部分灵魂，
更可以给黑夜中的苍生以希望，
有希望才会有救赎。

虽然那举火炬者注定孤独，
甚至他的一生都可能是悲剧，
或是被钉上那十字架或是惨遭荼毒，
但他承载的精神却会不朽。
而且，总会有后来者去承接他的火炬，
延续那光明继续照亮众生。

"如今娑萨朗已成为火炬传递的一环，
我不在乎它会发展还是会毁灭，
我的使命只是在它存续的每一天里，
竭尽全力让它发光发热。
也许它会在政治的阴谋下迅速破产，
也许它会在众生的欲望下终将异化，
但这些都不能成为我退缩的理由，
否则我将会一辈子瞧不起自己。
欢喜国王啊，虽然你口口声声说理解信仰，
其实你并没走入信仰之门。
纯粹的信仰者不会权衡利弊，
更不会为了保全自己而委曲求全。
他的世界里只有苦难的众生，
他没有世俗中的那些蝇营狗苟。
他明白自己所有的行为终将消散，
就算娑萨朗延续千年，
也逃不过成住坏空的宿命。
他同样明白早死晚死都是死，
他只在乎活着时的竭尽所能。
他会像蜡烛一样，纯粹无我地燃烧，
竭尽全力毫不保留地燃烧，

如同那流星，
虽然生命短暂却绽放了极致的光芒，
总好过那萤火虫在草丛里苟且偷生。

"再说你的出发点依旧是政治机心，
即便是贴上信仰的标签，
也并无信仰的程序。
你将那娑萨朗当成了娑萨朗国，
才会有那些暂避锋芒的建议。
而我的眼里娑萨朗就是娑萨朗，
它存在一天便要放一天的光明。
它代表了人类文明的最高境界，
就算是迅速地灭亡也是纯粹信仰。
绝不掺杂进世俗权衡的考虑，
否则便空有其外壳而异化了本质。

"我知道你的苦楚和衷肠。
你也在用自己的方式拯救世界，
想让那百姓能短暂地安康。
只是你杀一百人再救一百人，
无非是给这世界增加无谓的动荡。
我哪怕只救一个人也是纯粹的拯救，
不需要付出任何血腥的代价，
这就是政治和信仰的根本区别。
你我在不同的领域里做着不同的事情，
我们并不在同一条战线上。

"所以我无法答应你提出的要求，

你若是对娑萨朗下手我也无能为力。
我宁可做十字架上的殉难者，
也不愿做显赫教派的掌门人。
娑萨朗的宿命也同样如此，
哪怕它飞快地灭亡也要放出光明。
那光明不会随着娑萨朗的消散而消散，
反而会在人类的历史中一直留存。
如同那耶稣被世人钉死在十字架上，
他的博爱精神才达成了永恒。
但我连那是否永恒也不在乎，
我不在乎娑萨朗能救治多少伤兵，
我也不在乎娑萨朗何时灭亡，
我更不在乎那些威胁它的力量，
我的心中早已打破了所有执着。

"我只是在自己的世界里完成自己，
每一个抉择都是我的宿命。
我无法扭曲自己的真心迎合世界，
只因那真心已成为我生命的本能。
在我眼里生死皆是一味无别，
就连那娑萨朗也只是一个梦境。
欢喜国王啊你不仅不了解信仰，
这种内证的智慧你更不曾触摸。
所以你才会用那些筹谋国家的经验，
去揣度成就者和他所建立的娑萨朗。

"既然我们的交流不在一个频道，
这一场晚宴也没有继续下去的必要。

只是我依旧感谢国王你的善心，
为娑萨朗送来物资你功德无量。"
说罢，寂天便拉着流浪汉的手起身欲走。

第七十三乐章

在欢喜国王的关照下，娑萨朗变成了乐园，丰厚的物资、闲适的生活，已经将娑萨朗的一些人煮成了温水中的青蛙。娑萨朗该何去何从？

第 190 曲 软禁

见到寂天拉着流浪汉准备离开，
欢喜郎的脸色骤然一紧，
他的眼神变得冷峻而威严，
放下手中酒杯沉声说道：
"寂天仙翁所言如醍醐灌顶，
一切只是迫于眼前的形势。
那就烦请两位在此调养几日，
何时同意撤离，再恭送不迟。"
随后他命令几个侍卫把守在出口，
不让寂天和流浪汉通过。

寂天闻言不由得一个愣神，
莫非这欢喜郎还想强迫不成？
自己有出世之智法力高深，
那流浪汉具空行大力威猛无比，
若是翻脸对他并无好处，
再不济也会闹他个两败俱伤。
于是他也冷下脸来不怒而威，
只是立在原地并不言语。
流浪汉却发蒙般不知所措，
尽管他也感觉到杀气，
但他仍是不愿相信：
这欢喜国王看起来宅心仁厚，

刚刚又一腔热忱吐露了衷肠，
而且还煞费苦心设宴款待他们。
现在这山珍海味还在肚中，
如何能与他为敌？

欢喜郎对他们又是一笑：
"老仙翁可知投鼠忌器？
您来去自如我强留不住，
只好将娑萨朗设伏包围，
请理解我也是迫不得已。
如果您执意离开一意孤行，
那儿必定化为一片血污。
如果您能在此屈就几日，
想通后我定会恭送二位，
还会奉上物资银两，
作为对您老的歉意和支持。"

寂天一听冷冷一笑，
没想到对方如此下作。
流浪汉也抽动起嘴角握紧双拳。
虽然他情理上不愿为敌，
但绝不容忍任何人的要挟。
于是他做好了准备，
只等那寂天一声令下。

寂天的特性是智慧和理智，
他不像流浪汉那般耿直单纯。
眼下欢喜郎虽奈何不了自己，

可他包围了娑萨朗作为要挟。
继续反抗，娑萨朗便要遭殃；
缴械投降，不是寂天的本意。
他当然也可以擒拿欢喜郎，
来个反要挟，但那挟持国王的罪名，
却能让两家结下深仇大恨，
就算能换来暂时的和平，
娑萨朗也终将会被暴力吞没。
娑萨朗要保持纯粹的信仰，
就必须远离杀伐和暴力。

上次的击溃劫匪虽迫于无奈，
但依旧留下了话柄和隐患。
而且那时幻化郎还有野心，
想要组织武装力量建立帝国。
如今幻化郎的心性已经改变，
娑萨朗的事业也走上了正轨，
他们就要吸取过去的教训，
绝不参与任何的战争和暴力。

想到此，寂天回转到桌前，
他对着那欢喜郎态度坚决。
他说："大王你不要痴心妄想，
就算在下将牢底坐穿，也不会
让娑萨朗屈服于政治。
你可以把我们投进牢房，
看看政治和信仰哪个更有力量。"

流浪汉见状亦步亦趋，
紧跟着寂天也坐回了桌前。
忽然他心念一动仿佛想起什么，
抓起个猪蹄又塞进嘴里。
估计是他怕进入那牢房，
想吃上这美味难上加难。

只听得欢喜郎哈哈大笑，
他满脸的热情与尊重，
一扫刚才的威胁怒容，
他说："我怎敢委屈两位坐牢，
我只是想留你们几日，
给娑萨朗找一条出路。"
说罢又传唤几名侍卫，
引领寂天二人移步他处。

那寂天是既来之则安之，
泰然自若像在家里踱步。
流浪汉却慌里慌张跟在左右，
临走时，再次朝盘里抓了一把，
塞进嘴里却开始直瞪眼睛，
原来他吃得太急噎住了嗓子，
一时间脸红脖子粗好个狼狈。

他们被带到另一顶帐篷，只见
那里干净而舒适，暖融融的感觉
比那娑萨朗还要温馨三分。
流浪汉顿时喜笑颜开——

好一个休养生息的天堂，
不仅生活用品一应俱全，
门口还有士兵专门负责安全，
那一日三餐虽不及晚宴，
但荤素搭配也十分精致。

对于欢喜郎的叵测用心，
寂天当然心知肚明。他既不愿背负
伤害圣贤的骂名，又想逼他们就范。
于是那寂天廉者不受嗟来之食，
对送来的美味视而不见，
以此来捍卫自己的气节和尊严。
他还想让流浪汉也不要贪恋美食，
但看到那汉子质朴而纯粹的样子，
根本就是个孩子，他的心中
没有政治利益，更没有气节概念，
只有从前没吃过的
和以后吃不到的。
这样的心性像浑然天成的璞玉，
任何人为的加工都是一种多余。

于是，寂天只管自己拒绝，
任由那美食端来又撤走，
他心如磐石志不可摧。
可长此以往可怎么得了？
流浪汉看到心急如焚，
更有那美食平日难遇，不吃白不吃。
这一次，他又央求寂天吃一些，

寂天摇摇头面露微笑：
"我是那仙人要吞云吐雾，
凡间的饭菜我只有禁止，
保证我法力不能被染污，
有法力才能方便度众。
孩子，你把我的那一份也吃了吧，
修行之人不能浪费粮食。"

寂天这一说，流浪汉如释重负，
嘴里却叽叽咕咕嘟嘟囔囔道：
"当仙人有什么好？
不能吃好玩好有啥意思。
无聊无聊真无聊，
还不如我逍遥的凡夫俗子。"

他根本不知道，
这只是寂天仙人的说辞，
为了让他那颗贪吃的小心脏
能够安心地享用美食。
寂天就像一位慈父，看到可爱的孩子，
就不忍心再提出任何要求。
他可以自己饿肚子，却不忍心
让孩子跟自己一起挨饿。
他更不忍心把概念加于孩子，
让那纯洁的璞玉多了杂质。

转眼又是七日。酒足饭饱之后，
流浪汉再也憋不住了——

你听外面的小鸟在歌唱，

你看天上的云儿在奔跑，

你闻路边的花儿在吐芬芳，

更有那宽阔的天地在召唤……

于是，他径直向门口走去。

一把大刀却从天而降，

挡住了他的去路，

吓得流浪汉连连退后。

那清脆的鸟叫不见了，

只听到一个壮汉粗重的声音：

"没有王令禁止出营。

请仙翁不要为难小兵，

出了差错我们性命难保。

有什么要求可以替您二位转达。"

寂天闻言，冷笑一声。

侍卫言辞恳切合情合理，

一字一句都击中他们软肋。

如是这般，又是七日，

流浪汉开始显得毛躁，

那美味已不是美味，分明在受罪；

那侍奉也不是侍奉，分明是囚禁。

他暴跳道："惹急了老子就发空行大力，

看如何把这军营夷为平地。"

寂天听见，呵呵一笑说：

"切不可冲动行事，

这大好时光也别坐吃等死,
我教你打坐观修吧,
继续开发你的空行大力。"
于是,听话的孩子流浪汉
以牢笼为道场,把软禁当闭关,
开始了跟寂天修练瑜伽的经历。

他的耳边,响起了寂天
沧桑浑厚而安详的声音——
安住那当下之境吧,
这世界本是调心的道具,
这生命本是修行的资本,
无论身处于何时何地,
都是清修的大好时机。

流浪汉得此教授潜能显发,
一天天恢复了前世的记忆,
他身上的习气慢慢洗净,
智慧的明镜也开始放光。
虽然明知前路茫茫,
却能从容应对那意外之境。
他确实也是上根之人,
天生无杂念与机心的干扰,
修起那瑜伽,他很快便相应,
将一切事物都用来调心。
一开始,他仍贪恋美食,
那乞讨的习气是附骨之疽,
让流浪汉在禅修之余总是惦念食物。

他发现很多平时不起眼的习气，
在闭关时便会成倍地放大。
只因生活已简单到极致，
除了禅修就是吃饭睡觉。
纵然是流浪汉天生没机心，
也还是有生活环境导致的习气发作。

即使他适应了禅修生活，
也仍会感受到前所未有的单调，
枯燥的观修，无聊的仪轨，
日复一日地循环往复，
唯一的变化是三餐的菜式。
白菜芹菜卷心菜，猪肉羊肉牦牛肉。
吃了上顿猜下顿，对每顿都充满期待，
饭菜已成为心魔，
时不时就把他的心勾走。
甚至他的嘴巴也变得刁钻，
对那些可口的饭菜一旦习以为常，
便不再满足于现状而提出更高要求。
于是他把那要求告诉守卫的士兵，
让他们转达后勤呈上指定的饭菜。

寂天看到这里摇摇头苦笑一声。
一开始他是由着流浪汉胡闹，
他原以为自己的绝食会令欢喜郎屈服，
关不了几日便会放他们离开，因此，
他没有对流浪汉提什么要求，

却不想欢喜郎纹丝不动毫不妥协，
于是他决定安住于此调教流浪汉。

为此寂天给流浪汉定下许多标准：
每日里只有最低限度的饮食，
菜多而肉少使身心清净。
他教导流浪汉说：
"五味令人口悦五色令人目眩，
心驰外物必不能反视内听。
虽然忌口只是一件小事，
但修行本身就是一件件小事。
所以你务必要克制自己的欲望，
不找一切借口寡欲清心，
所有的欲望都是欲望，不分对错，
修行就是打破所有的欲望获得绝对自由。"

那流浪汉闻言诺诺连声，
心中却感到有些惋惜。
看着欢喜军送来的酒肉食物，
只能吃一点青菜萝卜让他十分难熬。
他常常感叹：大海就在眼前，
饥渴的苦命人却只能取一滴水。
但他对寂天仙翁佩服得五体投地，
他知道老者具有出世间的大智，
并且也是那幻化郎兄弟的好友，
他愿意听从寂天的教言来逐步实修。
虽然十二只馋猫在心中抓挠，
但他强忍着嘴馋不沾酒肉。

他把酒肉布施给那些士兵，
来抵制内心蠢蠢欲动的馋虫，
行为上也离酒肉越来越远。
随着一段时日的磨炼，
流浪汉克服了口腹之欲，
对酒肉和青菜都不起贪心。
虽然明明能分辨出其味道，
但不会再搞得心神不宁。
他已能安住于禅修之中，
也适应了空行大力的涌动。

看到自己的进步，他开始骄傲，
时时便想找机会卖弄一番。
忽而用那空行之力空中移物，
忽而用那空行之力御风而行，
忽而用那空行之力击碎杯壶……
每每此时，他便有了一种巨大的成就感，
觉得自己随心所欲无所不能。
他在卫兵面前也常常示现，
乐见对方目瞪口呆充满了崇拜。

寂天见此状又皱起了眉头，
问流浪汉："你是不是想要完蛋？
自古妙法要默默隐修，
哪像你这般炫耀和卖弄？
卖弄者不成器，炫耀者必夭折。
刚装进去一点水分就被你晃干，
更会因卖弄走漏消息，

招来那违缘而不自知。
无知小儿流浪汉呀，
再不悔改就会枉送小命。"

这一说，流浪汉顿时惊慌失措，
他是知错就改的人，从此以后
他时时刻刻都克制着自己的虚荣。
就算是修炼法脉也总是在深夜，
吹熄了灯烛独自一人隐修。
他的虚荣心也开始淡化，
看起来更加安静和深沉。

紧接着流浪汉习气又发动，
他开始杂念纷飞如罗网般纠缠，
忽而想到迷魂村的夜叉新娘，
忽而想到和幻化郎的浴血奋战。
平日里那个空空荡荡的大脑，
竟瞬间复苏了许多记忆。
诸念头如海中泛起的泡沫，
让他再也无法安住于观修。

寂天见状又进一步开示：
"别理会念头只安住祈请。
你的心海澄清到一定程度，
自然会看见海底的淤泥。
你只管祈请吧！放松了心，
以祈请的力量消融它，
像春风化雨，润物无声，

你无须压抑也无须执着，
假以时日就会风平浪静。
若是你难忍受妄念的折磨，
你可观想周围全是骷髅护轮，
无论亲人朋友还是仇敌怨憎，
所有的记忆都观成那骷髅。
生命无常一切都会过去，
对着那骷髅你可有执着？
那些你爱的恨的嫉妒的愤怒的，
终将会变成一具白骨无生命气息，
如同那石头和泥土再也生不出情绪，
你生起的念头也自然会消散。"

那流浪汉得此教言信受奉行，
随着时日的延长心渐渐平静。
观那骷髅护轮他生起出离心，
妄念一旦碰到护轮立刻烟消云散。
那骷髅护轮也愈加坚固，
变成了防火墙护持身心。

流浪汉的功力一日日增加，
心中多了一面明镜，
水晶般晶莹剔透折射无量光芒，
朗照着万物生起了妙用。
他的相貌也发生了变化，
不再是那呆呆蠢蠢的痴汉。
他高大威猛殊胜庄严，
很像唐卡上的金刚护法，
至此空行人终于与空行石合二为一。

第 191 曲　诛心

这一日流浪汉正观修仪轨，
只见他闭目凝神好个庄严。
倒是那寂天因长期绝食，
看起来有些瘦弱疲惫。
好在他有仙人的辟谷之术，
虽然身形消瘦精神却不萎靡。
他神情内敛透出一丝飘逸，
显示出强大的内证功德。

忽听到门外的士兵高声禀报，
齐叫一声恭迎圣驾。
又呼啦啦一片跪倒在地，
那铠甲与地面的摩擦声好个响亮。

寂天闻声缓缓睁眼，
一丝精光闪过了眼眸。
欢喜郎这一来必然有变，
不知是好是坏且任运自然。

欢喜郎依旧是龙行虎步，
先看看流浪汉露出一丝惊讶，
又看看寂天依旧一脸谦恭，
问两位圣者别来无恙？

那流浪汉闻言也不再打坐，
睁开了眼睛瞳孔闪闪放光。
这些日子他已忘了时间，
时间的长短他也早不在乎，
只知道自己已脱胎换骨，
本具的智慧也无碍显发。

欢喜郎此时也发现变化，
眼前的汉子已截然不同。
之前早就有人汇报，
说此人的神力似大于寂天。
幸好这空行人没投奔敌国。
若是能得到他的帮助，
倒也是一桩大事因缘。

寂天听到了欢喜郎的问候，
神色平静缓缓睁开双眼。
问一声："欢喜国王有何贵干，
可是要放我二人归山？"
欢喜郎欠欠身微微一笑，
像个涵养极好的书生。
他说："这些天我反复琢磨，
信仰和政治真不一样，
不能以世间的利益来衡量。
因此我一边指挥作战，
一边派人去游说娑萨朗，
希望他们能远离战场，
移步到我建好的寺院，

终于说动了那刺客主管，
他同意从此不介入战争。"

寂天闻此言白眉竖起，
他也料到欢喜郎不会善罢甘休。
既然对自己和流浪汉无能为力，
就必然会趁他们被囚禁之际，
来一招釜底抽薪平息争端。
那刺客不具备出世间的智慧，
其他的成员也没有离欲，
欢喜郎政治手腕高明，
有几人禁得利诱威逼？
寂天的心中有怒气一闪，
随即融入明空无踪无迹。
事情既然已成定局，
也只能全然接受万事随缘。
他长叹一声说："欢喜国王果然好手段，
你可知自己会毁了他们的信仰？"

欢喜郎闻言面露愧色，
他说自己也是身不由己。
每个人都有命定的角色，
他只是按那剧本上演剧情，
还说他会派出士兵保护众人，
确保娑萨朗不会受到伤害。

流浪汉刚绽开了智慧蓓蕾，
对人心的善恶都敏感异常。

那欢喜郎的用意明明朗朗，
分明想对娑萨朗全面监控。
那军队一旦介入信仰，
信仰就会异化为政治。
信仰者不再有纯粹的信仰之心，
也就无法达成自由的超越。

只是眼下也只好如此，
打不得杀不得好个憋闷。
虽然他具备了空行大力，
却仍有慈悲心不足的短板。
他像那横眉怒目的金刚，
有智慧有力量却缺少柔和。
要不是寂天提醒他怀柔，
真想把欢喜郎拍成肉泥。
于是他扬起眉头冷哼一声：
"亏我还把你当成好人，
没想到你门背后踢起飞脚，
用政治玷污娑萨朗基业。"
说完他拉着寂天快步出营，
并耸耸鼻头啐了一口。

欢喜郎不动声色只是一笑，
摆摆手安抚发怒的侍卫。
他虽也有过纯粹的情怀，
但现实总叫他蝇营狗苟。
政治本是个肮脏的游戏，
屁股总是会决定了脑袋。

他苦笑一声回到中军帐，
继续看两国的交战地图。

寂天重见阳光重获自由，
但他的心上却蒙了乌云，
他不能容忍这阴谋诡计，
污染正法在人间的载体。
一路上他都在不停盘算，
娑萨朗到底该何去何从。
既然欢喜郎已派兵监控，
下一步又应该如何部署？
更要探明那刺客的心意，
看他的信仰是否已变化。
太多问题需要寂天解决，
镇定如他也被搅动心神。

领队的欢喜兵恭敬有加，
忙前忙后地打点行程。
他们要前往娑萨朗营地，
那是欢喜郎最近供养的寺庙，
已配备丰富的生活物资，
能软化坚定的信仰之心。

欢喜郎懂得如何瓦解人心，
人只要习惯了优越的生活，
就不会再想那清苦的修行，
人性的一面是懒散的兽性，
遭遇欲望外缘兽性便出笼。

那娑萨朗信仰者也只是凡人，
虽然也能慈悲行善，
本质上却没有离欲安心，
享受着欢喜郎提供的舒适环境，
自然会常怀感恩之心，
就算表面上还有信仰，
那安逸的习气却已发动。

欢喜郎这一招极其致命，
他知道杀人的根本在于诛心。
只要诛灭了娑萨朗的信仰，
成就者就成了孤家寡人。
泥鳅再大也掀不起风浪，
便无法影响他统一的进程。
一行人一路上各怀心事，
终于走近了娑萨朗所在。

远看那寺院好个庄严，
却分明不是新近建造。
想来之前也会有僧人，
但不知是否已被赶出庙门。
寂天见此状忧虑更甚，
他嗅到一种不祥的气息。
只见那寺院有高大的庙门，
庙门的两侧有两个塔台。
塔台上有全副武装的士兵，
更有三步一岗五步一哨。

此处哪里还是什么寺院，
分明已成了另一种军营。

那领队的头目让两人留步，
他走上前去通报守军。
又递上文书让对方查验，
守军挥一挥手打开大门。

院内景象更让寂天担忧，
看样子娑萨朗已变了颜色。
目之所及已不见伤兵，
志愿者们围坐在草地上空谈。
他们谈玄论道好不快活，
身边还有各色茶水点心。
安逸之气弥漫在每一个角落，
此处显然已跟修行没有关系。
甚至比世俗场所更加糟糕，
因为他们对社会全无贡献，
俨然已变成了另一种天人，
懒惰无聊地消耗着福报。
若是这种现状不能改变，
娑萨朗就会被彻底摧毁。
娑萨朗人们此生的慧命，
也会在不知不觉中断送。

那些人看到了寂天一行，
马上终止空谈起身行礼。
有人去通报那刺客主管，

很快便听到迎接的鼓声。
刺客主管在鼓声中走来，
急促的脚步显示着热情。
他爽朗畅快地一阵大笑，
还张开双臂想上前拥抱。
他的衣着不再是麻布葛衣，
而是一套洁白的法袍。
那成队的随从更是夸张，
跟在他身后像长长的尾巴。

寂天暗暗地发出叹息，
信仰的队伍已经变质。
这里看不到利众精神，
分明是一个腐朽的教派。

那流浪汉也是微微皱眉，
但他还是怀有残存的希望。
叫一声刺客兄弟多日不见，
你和这娑萨朗可别来无恙？
那刺客大笑着抱住流浪汉，
又拍一拍他的肩膀以示亲热。
然后对着寂天躬身施礼，
说："我日盼夜盼终于盼得仙翁您，
和流浪汉哥哥回来，
我心中的畅快像那晴空万里。
我已派人备了小酒，
为你们接风洗却尘劳。"

寂天闻听此言心中一震，
娑萨朗里咋有了这种风气？
竟然还搞起了吃吃喝喝，
哪像清苦的圣洁之地。

那刺客转身走在前面，
脸上的表情阴晴不定。
他想到此二人如今归来，
他对娑萨朗便难以控制。
论修为他不如寂天尊者，
论武力不是流浪汉对手。
唯有先缓解两人的情绪，
再慢慢地打好群众基础。
猛虎难敌群狼之围剿，
不怕拔不走这两个骨刺。

流浪汉不断地东瞭西看，
说这娑萨朗真是鸟枪换炮。
若不是那些熟悉的面孔，
还以为走进了国师庙宇。
刺客的脸上忽红忽白，
他不知道流浪汉是褒是贬。
他呵呵一笑掩饰那心虚，
说全托两位师兄的福报。
若不是您二位谈判争取，
哪有这样安定的局面。
他表面上好像不居功自傲，
实则把皮球踢给了对方。

那流浪汉闻言冷哼一声，
寂天拉了拉他使了个眼色。
他一直牵挂着两国的伤兵，
不想马上和刺客翻脸。
他开口叫一声刺客贤弟，
这娑萨朗的条件确实改善，
那救死扶伤的传统可曾保留？
怎不见战场上救下的伤兵？

这声贤弟让刺客的心中一暖，
看来寂天并没有决绝地对抗。
这消去了他的一些担忧，
就面露微笑回复寂天：
"说起这伤患请师兄放心，
欢喜郎已经全部安置。
他已建好了专门的医院，
更有那专业的药品和医护。
他们会救治所有的伤兵，
娑萨朗人只需要好好修行，
不必再烦劳红尘之事，
将世间事交给世间人操心。"

寂天闻言舒一口长气，
很欣慰他们没抛弃伤患。
只是眼下的情况仍然严峻，
娑萨朗已完全被异化。
虽然他们道貌岸然貌似修行，

观其行履却没有出离超越。
当初的利他精神已经不见，
只是谈玄论道而没有行为。

这时娑萨朗大门突然打开，
一车车粮草和补给流水般涌来。
清谈的志愿者们双眼放光，
就像财迷看到了金币。
只见他们卸物资的卸物资，
拆包装的拆包装，
每一张脸上都挂满兴奋。
似乎这才是他们最期待的事情，
破执啊空性啊都只是谈资。

那刺客见状也露出了微笑，
说欢喜郎不愧是一言九鼎。
对娑萨朗的行者礼敬有加，
还提供了保障让他们修行。
言语间是掩饰不住的得意，
更有对欢喜郎发自肺腑的认可。

说话间一行人到达了中军帐，
这儿原是寺院的藏经阁，
已被改装得宽敞而豪华。
刺客眉飞色舞忘乎其形地说道：
"欢喜郎答应战后进行扩建，
娑萨朗将会有更好的条件，
不但让大家都能好好修行，

还能弘扬大道广纳天下众生。"

寂天和流浪汉却一言不发，
脸上的表情凝重而严肃。
他们知道信仰必须远离物欲，
保持简朴的环境方能返视内照，
否则照此发展下去，
娑萨朗也会充满物累。

刺客察言观色觉出了他们不满，
但碍于两位都是德高望重之人，
自己也不便与他们冲突。他想，
自己并没有蝇营狗苟的私心，
他一心为公替娑萨朗着想，
尤其是他们走后这段日子，更是
鞠躬尽瘁生怕出了差错。
他显然已经忘记了之前有过的心念。

刺客没有出世之智，
只能依托世间法的机心
谋划娑萨朗的未来。他并不知道自己
已违背了信仰的本质。相反，
他还沾沾自喜志得意满，
以为给娑萨朗做了件好事，
既救助了伤兵，又保全了自己，
还为娑萨朗将来的发展，
打下了良好而坚实的基础，
让所有人都有条件潜心修行，

再也不必为生存耗费心神。

随后刺客请寂天登上主座，
以示对寂天仙翁的心悦诚服。
再安排流浪汉坐在寂天右边，
自己则坐在了寂天左侧。
有一些骨干也陆续就座，
大家桌面团团人也团团。
各种美味佳肴陆续上齐，
果真是色香味样样俱全。
见此状寂天十分不悦，
他一向倡导生活从简，
吃喝铺张是腐败的温床。
千里之堤溃于蚁穴，
吃喝空谈会毁了信仰。
只是他不想扫大家兴致，
也就没有将意见提出，
只说各位大德辛苦了，
感恩大家操劳着娑萨朗的大小事务，
眼下虽有了全新的局面，
大家还需要再接再厉。

众人闻言都起立致敬，
说："全靠老仙翁的慈悲引领，
我们凡夫俗子只能做些杂事，
真正的修行要以觉者为师。
您就是我们心中公认的师尊，
望不要嫌弃我们的愚鲁。"

寂天闻言露出一丝欣慰，
虽然娑萨朗有些浮夸退转，
但主旋律还在唱响，
只要知道自己该干的正事，
一切就皆有可能扭转。

流浪汉却直言不讳：
"大家口口声声说信仰，
我们回来却只看到退转。
很多人的心思不在清修，
度众的事业也没了热情。
蓬勃的朝气已成明日黄花，
修行的气场没有慈悲清凉。
要我说且先不要举杯相贺，
我们先深刻检讨一下自己。"

流浪汉这番话石破天惊，
像期盼已久的大餐忽然变凉。
众人的脸上像打翻了五色盘，
你瞧我我望你面面相觑。

寂天提议大家畅所欲言，
娑萨朗的变化有目共睹，
是好是坏每个人都有衡量，
究竟怎样才算是真正的修行，
大家当群策群力各抒己见。

骨干们听了都陷入沉默，
谁也不愿抢风头率先发言。
那修行的正路都在书里，
出离心菩提心还有正见。
只是这时的追问怕别有深意，
谁也不想当出头的椽子。

一个主管踢过了皮球，
说："我们都是凡夫俗子，
哪有什么分辨能力，
请寂天仙翁为我们开示。"
他的提议引来一片附和，
谁都知道这枪打出头鸟。
如今要让仙翁先亮出底牌，
自己再见招出招见风转舵。

寂天闻言也点了点头，
说："既然如此我就当仁不让，
修行人面对自己的真心，
不必顾忌更不可虚伪，
关键问题上要勇敢面对。

"娑萨朗的初心只是信仰，
源于幻化郎大德的救死扶伤。
他功德巍巍高风亮节，
才有了这么多坚定追随的成员。
既然娑萨朗的过去是救助和利众，
娑萨朗的未来就当不忘初心。

如今两国的交战正如火如荼，
正是伤患需要我们的时候，
我们是不是应该组织力量去营救？"

众人一片沉默。
又是沉默！像一默千年！
一张张面孔都仿佛石化。
娑萨朗毕竟是信仰群体，
比一般的社会组织单纯，
只是向往背后政见不同，
每个人都有自己的梦想。
欢喜郎高明地洞悉这一点，
因此没用高官厚禄去拉拢，
而是表面上支持其信仰，
再渗入令人变质的欲望。

半晌之后，刺客第一个打破了沉默。
他干咳一声，然后谈到了欢喜郎的威胁，
这一下像水中丢进了一个石子，
骨干们纷纷打开了话匣子，
但都是用来欺骗自己的理由。
有的说成大事者要审时度势，
既然形势不利就当韬光养晦；
有的说打坐修行才是正业，
反正那伤兵已得到妥善的安置。
他们都怕再去那战场上救人受苦，
都怕因此和政府军流血冲突，
都觉得眼下的环境最适合修行，

都想就这样安逸地生活下去。
一时间会场变成了热闹的菜市场，
骨干们七嘴八舌畅所欲言，
那些或是高大或是瘦小的身影，
宣说着一个个掩饰信仰异化的理由。

寂天见状只好冷眼旁观，
众生百态，尽情地演吧。
流浪汉却性情耿直暴喝一声，
直震得桌椅也打出几个寒噤。
那些纷纷扰扰也霎时寂灭，
众人都吓得面露惊骇不知所措。

流浪汉在智悲双运的基础上，
加上金刚大力那吼声才会震耳欲聋。
他想借吼声扫去众人的邪见，
让娑萨朗人重新找回信仰。
只见他浓眉倒竖像愤怒金刚，
浑身散发出智慧的烈焰，
他早已不是木讷的蠢汉，
他是疾恶如仇的护法神！
他想扫清世上的妖魔鬼怪，
连那些阻碍修行的论调和念头，
也要用霹雳喝断。
瞧，耳边响着歪理谬论，
贪嗔痴泛滥浮夸成风，
才逼得他扬眉剑出鞘。
他一声怒吼再叫一声："鸟人！

什么避其锋芒为了长久打算?
什么念经打坐才是正修?
你们可有大无畏之心?
可敢为信仰付出生命?
没有这样的魄力和打碎自我,
所有的打坐念经都是自欺欺人。
你们无非是贪图那蝇头小利,
贪恋它们带来的那些暂时享受。
你看那些补给物资一进大门,
一个个都像看到大便的苍蝇,
一双双眼睛立刻放出贪婪。

"你们说念经和打坐才是正修,
我咋没看到禅堂有人诵经?
倒是户外的草地上围坐着闲聊之人,
像一堆堆的牛矢马溺散布在草坪。
看其貌谈玄论道俨然得道高人,
观其行止却不如普通百姓。
不信我们去问几个农民,
看他们有没有时间捣是弄非?
你们呀你们呀真是气煞我也,
要知道修行的本质是对治欲望。
那欲望的漏洞一旦打开,
所有的清净都会付诸东流。

"真正的修行要六根清净,
不闻悦声不看美色不尝美味,
就连那贪婪的几口饭菜,

都会成为障道的心魔。

"眼下你们已被欢喜郎腐蚀,
才会寻找理由任由自己退转。
我和寂天的信念毫无动摇,
在欢喜郎面前从没有就范。
真正的信仰不会权衡利弊,
不在乎一生会有怎样的结果。
我哪怕只活一天也要全力以赴,
绝不会为利益苟且偷生。

"瞧这娑萨朗已经变了颜色,
欢喜郎的驻军使它介入了政治,
欢喜郎的供养令它瓦解了斗志,
欢喜郎的游说让它扭曲了信仰。
更可怕的是这一切都冠冕堂皇,
虽打着为娑萨朗着想的旗号,
却早已将它异化为政治的附庸。"

流浪汉的话如连珠炮轰击,
明确地表达了心中的愤怒:
一愤怒欢喜郎的阴谋诡计,
二愤怒眼前人的怯懦退缩,
三愤怒他们堕落而不自觉,
反而巧言令色地自欺欺人。
这些欲望的众生啊,
稍有一丝诱惑便生起魔性,
究竟应该如何救度?

再说众骨干听完了这番言语，
大眼瞪小眼面面相觑。
一时间帐篷内寂静无声，
众人的呼吸紧张而压抑，
仿佛无数的火星混入空气，
稍有不慎便会爆燃。

寂天终于缓缓地开口，
他说："诸位同修，流浪汉的语气虽然强硬，
但暗藏着修行的真理。
出世间与世间法本质的区别，
便是放下执着勇猛精进，
而努力做事则是悲心的体现。
真正的修行，
就是要把握这两点毫不松懈，
持之以恒地观照自心。
眼下的娑萨朗虽然安逸，
却早已没了警觉之心。
都被阴谋诡计迷了心智，
沦陷在欲望泥潭而不自知。

"对治的方法唯有突破禁锢，
彻底打碎所有的瓶瓶罐罐。
这听起来很难其实并不困难，
总结起来无非是以下两点：
保持艰苦奋斗的传统不丢，
面对政治压力毫不屈服。

要知道欲望会煽动魔心，
当防范所有的欲望侵蚀，
修行人不怕大起大落的人生巨变，
最怕温水煮青蛙的日渐沦陷。

"眼下的局面已十分明朗，
欢喜郎用魔桶罩住了诸君。
表面上说是为娑萨朗着想，
实际上瓦解了诸位的道心。
若继续沉浸在舒适和安逸中不知上进，
娑萨朗就会成腐朽的代名。

"我毫不怀疑诸位的信仰，
但你们看不清修行的核心。
眼下我们必须要凝聚人心，
重新回到慈悲利众的正轨。
首先要突破看守士兵的防卫，
重上战场彰显救赎精神。"

寂天的这一番话语条理分明，
语气也不像流浪汉那般尖锐直冲，
而且他把责任推给了欢喜郎，
说他才是娑萨朗沦落的根由。
他和流浪汉就像红脸和黑脸，
两者相合刚好陈述了整个事实。
流浪汉点出内因让他们反省，
寂天强调外缘给他们台阶。
这护法加菩萨的组合十分完美，

很像欢喜郎的"打上一拳给一颗糖"。
其实两种方法的本质都是一样，
区别仅仅在于那目的。
智者的精明就在于借助那方法，
来实现与欲望相反的利众发心。

然而，尽管两人已说得非常清楚，
那疑惑却依然纠缠在众人心中——
难道娑萨朗真的在沦落？
难道它不是越来越壮大？
有了自己的地盘，
还有了大量给养，
有了空余时间可以专注修行，
没了以往的后顾之忧，也不再
朝不保夕五湖为家。
这一切怎么可能像那两人所说，
不是发展而是倒退？

于是有人提出反对意见，
不想再回到战场救死扶伤，
并非是贪生怕死爱惜生命，
而是觉得没必要介入纷争。
加上各国朝廷也虎视眈眈，
名义上支持实则是在防范，
每一个国王其实都在担忧，
都怕士兵放下武器拥抱和平。
娑萨朗此时若是介入战争，
就是扔掉橄榄枝与世界为敌。

寂天却说拼死也要坚守信仰，
他们觉得这教条实在愚不可及。
只是看到流浪汉的横眉怒目，
心中产生畏惧不免惴然。
娑萨朗毕竟是修行的团体，
理论上还是要尊重寂天。
于是他们一个个表情复杂，
游移着目光不敢出声。

刺客也看到了局面的僵持，
知道大家尝到了信仰甜头。
吃喝不愁连国王都很尊敬，
欲望的魔王已经出笼。
没人愿意放弃享受再上战场，
没人愿意再像过去那样，
为那看不见的精神和超越，
放弃这看得见的生命和甜头。
于是他提出了缓兵之计，
说等幻化郎归来再做决定。
这一说众人纷纷点头，
都说扭转思想需要时间。

会议结束后刺客仔细反省，
又和寂天私下里沟通，
他认可寂天意见并开始忏悔，
说曾经的自己多么天真，
曾经的自己多么草率。
真正的行者艰苦朴素，

却守着慈悲和度众的核心。
他却让那欢喜郎用世俗机心，
巧妙地扭曲了自己修行的根本。
如今听了流浪汉的狮吼，
震去了心头的乌云好个清明。
然而众人的意见很难立刻统一，
毕竟欲望和机心人们更容易理解。
因此当务之急是扭转众人的思想，
让他们回归信仰的正途。

寂天闻言说："一声善哉，
知错能改善莫大焉。
如今只要我们步调一致，
自然就会上行下效。
再给那幻化郎飞鸽传书，
只要和他统一了意见，
所有的障碍都能扫除。"

刺客闻言却犯了难，
说幻化尊者不知现在何处。
据说是去消灭欢喜国的巫师，
但没有人知道他的确切位置。

寂天听后呵呵一笑，
说："我这里有一只法界的灵鸽，
可以很快找到幻化郎本人。
这灵鸽并非普通的白鸽，
它的心性光明和诸圣尊相通。

只要对着本尊虔诚祈请,
便能启动灵鸽前去送信。"

于是刺客按照寂天的提示写信,
绑在了灵鸽的腿上开始祈请。
只见那原本雕塑一般浑身僵硬的灵鸽,
在刺客的祈请之心与本尊相应时,
突然睁大了双眼,眼中放出光彩,
浑身释放出彩虹般的光芒,
扑棱棱一下振翅高飞。

刺客被这一幕惊得目瞪口呆,
对寂天仙翁信心大增。
他当即要拜寂天为师,
想随他学习这神奇的法门。

寂天摇头拒绝了刺客,
说:"你的因缘不在我这里,
切记要跟着幻化郎一门深入。"
刺客闻言脸色绯红,
于怅然中开始忏悔。

不久那灵鸽传来幻化郎信笺,
他说信仰的本质就是慈悲救人,
若是抛弃了慈悲心偏安一隅,
娑萨朗和世俗组织又有何异?

刺客读完后展示了信件,

说无条件支持大德的决定。
世上的教派大多如此，
创始的初期发心纯正，
但随着发展追逐名闻利养，
当初的志向便云消雾散，
或是被篡改得面目全非。
那一个个理由都无比高尚，
其实都是欲望魔鬼的魔钩。
如今娑萨朗也遭遇这一场风波，
众人都被欲望的魔钩迷惑，
最初的发心被理直气壮地抛弃，
信仰的变质也被当成了发展。
幸好有成就者力挽狂澜，
及时发出了狮吼如当头棒喝。
他决定痛改前非恢复娑萨朗本色，
回到那战场救死扶伤。
哪怕是因此招致祸患，
也不让纯洁的信仰掺进杂质。
他说愿与看守的士兵沟通，
既无须暴力也不必对抗，
只要娑萨朗团结一心，
就会有重返战场的可能。

他给志愿者三天时间，
愿意救死扶伤者找他报到，
想要留下修行的也不勉强。
他这一说众人哗然，
像石头击开沉寂的水面。

安逸的生活即将被打破，
众人的不满都写在脸上。

只因那安逸容易让人沉溺，
只因那安逸容易让人懒散，
只因那安逸让人遗忘初心，
只因那安逸让人抗拒改变。
在安逸中懵懂无觉地出生，
就会在安逸中不知不觉地死去。
在安逸中雄狮也会变成宠物，
在安逸中梦想终将变成云烟。

回想曾在战火纷飞中救人，
那真是一个遥远的梦境，
如今成了向世人吹嘘的资本，
也成了让自己安逸的理由。
更有世人投来的尊敬目光，
更有国王敕封的荣誉称号，
更有种类丰富的补养物资，
更有脚不沾泥的修行环境。
没有战乱，没有贫穷，没有痛苦，
只有鲜花、荣誉和掌声。
没有苦行，没有肮脏，
没有与自我执着的对抗，
只有檀香、木鱼、诵经
和闭目打坐的庄严。
好一个大自在逍遥生活！
时不时还能围坐在一起，

泡上一壶茶燃起一炉香，
穿上那法衣坐而论道，
好一种世外高人的逍遥！
然而那领头者偏偏没事找事，
执意要将这样的生活打破。
他们是不是脑子被门挤了，
还是必须折腾一下才能彰显权威？

想到又要去战场上承受风雨泥水，
想到又要和伤兵同吃同睡，
想到刺鼻的腥臭和通宵达旦，
想到那些腐烂的尸体……
我的天啊，只想想就感到恐惧。

虽然这看守士兵的刀光在闪，
名义上是守护实则是监管。
但监管就监管吧，爱管就来管。
只要按时给我们可口的饭菜，
只要表面上给我们尊敬的目光，
只要那伟大的国王也说我们伟大，
我们就没有任何异议也不去反抗。
何况在这样的乱世里，
这种监管最能保证我们的安全。
我宁愿做一只被圈养的家畜，
也不想回到寒风刺骨的森林；
我宁愿做一个白衣飘飘的行者，
也不愿再沾上那一身血污；
我宁愿做一个被阉割了灵魂的教徒，

也不愿风里来雨里去提心吊胆。

一时间众人的百态呈现纷纭，
有的像睡醒的狮子恍然大悟，
有的像恋家的母鸡犹豫不决，
还有的转动着眼球玩起心计，
思考两边的形势哪个更有前途。
然而大部分人都不愿舍弃安逸，
他们都在心中抵触着改变。
可是领头的管理者已经达成一致，
自己的意见也只好憋在心里。
娑萨朗毕竟是个信仰组织，
尊师的要求是基本底线。

此时却有一人暗自打起主意，
想要煽动群众一起反抗这决定。
平日他谈玄论道头头是道，
打坐盘腿样样功夫了得，
学富五车通晓各门经典，
样貌庄严如供台上的佛像。
可他虽是满嘴的佛言与佛语，
内里却一肚子阴谋诡计。
他眼见娑萨朗又要重回到艰苦，
自己不愿再受那磨难。
他觉得打坐念经才是修行，
读书和辩论才能增加学养。
那些治病救人只是表面功夫，
远不是真正的修行核心。

虽然幻化郎强调做事的重要，
提倡通过做事调心并积累资粮，
还说做事是一个人成就最快的方式，
但这些道理他统统都没有听进。
他依旧抱着固有观念不放，
同时还把它传播给同门。
一方面卖弄自己的学养深厚，
一方面也觉得修行要观修。
因为他的口才极佳又法相庄严，
便吸引了一帮无知者追随。
大家觉得他学识渊博还有真功夫，
那盘腿打坐的姿势比佛陀更美。

就是这样的一个娑萨朗成员，
暗自动起了心思逃避改变。
他用那十二个蜂窝都敌不过的心眼，
迅速找出了抗拒的理由。
只是他怕过于标新立异，
弄不好会成为众矢之的。
于是他暗中煽动他的粉丝，
想乘机拉起自己的队伍。

只见他暗中拉拢组织学习小组，
叫大家别去战场注重观修。
他口若悬河讲述修行精要，
旁征博引令人眼花缭乱。
他说做事是表面功夫，

实修要通过妙法的闭关。
他说不要过于盲从，
每个人都有自己适合的方式。
他还说幻化郎虽然是成就的大德，
但未必了解政治，
面对不合时宜的决定我们要灵活，
切勿死守规矩误了自己的慧命。

这些似是而非的说法严谨缜密，
几乎是无懈可击。
加上他那自信的气势口若悬河，
俨然是一个引领众生的成就者，
让追随的师兄当场热血沸腾。
于是第一天他有了支持者，
第二天有了追随者，
第三天追随者变成了一群。
因为大家都想干净地修行，
不想再回到血肉模糊的战场。
这下总算找到了冠冕堂皇的理由，
赶快把那块遮羞布顶到头上。

第四天集合的时候，
娑萨朗已分成了两个阵营。
一个由寂天、流浪汉还有刺客领头，
另一个领头人是道貌岸然的空谈学者。
前者要重返战场慈悲救人，
后者留在娑萨朗安逸地修行。

面对这一幕刺客感到寒心，
他忽然看清了人类的劣根性，
即便是在修行的群体里也照样存在，
很多人并没因大善的熏染而升华。
而长久以来朝夕相处共同修行，
刺客早已和他们情同手足，
此时竟然因这样的理由分道扬镳，
他的心更像被利刃剜割。
他多想发出震耳欲聋的大吼，
震醒众人那蒙昧的心智。
然而他看到一张张躲闪的面孔，
知道怒吼也无济于事，
无论那吼叫的力量有多大，
都永远叫不醒那装睡的人。

流浪汉见状也是愤怒不已，
他发现留下的人数很多。
他有了一种恨铁不成钢的愤怒，
瞪圆了虎眼看着众人。
只是他也没有再发出怒吼，
因为寂天已经安顿，
一切都随顺各自的因缘，
千万不要强行裹挟。

那些人们被流浪汉看得心虚，
眼神躲躲闪闪不敢和他对视。
倒是寂天的笑容依旧温和，
说："人各有志我尊重大家的选择。

若是咱们今后还有相见的缘分，
再在娑萨朗净境里共同修行。"

说罢他不再管留下的人等，
集合起跟随者大步前进。
漫长的修行中，他习惯了有人掉队，
越是到修行的后期掉队的人越多。
那掉队一面看是信仰的悲哀，
另一面看又何尝不是一种幸运。
大浪淘沙，淘去意志不坚的凡俗，
留下的才是千足真金。

第 192 曲　投诚

这时一阵脚步声由远而近，
那洪亮齐整的音律
似乎在昭告天下：
"我们是名副其实的正规军，
我们威风凛凛杀气腾腾。
我们披坚执锐奉命出征，
我们严阵以待为国家效忠。"

平日里，他们保卫着娑萨朗，
此时却全副武装如临大敌，
组成了人墙，拦在将要离开的人群前面。
只见他们夸张地喊着什么，
却不像一般兵匪那般粗鲁。

流浪汉刚想施展神威，
让那些士兵知难而退。
却不料走出来一个头领，
向着寂天单膝跪地。
他双手持剑，举过头顶，
说从此效忠娑萨朗信仰。
这一下众人一片哗然，
想不到会有这样的转变，
剑拔弩张的局面顿时烟消云散，

这突然而至的转变让人吃惊。

原来刺客主管一直在努力，
他私下里跟守卫军队长交心，
说自己曾不惧生死勇猛杀敌，
后来被国王相中犬马效忠，
再后来发现战争里没有正义，
所有正义都是立场的产物，
于是失去了生命意义惶惶不可终日。
直到投奔了娑萨朗，
跟着仙翁修行救治伤兵，
才找到真正的生命意义，
一日日安详一日日快乐。
刺客说得至情至理感人肺腑，
终于打动了欢喜军队长的心。

再加上那段日子他亲眼目睹，
看到了娑萨朗一心为伤兵，
无伪的慈悲是大爱的涌动。
他由衷地敬重他们的行为，
可后来他看到娑萨朗的异化，
看到信仰的种子一个个腐朽，
他犹豫动摇甚至质疑，
最后，变得表面恭敬内心不屑。
直到寂天、流浪汉归来，
他们力挽狂澜扭转乾坤，
发起重返战场救死扶伤的大心，
又令他百感交集信心大增。

他厌倦了无休止的战争，
自己也加入过救援行动。
因为他弟弟也是伤兵，
因无人救助丧生在战场。
现在这群真行者走出了安逸牢笼，
他不由得生起敬佩之心。
那救死扶伤的情怀开始涌动，
也想去救治他的袍泽弟兄。
每一个伤兵都像是他的弟弟，
每一个伤口都划在他的心上。
他多想救治那垂危的生命，
来告慰弟弟的在天之灵。

众兵士也同样群情高涨，
他们都被娑萨朗征服了灵魂。
不少士兵更是娑萨朗所救，
如今的行为也是一种报恩。
这真是有趣的一幕场景——
娑萨朗的原班人马留下了大半，
看守娑萨朗的士兵却集体投诚。
那刺客忽然热泪盈眶，
他想到一句老话：
宁带一队兵，不带一个僧。
这真是饱经沧桑的至理名言啊，
那谈玄论道的僧人看起来庄严殊胜，
却总有自己的成见很难改变。
士兵的身上却有可贵的品质，

能为认准的事情奉献生命，
更有那团结一致的宝贵精神，
服从就是其活着的理由。

那一堆留守者见到这一幕，
满脸的尴尬心中摇摆不定。
忽想到若是没了军队，
自己留在这里也无法安逸，
更怕士兵的投诚会惹来麻烦。
有些人的脚步便开始迟疑，
有些人甚至立即转过身
向寂天的方向走去。
当然，在改变主意的人中，
也有幡然悔悟，觉得自己不该贪图安逸者，
更有许多人是被士兵的精神感动。

但刺客不管这些原因，他看到
人群如墙头草般摇摆，顿时大怒。
他想把不坚定的渣滓踢出娑萨朗，
只带上一群精英所向披靡。
流浪汉也不想接纳动摇者，
不想在提纯的黄金中掺沙。
他知道那些投机钻营的小人，
早晚会变成损坏大坝的虫蚁。
寂天却说："人非圣贤孰能无过，
一次糊涂，无伤大雅，
上了战场还会接受血与火的考验，
能坚持下来的仍然是好汉。

我们要做到海纳百川，
切不可刚愎自用鼠肚鸡肠。"

两人闻言只好按下情绪，
任由那些投靠者汇入队伍。
只是刺客依旧有行伍的习气，
最看不起临阵脱逃的叛徒。
他暗暗记下了那些面孔，
以防这些人今后会捣乱。
更想着伺机找一个把柄，
将他们踢出信仰队伍。
他以前的部队总是层层选拔，
不合格的士兵统统被淘汰。
最后留下的精英极其强悍，
个个都能以一当百。
这样的观念渗入了刺客灵魂，
很难被信仰的程序洗去痕迹。

于是那娑萨朗的事件暂时落定，
重返战场的人员占据多半。
剩下的小半跟着那博学的才子，
固守在原地学习脚不沾泥地修行。
那才子没有证悟但学问丰富，
更有善辩的口才伶牙俐齿，
倒也煽动了不少崇尚清修者，
乘机拉起队伍另起炉灶，
号称是提倡纯粹信仰的群体。

从此娑萨朗分裂成两个组织，
一个以寂天为首慈悲度众，
在做事中默默地升华自己。
一个以才子为首避世清修，
每日里打坐诵经礼拜观修。
后来几百年的岁月一晃而过，
前者的传承中出现了很多成就师，
后者的传承中出现了很多佛学家。
再说寂天带一行人浩浩荡荡，
去战场救助那受伤士兵。
那些归顺的欢喜军极其能干，
把士兵的优良作风带进了组织。
他们号令严明行动迅速，
不像普通的志愿者那样散漫。
因对战场形势有专业化的判断，
把受伤的士兵也当成袍泽弟兄，
无论是救治伤兵还是出人出力，
都比原来迈上一个台阶。

只是他们并没有大张旗鼓，
毕竟那些士兵也算是哗变。
欢喜郎若是气急败坏地围剿，
娑萨朗的基业就会毁于一旦。
因此他们只是悄悄跟随欢喜军，
沿途悄无声息地收留一些伤患，
安排专人进行护理。
又派出一些士兵前去打探，
看欢喜郎对此事的态度如何。

没几日前方传来了消息，
说欢喜郎对此震怒不已。
一整支军队连兵带将集体哗变，
这样的事件性质极其恶劣。
他下定决心此次定当严惩，
不惩治必将成燎原之势。
然而眼下战事正吃紧，
实在分不出多余的兵力，
他不想在政治上节外生枝，
只传令给现有的士兵和部队，
谁若是和娑萨朗联系就视同叛国。
他想彻底将娑萨朗隔离出势力范围，
以免和平的病毒传播开来。

投诚的欢喜军喜忧参半，
喜的是暂时不会被欢喜郎惩灭，
忧的是背上了叛国的罪名，
恐怕再也回不了家园，
就连父母亲人都要受到牵连。

刺客管家对他们连连安慰道：
"眼下战事吃紧欢喜郎只能如此，
等天下统一后再也没有战争，
我们救治伤兵的贡献就会得到肯定。
那时他如果对娑萨朗过分惩治，
天下的百姓会骂他昏庸。
因此他没必要再生是非，

定会大赦天下宽恕你们。"

那队长闻言连连点头,
说:"眼下的形势也只好如此。
我们但求努力救人无愧于心,
今后究竟怎样只能认命。
如今我找到了人生的意义,
从那些被救治的战友的目光里,
我感知到善心善行的价值。
这样的信仰我誓死信奉,
再也不愿意上战场杀戮。

"我也尊重弟兄们的选择,
谁愿意回家就让他回去,
谁愿意留下就让他留下。
眼下这形势瞬息万变,
每个人都要选择自己的命运。"

他让传令兵把事情告知大家,
真实地传达不要有隐瞒。
让他们自己决定留下还是离开,
无论如何都还是好兄弟。

传令兵闻言热泪盈眶,
他被队长的精神感动,
当即表示愿意留下,
还发誓要与队长生死与共。
随后他把消息传达给每一个弟兄,

那些人也都选择继续前行。

刺客看到这再次感叹，
他想到了娑萨朗的分裂之人。
士兵和僧人的区别竟如此之大，
让他想起了另一句古话：
"仗义每多屠狗辈，负心多是读书人。"

第七十四乐章

那高耸的山峰是威德国最后的屏障，勇猛的威德王在山巅拦截了河水，筑了堤坝，也为百姓们掘好了坟墓。当那滔天洪水从天而降时，谁还在乎好战者的眼泪和忏悔？

第 193 曲　密林

再说那欢喜军一路横扫敌国，
气势如虹直奔威德国首都。
这一日来到了一座高山之下，
那山的背后便是威德国腹地。
千里平原再无天险可守，
越过这座山威德国唾手可得。

只见那山峰高耸入云，
半山腰上是跳舞的秃鹫，
它们时不时发出一声尖厉怪叫，
听起来使人胆寒心惊。
这一座山峰仿佛一道屏障，
它天堑一般易守难攻，
威德兵若是在此设防，
那欢喜军必定会伤亡惨重。

欢喜郎观察地图好个闹心，
目的地分明近在咫尺，
却因为天险而远到了天边。
他在心中慨叹一声——
这世上最远的距离啊，
我如何跨越你?！
绕行，将延误至少半年时间，

而攻占高山顶，又危机重重。
众臣见国王左思谋右思谋毫无主意，
也使出那浑身解数：
先派出一支小分队前去打探如何？
从山峰的侧面迂回攀爬如何？
只见他们这个提议那个否定，
全是让欢喜郎心烦的嘈杂之声。
但从本质上看，他们都主张入山，
不愿绕行而延误战机。

这时一个谋臣走到了欢喜郎面前，
只见他拱手作揖敬了一礼，
然后条理清晰不卑不亢地说道：
"那山看起来平静异常，
其中却必有可怕的诡计。
因为山上有大型水库，
在这灌溉农田的关键时刻，
他们却筑起了堤坝使下游干涸。
这定然是威德郎的杀手锏。
他此刻想必正带兵死守水库，
待得我军入山就会开闸放水，
到时水淹七军，我军主力将荡然无存。
所以，我军若是走山路抄捷径，
必然会陷入异常凶险的局面。

"我们可保留那主力暂不入山，
派出老弱病残佯装为主力，
进入那大山探个究竟，

确保安全时再全面进攻。
如果敌人设防，我们就
顺势且战且退引蛇出洞，
将他们引至开阔地带再行搏杀。"

这一个计策真是好，既有章法
又周全严密。再看那谋士，
原来是上次建造塔楼的侍卫。
自从塔楼一战攻下了蛮夷国，
这侍卫便连升几级成为谋臣。
他不愧是师出名门，接连几次
都献出了奇谋克敌制胜。
他有勇有谋是栋梁之材。
欢喜郎本想赏他更多奖励，
又怕他恃宠而骄得意忘形。
欢喜郎培养人才多用打压形式，
压到泥土里才能成就厚德，
因此并没有给他过高的礼遇。
后来因为邪气之事他失望离去，
欢喜郎原以为就此失去一员大将，
却不想此人仍回了军中。
欢喜郎并没有追究他的擅离职守，
但也没有显露出惊喜的神色。
他只是脸色冷峻地轻轻点头，
说容他考虑之后再做决定。
随后，他又仔细查看了周边，
全部形势与现状皆了然于心。
然后确定好进退的路线，

才按侍卫的建议去部署。

只是他并没有选用老弱病残，
而是调用了精锐部队。
这样的地形派弱兵无非送死，
他不忍让那些士兵白白丧命。
他在原有的计策上稍加变动，
以显示国王的权威和高明。
他不能让一个谋士抢尽风头，
以防此人自我感觉良好过于膨胀。
欢喜郎深谙人性最懂人心，
他是名副其实的政治高手。
他知道青年才俊多恃才傲物，
容易自高自大目无尊长。
为防止谋臣变得骄纵跋扈，
他故意沿用那打压的方式，
先连升几级给点甜头，
再或抑或扬以锤炼其心。

只见那欢喜大军偃旗息鼓，
驻留在山的周边等候消息。
小部分精锐却大张旗鼓，
进入了高山为主力探路。

那山也高林也密，
攀爬起来好费气力。
更有那四周的鸟鸣猿啼，
仿佛来到了蛮荒之地。

脚下的植物已高逾数尺，
踩上去软绵绵像有吸力。
树上的毒蛇在伸吐着芯子，
威胁这讨厌的不速之客——
他们仗着人多势众扰了老子清净，
咱惹不起就躲，躲不了就逃。
于是，见恐吓无效蛇们四散而去。

欢喜军士兵也十分小心，
他们眼观六路耳听八方，
更用那长矛拨弄着草根。
他们知道这看似平静的森林，
实际上杀机重重处处陷阱，
更有作战老兵的直觉，
嗅到那危险的气息无处不在，
仿佛有无数双眼睛埋伏在阴暗处，
拉满了弓正瞄准着自己。

突然惊起了一群飞鸟，
山林成了沸腾的水锅。
"不好！"只听得一声大喊亮如洪钟，
这群久经沙场的精锐士兵
便立即掉头欲急速撤离。
却不想那密林后箭矢如雨，
嗖嗖地织成网射向他们。
欢喜军瞬间倒下一片，
如同草垛般栽倒在地。

欢喜兵们也想要组织反击，
用弓箭压住密林后的箭雨。
领兵的队长却大声命令——
放弃反击撤离这死亡之地！
因敌暗我明看不清目标，
对方却居高临下地形有利，
匹夫之勇会增加伤亡，
先撤到开阔地再集中火力。

欢喜军士兵立即听命，
放弃了反击迅速后撤。
他们是训练有素的精锐士兵，
撤离时也从容不迫神色自如，
更是将大树作为掩护，
躲在那后面想抵挡箭矢。

可那暴雨般的箭镞像亮出毒牙的飞蛇，
即使欢喜兵已尽量地寻找掩护，
仍时不时就有士兵丧命。
在这令人毫无还手之力的箭雨下，
欢喜军退到了高山之下。
此时士兵们已狼狈无比，
很多人身上都沾满了血迹。

忽看到一个士兵十分奇怪，
他背着一具尸体逃出了丛林。
那尸体的后背早插满箭镞，
像展开了身躯的巨大刺猬。

这士兵一身疲惫浑身发抖，
青紫着嘴唇眼神满是悲愤。

领兵的队长急忙快步上前，
卸下了士兵背后的尸体，
那士兵顿时也昏死过去。平时
他最木讷最呆笨最遭人嫌弃，
各种考核也总是垫底，为此，
他没少受什长怒斥战友嘲笑。
可是如今他的什长中箭牺牲，
只有他做出了这等行为，
宁可同生共死也不将其抛弃，
这让其他士兵大为感动。
他们发现战场最能洞见人心，
聪明伶俐者往往贪生怕死，
在利益面前总患得患失；
反而是那些木讷憨厚者，
往往能够同生共死。

再说那欢喜军退到开阔地带，
威德军并没有乘胜追击。
早在此处等候的欢喜郎
不由得长出一口气，
这深山老林果然暗藏杀机。
这一下投石问路让对方暴露行迹，
总好过在不知不觉中惨遭伏击。
这结果本在预料之中，
没有从根本上动摇士气。

虽然也付出了几十条生命，
但既然打仗哪可能不死人？

欢喜郎表扬了那士兵的情义，
却又明令下不为例。
战场上容不得个人义气，
欢喜国需要战争的胜利。
战友的感情虽然可贵，
实战中却要把握好尺度。
有余力当然提倡救助，
但先要保存自己消灭敌人。
以歼灭敌人有生力量为主，
若是为尸体花费气力，
必然会因小失大影响战斗力。

再说那威德军小胜了一局，
也由此得知欢喜军已到山下。
于是军将向威德郎报告了战况，
问他要不要开闸泄洪。
原来他们果然如那谋士所料，
早就在山谷上筑了堤坝，
截断了河水只等敌人逼近，
便会放出大水来一招水漫敌营。
只是威德郎忽然心生不忍，
他知道一旦开闸，就会淹没无辜，
不但那欢喜军会全军覆没，
数万百姓的生命财产，
也会在洪水中化作泡影。

这开闸的代价过于巨大，
不到国家危亡万不得已，
不能玩这种阴狠的游戏。

他还看出欢喜军主力未动，
都守候在山谷的周边没有进山。
前来进攻的欢喜军无非在试探，
要看看这山路有没有埋伏。
那开闸泄洪的时机还不到，
要等欢喜军的主力都进入山谷。

于是威德郎说一声："再等等，
水淹敌军的威力虽然巨大，
但我们的损失也不可估量。
不到万不得已不要启用洪水，
我不忍心看百姓变成鱼虾。"
威德军将领闻言诺诺遵命，
心中却有些不以为然。
他嫌国王妇人之仁缺乏果断，
那个盖世的英雄已经死去。
但国王的命令他不能不听，
只好多派人手加紧了堤坝的防御。
一旦那欢喜军大举入山，
在危急时刻便要立即开闸泄洪。

欢喜郎也在观察眼前的局势，
发现威德郎果然重兵守护高山，
若继续向前定然有一场硬仗，

丝毫不亚于那要塞之战。
要说打仗，他当然不怕，
连续获胜，他的部队已气势如虹，
而威德国却如日薄西山，
其国计民生都十分凋敝，
其军队经过连续落败，
战力定然也大不如前。
只是悬在头上的水库十分恐怖，
那是威德郎最后的一道防线。

若是前进，敌人会开闸泄洪；
若是后退，他们已没有退路。
兵马离家已有半年之久，
粮草虽有补给但也不多。
再加上欢喜军的士气虽然高涨，
兵力的消耗却极大。
他们分明陷入了消耗战的泥潭，
甚至有可能中了威德郎诱敌深入的计谋。
就算是一头大象，误入蚁谷后
也会被慢慢吞噬，
何况是一个个士兵组成的军队？
想到此，欢喜郎不由得左右踌躇没了主意。

那谋士察言观色知道国王所想，
又走上前来向欢喜郎献计。
说："大王无非怕威德郎泄洪，
既然如此我军先移步高处，
再派精兵攻打那水坝。

若是能占领水坝当然最好，
若是打不赢守坝敌军，
就暗中派兵将水坝炸毁。
那时威德国定然会一片混乱，
我们再趁乱大举进攻。"

欢喜郎一听皱起眉头——
这计策可行却阴狠毒辣。
攻下水坝的可能性不大，
因为对方有重兵把守。
而炸水坝如同放猛虎出笼，
数万的百姓会成为鱼虾。
欢喜郎的心中也感到不忍，
顿时陷入了矛盾和犹豫之中。
只见他咬紧牙关额上暴出青筋，
皱着眉头让那谋臣先行退下，
说："容寡人思考一下再做决定，
炸水坝的计策太过阴损，
我不忍心看那生灵涂炭。
如果你还有更好的办法，
可以随时提出我们再行商议。"
瞧这两个国王有了同样的仁心，
都觉得一旦放水会造下滔天罪恶。
倒是两边的谋臣觉得国王过于懦弱，
说自古成大事者最忌妇人之仁。
他们都暗中决定照计划推进，
一个想攻打水坝另一个想泄洪，
只要国王的口风稍有一丝松动，

就让那滔天的洪水从天而倾。

于是两边的谋臣都在积极准备，
他们都部署了士兵瞄准水坝。
威德国的士兵随时准备开闸，
他们提高警觉就等国王命令。
欢喜国的士兵暗中侦察地形，
只要命令一到立刻发起进攻。
两边都如同那蓄势待发的火药桶，
只需要一个火星便会即刻爆炸。

要说大风往往起于青蘋之末，
巨大的灾难也因为擦枪走火。
此时无论国王有没有泄洪之心，
那泄洪之举都像是势在必行。
只可怜了山下的那些百姓，
谁赢谁输，他们都会变成鱼虾。
呜呼哀哉，那战争本是掌权者的游戏，
可付出代价的却总是无辜的百姓。

第194曲　洪水

这一个晚上没有月亮，
乌云如盖，沉重似铅，
宛如无数冤魂积聚的仇怨。
在密不透风的水坝旁，
威德兵一个个烦躁不已，
湿热沉闷令他们无法入睡，
即使打个盹，那沉重的铠甲也像
紧裹在身上的硬牛皮，叫人窒息。

其中一个士兵实在无聊，他拿起
那弓箭向远处射击。就像抛出
自己的愤怒，把那利箭一支支射出。
突然，一声惨叫犹如顽石击水，
沸腾了水坝旁威德军的夜晚。
他们顿时如临大敌，点亮那火把
张弓搭箭，并派出敢死队去密林搜寻。
他们不怕天妖也不怕水怪，
就怕那欢喜军趁黑偷袭，
使他们在毫无知觉中身首异处。

只听得密林中又传来几声惨叫，
紧接着几支利箭破空飞来。
那利箭带着死神的嚣张，

直直地插入几个威德兵的咽喉。
原来，威德军亮起的火把做了叛徒，
它们明目张胆给敌人报信。
大坝上的战斗终于打响，
威德军进入堡垒准备应敌。

他们派出了军犬和更多的士兵，
去密林里搜寻欢喜军的踪影。
更以堡垒作为掩护，
向着惨叫的地方乱射一气。
只见那些军犬龇着獠牙，
像黑色的闪电一道道闪过。
不一会，密林深处又是几声惨叫。
威德军由此确定，
那儿便是欢喜军的埋伏之处。
于是他们便针对那里，开始了致命的扫荡。

由于地势狭隘无处腾挪，
战斗的规模虽然不大，
但双方的较量却异常激烈。
他们都有无所畏惧的勇气，
都想割下对方的脑袋争夺要地。
突然，一声霹雳将天空划为两半，
刹那的光明照亮了一切的狰狞，
只见一张张面孔都沾满血迹，
一双双眼睛都如狼似虎，
他们像魔鬼一样穷凶极恶，
挥舞着刀斧向敌人砍去。

其实那魔鬼不只是双方的士兵，
法界中的魔性也在这一刻凝聚。
那霹雳是人间灾难的信号，
紧接着，雨水下注汇成了暴雨，
于刹那之间铺天盖地。

大坝上顿时乱成了一锅粥，
闪电霹雳，大雨倾盆，刀斧箭矢，
各种声音汇集一起，仿佛是地狱中
喷出的恶魔，共同奏响了一曲哀乐。
只听得混乱之中，又是一声巨响。
大坝突然决堤，放出了水怪四处乱窜，
啸卷着它的魔性尽情泛滥。

这一下双方的士兵都顿时傻眼，
他们呆立在原地不知所措。
巨大的灾难就要降临，
可他们无辜得像一群孩子，
他们的内心也是汪洋一片。
他们再也拿不起武器杀伐，
杵在那里好似三魂失了两魂，
谁也无法去力挽狂澜改变现状。

哦，我的孩子，
你是否已后悔自己的行为？
你是否为自己的过往流过忏悔的泪？
每一个人都是命运的棋子，

上了那战车，就无法
操纵那失控的车子。
滔天的大祸已经酿成，
你再也无法气势汹汹。
你惊愕的嘴巴与无助的哭泣
苍白得让我不知如何下笔，
只好眼睁睁地看着那洪水冲下山去——
那倾天的巨流像万马奔腾，
巨大的轰鸣如群山崩塌，
用不了多久，
无数的生灵就会被淹成鱼虾，
无数的良田就会变成河底，
无数的房屋就会成为水面上漂浮的木板，
无数的惨叫声就会惊醒帝王的江山美梦。

决堤后的洪水汹涌而下，
摧枯拉朽般冲向欢喜军营。
军营里顿时鬼哭狼嚎，于是，
千万名欢喜兵葬身于水中。

好在那欢喜郎临危不乱，
之前也听到了山上的刀兵之声，
因此他紧急集合了欢喜兵，
随时准备应对那突发的状况。
更因侍卫的进言建议，
大部队驻扎在山上静候消息，
被淹的仅仅是前军先锋。

他见洪水袭来异常镇定，
吩咐士兵们登上木船。
为了预防威德郎狗急跳墙开闸泄洪，
他防患于未然，在进入山谷后
便命人购买了一批木船。

此刻，于惊涛骇浪之中，
欢喜郎边指挥边撤离。
那些陷入水中的士兵
一部分被解救上船，
一部分不善水性，等不及营救
便已沉入河底。

这一刻千钧一发火烧眉毛，
谁都知道，要命的魔鬼就候在身边，
多停留哪怕一秒都可能毙命。
欢喜郎看自己木船上已站满侍卫，
也想尽快撤离这凶神恶煞之地。

这时，一道闪电从天而降，
照到了旋涡处一张恓惶的脸上，
只见那人正挥动着手臂无力地挣扎。
这张恓惶的脸似曾相识，
于是，欢喜郎开始在记忆中
打捞他的模样……原来，
他是从林中背出什长尸体的青年。

曾经，在漫天的箭雨中，

他对那战友不抛弃也不放弃；
此刻，当他就快葬身于洪水，
扬起手臂也只是徒劳地挣扎。
电闪雷鸣加倾盆大雨，
洪水滔滔如万马奔腾，
人人都在自保，
人人都在挣扎，
没有人能顾得上普通的他。

眼看他的身子已越陷越深，
洪水淹没了脖颈直扑口鼻，
冰凉和腥臭令他窒息，
他双眼一闭就要准备放弃，
接受那死亡去陪伴他的什长。

突然，一只大手铁钳般抓起了他，
一个用力，他便成待缚的小鸡。
只见那手臂一挥，
他便从洪水中腾空而起，
回过神时已到木船上匍匐在地。
那士兵于万分惊恐中睁开了眼睛，
这不看不知道，一看那魂魄又丢了几个——
救他的人居然是欢喜郎国王，
那国王正一脸关切地看着他。

原来那欢喜郎也被他的精神感动，
看到他陷入危难便展开救援。
他看到那士兵并没有大碍，

立刻把头扭向了别处指挥撤离。
虽然他们有准备好的木船，
然而那水流太急还是暗藏危机。
只见那船与船之间不停地碰撞，
不坚固的已被撞得粉碎，
还有的左摇右晃整体覆翻。
那随水流而下的浮木石泥，
仿佛死神射出的炮弹，
撞击到人身，便是血肉模糊的一片；
撞击到船上，便是船毁人亡的结局。

再看这所向披靡的欢喜军，
所有人都是九死一生，
所有人都是惊魂未定。
即使至尊的欢喜国王，
在那一片汪洋中，发出那不可一世的
命令，也成了徒劳的嘶叫。
他可以指挥那些士兵撤退，
却指挥不了滔天洪水退后。
突然之间，他感到了一个黑影，
不偏不倚向自己砸来。
他下意识一个闪身，
黑影便错过了脑袋飞身而下，
只听得轰隆一声巨响，
他的木船就成了喷泉，
无量的水妖争先恐后，
从砸开的洞口喷涌着四溅。

这时欢喜郎才看清袭来的物件，
原来是一截浮木，却有着
水桶的腰身和钢铁的坚固，
借了那河水奔涌时的势能，
差点成了水怪谋杀自己的帮凶。
然而，眼下的情形迫在眉睫，
木船洞开的口子仍在洞开，
那猖狂的水妖们仍在猖狂。

说时迟那时快他当机立断，
眼见木船已没了挽救的可能，
在环视清楚周围的状况后，
他便腾身而起，施展出绝世轻功——
一个燕子三抄水，那身影便飘忽如燕了。
只见他上下一腾，脚尖便落上木板，
借助了浮力再迅速飞起，
稳稳地落在另一条船上。

周围的将士们看得目瞪口呆，
都知道国王轻功好，不承想
竟这般出神入化。
一切发生在电光石火间，
此等功力非凡人所有。于是，
他们于绝望之余又生出希望：
"我们不能放弃，我们要坚持到底！
我们伟大的欢喜国王，
定然是天神再生，定然会来拯救我们！"

只是那欢喜郎刚刚站稳，

心中便生出一阵愧疚。

原来，在他跃身而起时，

再次看到了那个士兵，

他在水中苦苦挣扎，

自己却只能眼睁睁地看着。

理智告诉他：只能自保。

眼前的形势只容他独自逃生。

他只要有一刻迟疑，

就会随众人一起被卷入激流。

不管他有多么不忍，不管他有多想救人，

不管他多么不想放弃那有情有义的部下，

不管他多么想做个仁爱的君王，

此刻也只能保全自己，

其他人只能听天由命。

于是他弃了所有人飞出木船，

努力忽略将士们惊诧又绝望的眼神。

在命运面前，贵为国王也是无力的，

他只能忍受这种疼痛。

他越来越觉得他做那欢喜国王，

是一个美丽的错误——

为了做一台合格的政治机器，

他要背上不仁不义的负担，

他要把内心炼得如钢似铁，

他要狠着心肠才能演好这出戏。

一如此刻，回望刚才的木船，

发现它早已淹没在洪水中没了踪影，

满船的侍卫，还有那个可爱的士兵，
统统都做了水怪的祭品，
欢喜郎的心中五味杂陈难以平静。
虽然他早已习惯战场上的牺牲，
征战得越久越感到厚重的裹挟，
那种丑陋的东西他早已麻木，
但那个不抛弃战友的士兵，
仿佛是立在他面前的一面明镜，
将他的灵魂映照得纤毫毕见。
他被这个纯洁的灵魂唤醒，
内心的羞愧让他无地自容。
他灵魂的震撼绝不亚于
这场巨洪带给他的冲击。

想到洪水面前人力的渺小，
欢喜郎已无心情指挥这惨局，
他的眼前，始终晃动着那个士兵的眼。
那眼神仿佛一缕聚焦能力极强的光，
在欢喜郎的心中烫下一个个烙印。

尽管他有一千个理由开脱自己，
告诉自己那是他唯一的选择，
内心的愧疚也不会因此而消减，
只因道理是道理情绪是情绪。
他的心中是一片片的空白，
空白背后还有一种力量在涌动，
让他直想跪在地上深深地忏悔，
请那些葬身洪水的将士们原谅自己。

然而那邪恶的警钟又再次响起，
那是他给自己设置的保护程序。
一旦善念涌动便立刻触发扳机，
释放出魔鬼的仇恨来阻止自己。
眼下那家仇国恨还未得报，
更有无数的百姓还活在战乱之中。
欢喜郎再一次提醒自己不要陷入善念，
自古妇人之仁者都会死无葬身之地。

于是善恶两股力量又开始纠斗，
只是这一次似乎没那么容易平息。
那个士兵的眼睛始终在心里晃动，
提醒着他有多自私与冷漠。
他的身体又开始冷热交替，
一阵阵颤抖伴着一阵阵眩晕。
洪水的肆虐与溃逃的乱象，
与世上的一切都被裹入一个旋涡，
在欢喜郎的眼前和心上不停地旋转。

随着那旋涡越转越快，
欢喜郎的脚步也开始趔趄不稳。
他用佩剑勉强支撑住船底想稳住身躯，
然而那木船本身就在洪流中漂荡。
他终于眼前一黑栽倒在船上，
只感到浮浮沉沉身心都在旋转。
他想睁眼，却睁不了眼，
他清楚地知道四周的一切，

却身如僵尸无法动弹。
他感到漫天的疲乏袭了来，
并于那黑暗中喷出了蚀骨的黏液……

不知过了多久，那晃动渐渐平息，
他的小腹也生起一点气力，
并沿着那中脉如游丝般往上游走。
终于游到了头顶，接着涌入一股温暖，
他的双眼借助那细微之力也慢慢撑开。

只见眼前晃动着几张面孔，
那些面孔都透露着无比的焦急。
他们皱着眉头大喊大叫，
许多脚步都奔向御医。
此刻看到了欢喜郎睁开双眼，
那焦急的表情瞬间变成喜悦。
一个个大喊着"国王醒了国王醒了"，
然后熙熙攘攘地将他抬向山顶上的帐篷。

能干的将军已稳住阵脚，
把大部分士兵撤上了山顶，
又安排好了应急措施，
以防备威德军的进一步进攻。

那帐篷是欢喜郎的御用之物，
里面还放着若兰女的一些旧物。
虽然他四处征战杀伐无数，
却始终带着这些旧物寸步不离。

他依旧会梦到那女子，
她对着他莞尔一笑他便痛彻心扉。
他多么希望她能在他身边，
像过去那样抚慰他的痛苦。
而她却已因他而死，
那惨烈的画面如今还在眼前。
那一滴滴血和一滴滴泪，
都仍鲜活在他的心间。
每当想起她，他的心中都有一道暖流，
还有一阵难言的酸楚，
就像内心有一个缺口再难填补。

欢喜郎此时虽然有力气睁眼，
却并没有力气开口说话。
所有精力似乎都已被吸走，
一阵阵虚弱像被操纵的尸体。
他看到那顶熟悉的帐篷出现在眼中，
知道自己已彻底脱离了危险。
一阵疲劳和晕眩猛地袭来，
索性好好地睡他一觉。

这一觉睡得天也昏地也暗，
梦里分不清日月和西东。
只觉得混混沌沌一片空白，
仿佛整个身心都陷入了旋涡。
紧接着各种念头如洪水袭来，
忽而是士兵们举起武器杀伐，
忽而是滔天的洪水从天而降，

忽而是被抛弃的那个士兵，
投来被辜负后的绝望眼神，
忽而是若兰女的气息——
似乎已经有许久没梦到过她了，
心一直被战争和善恶之争填满，
仇恨羞愧和悔悟轮番上演，
唯独是爱和诗意一直缺席。
这一次，他终于感觉到她的存在。
即便看不到她，他也确信她来过。

无数的画面在眼前不断地交织，
无数的念头在脑中不停地浮现，
无数种感情在心中不住地涌动，
无数种悔悟在眼中不止地翻腾……

他终于回到了若兰女的怀抱，
这个让他爱得刻骨铭心的女人。
用兰花般的气息轻轻环绕着他，
像春风一样静静地吹拂他的脸颊，
让他极其波澜涌动又极其安详宁静。
他甚至感谢这昏天黑地的睡眠，
让他能把没说完的话统统说完。
就算明知道那说也仅仅是对着空气，
他也确信她能接收到自己的心语——
其实她真的可以接收到他的讯息，
因为此一刻她就在他的身边，
或者说她从未有过片刻的离去。
只是那世间权谋的污浊太重，

遮蔽了欢喜郎本来清明的身心。
因此他才感知不到若兰女的灵魂，
忘记了她印在自己心里的气息。
此一刻在昏睡中卸了所有负担，
那江山帝王从心中统统都扫去。
欢喜郎的心才恢复了敏锐觉知，
对着虚空中的若兰女发出心声——

"你可曾知道自从你离去的那一晚，
我的心房就彻底关上了大门。
我用拼命的杀伐来麻木灵魂，
同时也是一种逃避和忏悔。
如果我早一日有了英雄气魄，
也许就可以挽回你的性命。
但这终究不是我想要的日子呀，
我不愿意披上那冰冷沉重的铠甲，
我不愿意坐上那万人争夺的王位。
你一直是最懂我的，我的爱，
你知道命运让我不能做出自己的选择，
因此你从没对我有过任何怨言。
你总是轻轻地鼓励我，包容我，抚慰我，
你总是用最深的柔情融化我，消解我，
让我变成一摊炽热的岩浆，
透过你的火山汹涌地怒放。
我的爱啊，你可曾知道，
在那销魂蚀骨的爱情里，
我恨不得就此死在你的怀抱。

"不知道你现在过得怎样？

都说灵魂如风，在这如风的日子里，

你可会孤独？你伸出双手，

是否还能握住我的臂膀？

你钻入我的胸膛，是否还能

感觉到我的心跳和温度？

我的爱，既然我们今生做不成夫妻，

就做彼此心中的一滴眼泪吧。

就像我看不到你，

你的样子在我心里却清晰异常；

我听不到你的声音，

你的声音在我心里却一直回响；

我猜不到你的心事，

你的眼泪却让我疼痛不已；

我找不到你的踪影，

关于你的记忆却在我心里永久珍藏。

也许永别是另一种永恒吧，

感谢岁月没让我看到你的老去。

我心中的你永远是最美的女子，

陪着我一起度过剩下的浑噩日子……"

就这样想着想着，欢喜郎眼角开始湿润，

他忽然睁开了眼睛，发现双眼已泪水蒙眬。

透过眼泪，他又看到

那些令人厌恶却无奈的脸，

过了好久，才慢慢回到他那早已写好的宿命。

第 195 曲　痛悔

再说威德郎在山顶大帐里酣睡，
忽听到水坝方向传来异样的响动。
他猛一个激灵弹起身体，
拿了那佩刀便走向帐外。
那水坝俨然是一片夜空，
无数的星星在闪耀着移动。
但这不是一个诗意的夜晚，
那一声声惨叫和兵刃相撞的声音，
正诉说着残酷的真相——
这星星不是星星，是点燃的火把；
这夜空不是夜空，是厮杀的战场；
这人间不是人间，是地狱的前行；
这人也不再是人，是修罗和夜叉。

威德郎见状心急如焚，
他知道水坝若发生意外，
就会倾泻万里巨洪让生灵涂炭。
因此，不到万不得已，
他绝不动用这最后的武器。
他万万没有想到，那欢喜军竟胆大妄为，
敢在炸药桶上点那火星。
想想那欢喜郎应该也同样忌惮，
所以才第一时间来排除隐患。

只是这个隐患不可轻易招惹，
正如玩耍的孩子身旁酣睡的老虎，
虎若沉睡，孩子就能安全；
虎若醒来，就会虎口吞子连骨渣都不剩。

于是威德郎马上派出军队增援，
可那援军行至半路，
天空中忽然雷声轰鸣，
闪电不断，一大块一大块的乌云滚滚而来，
顷刻间随着霹雳咔嚓的巨响，
暴雨倾盆而下如洪水开闸。

这可苦了那增援的威德军，
他们于黑天摸地中一路前行，
而那山路又泥泞不堪陡峭如壁。
他们走一步滑三步步步惊心，
时不时就有尖叫声向崖底飘去。

大坝上的情形也不容乐观，
一支支火把都被暴雨浇灭，
在黑灯瞎火敌我不分的情形下，
他们只好凭感觉分辨凭嗅觉判断。
只见电闪雷鸣，暴雨倾泼，
厮杀惨叫，血雨交汇……
在各种乱象的聚合下，
本以为坚固无比的水坝闸门，
突然像泥墙一样崩塌。
怒吼的河水滔滔而下，

呼啸而去如万马奔腾。

水！漫天漫地都是水！
威德郎惊呆了。
所有人都惊呆了。
万万想不到威德国的终极武器，
就这样被意外的因缘提前引爆。

那大坝已崩溃，威德郎
只能眼睁睁地看着洪流肆虐。
人畜为鱼虾，房屋成小船；
良田被淹了，江山变样了。
在惊涛怒吼汹涌澎湃中，
那一声声惨叫只是蚊虫的哼哼。

威德郎忍不住仰天一叹，
他觉得苍天也丧失了仁慈。
他更后悔自己建起了水坝，
亲手创造了这样一个恶魔。
他天真地认为可以用牢笼困住它，
可是那脆弱的堤坝被因缘轻轻一敲，
就碎成了粉末释放出血盆大口的恶魔。
那恶魔疯狂地吞噬啊，奔腾啊，啸叫啊，
所有的善良平安快乐梦想都变成泡沫。

这注定是一个不平静的夜晚，
威德郎在暴雨中焦虑忏悔。
他亲手制造的恶魔毁了他的家园，

他却只能呆呆地站在暴雨里，
像木头人般凝望着山下。
那儿不是荒无人烟的沙漠草原啊，
那儿可是千里沃土的家园……

他驱散了身边所有的人，
他只想一个人，
在这暴风骤雨的高山上，
在这自以为是的制高点上，
向上天发出他真心的忏悔。
他堂堂男儿一世英雄，
此时泪如决堤之水——他想
以此祭奠那些死去的生灵。
想到此，他开始在心中嚎叫：
"狂风，你尽情地吹吧，吹走一切欲望！
暴雨，你尽情地泼吧，洗去我满身罪恶！"

也不知过了多久，
天亮了，雨停了。
山下成了一片狼藉，
山上的威德郎也被淋成了落汤鸡。
雨水从他浓密的胡子里流下，
裹着那一行行的眼泪。
随着清晨的阳光刺入眼睛，
威德郎终于看清了山下的景象。
情况比他想象的还要惨烈——
无数的尸体无数的废墟，
无数的泥土无数的砖石，

无数的悲伤无数的罪恶，
无数的仇恨无数的怨气。
无数个曾经鲜活的肉体，
此时都漂浮在一片汪洋洪流之上，
睁着死不瞑目的眼睛，
向威德郎讨还着他欠下的命债。

威德郎心中一震马上闭了眼，
原来这就是惨不忍睹！
惨——不——忍——睹！
他仿佛触电般扭转身躯，
逃命似的奔向了国王大帐。
他怕自己再多待哪怕一秒，
再多看哪怕一眼，
灵魂就会被那景象撕碎。
他的身体开始剧烈地颤抖，
他知道他体内的善与恶，
天使与魔鬼又开始了较量。
这是灵魂撕裂般的剧痛，
痛得他不能呼吸，也不想说话，
痛得他只想昏睡再也不要醒来……
他躲进大帐里不住地颤抖，
他忽然明白了欢喜郎为什么会突然晕厥，
这一次轮到他切身体会到那揪斗和撕裂。
那是怎样的一种痛入骨髓的分割啊，
忽而像是一头牛和一匹马向相反的方向拉扯，
忽而又像一群野山羊在激烈地对撞，
撞得威德郎头晕目眩一阵阵呕吐，

撞得威德郎两眼一黑便倒在床上不醒。

渺渺冥冥中他来到一处，
那里仿佛有无边的光明，
那里极其安静又充满召唤之声——

"威德郎，我的儿啊，
你在那红尘中可曾记得使命？
虽然你黄袍加身君临天下，
你可曾有过一天真正的快乐？
回来吧，我的孩子，
你真正的家园在娑萨朗，
这里充满爱与安详，
这里处处鲜花芬芳。
你本是巍峨的力士，
守护娑萨朗是你义不容辞的责任。
不要再沉沦了，我的孩子，
睁开眼，向上看，
你命定的故乡在天上，
那是一个充满慈爱和安详的地方。

"不要再浑浑噩噩下去了，
你若再沉沦就再也无法超越。
这里才是你灵魂真正的归宿，
这里才是你信仰真正的故乡。
这里有你昔日的兄弟姐妹，
他们都在深切呼唤着你的归来。"

那声音仿佛灵魂的引磬，
敲在威德郎耳边也敲在他的心上。
他的胸口仿佛张开了缝隙，
里面正射出宇宙的大爱之光……

威德郎和欢喜郎就这样各自昏睡，
在各自的梦乡里寻找皈依。
这一场洪水已经远到了天边，
两个国王只如迷路的孩子在哭泣。
他们太需要仁慈母爱的呵护了，
那充满慈爱和怜惜的声音，
仿佛天使的翅膀轻轻地拥了两人，
乘着一阵阵风儿将他们送入了天堂。

不知过了多久，他们相继醒来，
随之复苏的还有他们的记忆——
哦，江山，帝国，社稷，百姓，
国王的使命再度捕获了他们。
他们用同样的时间聚焦着瞳孔，
一时间忘记了自己身在何方。

慢慢地，那空白的大脑开始运转；
慢慢地，那敏感的心灵恢复正常；
慢慢地，梦中的景象渐渐远去；
慢慢地，国王的尘劳又占据了身心。

他们多想就此一梦不醒啊，
一个拥着自己心爱的姑娘，

一个听着令人心安的呼唤。
可为什么偏偏让他们成为国王,
披上那铠甲去玩残忍的游戏!
也罢,也罢,醒了就醒了吧,
老牛不死稀屎不断,
还是收起那轻柔安逸的梦境,
干好国王的本分。

眼下的局面又发生了变化,
洪水隔离了两国的士兵,
也阻断了他们近身肉搏的可能,
他们只好在隔河相望中收拾残局。

真是人算不如天算,欢喜郎
万无一失的方案成了狗屁,
上万的士兵被水怪吞噬,
更有数不胜数的物资葬身大水。
威德国损失更不必说,
他自掘坟墓自毁江山,
他自食其果自作自受。

这山是威德国一道天险,
保护着最为富庶的地区。
现在洪水淹没了大量的农田,
摧毁了原本富庶的家园,
使无数威德国百姓受灾,
加之战争频繁百姓流离,
这场饥荒至少要持续五年。

威德郎看着山下的一片狼藉，
痛彻心扉的同时再次连连后悔。
早知道他宁可在此地决一死战，
也不去筑那断子绝孙的水坝大堤。

然而也因为洪水的阻隔，
威德国暂时没有了危险，
威德郎只需派重兵守护好此地，
就可一夫当关万夫莫开。

欢喜郎当然极不甘心，
他知道只要攻下山头就能平定天下。
胜利就在眼前却难以到手，
他的心煎熬如吃不到鱼的野猫。
于是他悬赏征集破敌之策，
若是能攻下山头便可封王。
只是这一回应者寥寥，
就连那上次献计献策的聪明谋臣，
这次也挠起了那过早出现的秃顶。
他说："只能用一些激将法诱敌出动，
否则对峙下去对我方不利，
因为隆冬将至我们粮草有限，
更加上连续征战，我军已成疲兵之师。
不如退回后方城池休整。
先保住这段时间打下的战果，
等到来年开春再继续讨伐。"
虽然明知道凭威德郎的心智，

不会中那激将之计，
但欢喜郎还是不甘心就此撤兵。
于是君臣二人商量了一些刺激之法，
打算在撤军前作最后的努力。
然而情况果如他们所料，
无论欢喜军如何谩骂侮辱，
威德郎就是据守险关不出战。
他把那险要当成了保护甲，
任凭你骤风暴雨我自岿然不动。
并且他还在那高山上放言回击：
"听说欢喜小儿善于猫颠狗跳，
有本事冲上山来与寡人杀个痛快。"

眼见那激将法难以奏效，
进攻也没有机会战胜对方。
欢喜郎只好按计划改变路线，
撤退到后方的城池休整军队。
一路上多泥泞行走不便，
更看到洪灾后沿途的惨状——
到处都是断壁残垣，
百姓们的脸上写满了痛苦，
原有的富庶都化作泡影，
更有很多百姓家破人亡。
欢喜郎心中愧疚难安，
只有暗暗发出那誓愿：
若是打下威德国必将大赦天下，
减免百姓十年的赋税徭役，
以此来偿还他欠下的血债，

好让他的良心能得到安宁。

随着欢喜国大军转道而去，
威德军也撤往后方休养，
只是留下了部分守军，
以防那欢喜军发起突袭。
这一次洪水造成的灾害巨大，
看似偶然实则是必然。
两国常年征战杀伐不断，
几乎从未让百姓安生过几年。
诸多的不祥与戾气汇聚在一起，
必然引发这惨绝人寰的祸乱。

第 196 曲　歌声

那一日寂天们正在山上宿营，
无意间躲过了洪水之灾。
洪水过后他们一路救助，
眼见到处都是尸体和惨景。

忽看到前面有难民如潮水涌来，
衣衫褴褛狼狈不堪。
更有那拖家带口的逃难者，
孩子的眼神惊恐无助。
大家心痛之余都在诅咒，
诅咒这该死的战争诅咒杀戮。
志愿者解开了身上的包袱，
掏出干粮递给逃难的孩童。
只见那些百姓先是眼前一亮，
接着便呼啦一下围上来哄抢。
仿佛一群饿狼在围食绵羊，
将志愿者们团团围在了中央。

那刺客管家见状大声喊道：
"我们是娑萨朗救苦救难的人马，
请大家排好队形不要哄抢，
我们会尽力让大家都领到口粮！"
但场面嘈杂没人能听到那喊声，

哄抢的手臂如密集的树林。

忽然有志愿者灵机一动，
带头唱起了娑萨朗营歌——
"我们都是来自五湖四海的兄弟，
为了和平的梦想聚到一起。
希望信仰的力量能照耀世界，
希望仁慈的光明给众生以清凉。
为此我愿意粉身碎骨献出生命，
只为给黑暗的世界点亮一盏明灯。
兄弟姐妹们啊团结起来吧，
让我们用肉体铸成大善的长城。
这里没有战争没有暴力也没有饥饿，
这里就是世人永恒的家园。"

随着那歌声的一次次响起，
难民们也沉醉在仁爱的磁场中。
那轻柔的旋律熄灭了欲望火焰，
带着法界的善能量熏染着众人。
成就者的歌声就是一种摄受啊，
那也是真心智慧的无我流淌。
无论是刀山火海还是人间地狱，
只要有娑萨朗营歌响起的地方，
刀山自摧灭，火海自清凉。
人间遍鲜花，地狱成天堂。

那些难民在歌声的熏染下，
整齐地排好队伍领取救济。

他们对食物虽有迫切的渴望，
但在歌声里恢复了人性之光——
谁说人性在欲望面前不堪一击？
偶尔的沉沦，只是因为光明缺乏力量。
绵羊想救一群豺狼自然会被撕碎，
狂风想要驱散乌云却易如反掌。
成就大德的歌声来自法界光明，
那慈悲的力量源于慈悲之心。
有了善心的根本总会长出枝叶，
无根的教化很快就会枯萎。

你看那些难民们多么长幼有序，
刚才的哄抢场面已荡然无存。
甚至有人跪在志愿者们面前请求，
希望娑萨朗能帮助他们重建家园。
原来他们早就听说过娑萨朗美名，
邪气流行时还受过其恩惠。
如今在逃难路上又遇到这些活菩萨，
他们就像见到了雨后的阳光。

寂天向几个难民细细询问，
得知洪灾原因后不由得一阵感叹，
那两个国王为政治简直不择手段，
这断子绝孙的战略竟也敢使用。
看到难民悲恸欲绝的泪眼，
寂天的心中像被钝刀搅动。
于是他让难民回去等候消息，
自己和骨干商议后再做决定。

随后寂天集合了一些骨干，
问他们是否愿意帮助重建。
刺客和流浪汉当即就答应，
投诚的欢喜兵们却有异议。
他们还是希望能上战场救人，
那里有无数受伤的袍泽兄弟。
战场最前沿是他们的牵挂啊，
他们实在无法安心留在此地。

寂天觉得情有可原，
和刺客商量后便做出决定，
将娑萨朗团队分成了两部：
一部由寂天和流浪汉带领，
去洪水灾区救助难民；
一部由刺客管家带领，
继续前往战场救治伤兵。

这两全之法由刺客提出，
他已洞悉了世间法的本质，
行为处事开始变得圆融。
这对他来说是一个飞跃，
可见有时的弯路也有意义，
只要跨过陷阱就会踏上坦途。
修行的道路亦是如此，
暂时的挫折并无大碍，
重要的是永不放弃。
只要不远离终极光明，

挫折便是成就的营养。

再说那娑萨朗人兵分两路，
刺客带着欢喜士兵继续前行。
寂天则带着逃难的难民，
又回到那洪水淹没的故乡。
一路上将难民组织起来，
跟娑萨朗的成员们一起学习信仰。
难民像滴水融入大海，
也成了黑暗世界的一缕阳光。
他们都被那大爱的精神所感化，
加入了娑萨朗寻找人生梦想。

在这战火纷飞的年代里，
百姓不在水深之处就在火热之所，
美好的家园于瞬间毁灭，
和睦的亲人也阴阳相隔。
世界早没了和平与正义，
幸福是遥不可及的梦想。
生活是落叶，随风飘摇；
命运是浮萍，随波逐流。
既无法把握每一个当下，
更无法掌控每一个未来。
仿佛那风中的烛火倏忽即灭，
又像那风中的野草孤苦伶仃。
在这凄惨无助的日子里，
还有什么比信仰更让人温暖，给人力量？
还有什么比娑萨朗更安全，让人踏实？

来吧，来吧，风中飘零的人们，
将你们的苦难都从心中卸下，
让我们在这寒冷的黑夜里，
抱在一起温暖彼此的心灵。

再说那寂天赶到了洪水灾区，
这里果然是满目疮痍一片狼藉。
更有那留守的威德军，
一个个无助又悲伤。
这是他们的家园啊，百姓就是他们的亲人。
天地有情，用洪水结束了这场战争；
天地无情，让黎民承受了灭顶之灾。

此时他们看到了娑萨朗的队伍，
灰塌塌的脸上绽放出生命的彩光。
哦，这一群救苦救难的大菩萨呀，
有他们的地方就有那仁爱的气场。
于是守军将领迅速和娑萨朗接洽，
商议那安置灾民的种种方案。
寂天和流浪汉也正有此意，
双方很快便达成了共识——
接下来寂天等人将与威德军一起，
帮助灾民们重建家园。

威德国王获悉更是全力支持，
这场意外的洪水是抽向他良心的鞭子，
他时不时就会被抽得寝食难安。
娑萨朗的义举自然正中他心怀。

于是他很巧妙地为自己造势，
传令全军与娑萨朗共同赈济难民。
由那娑萨朗人引领救建行动，
物资和施工队伍则由他来提供。

好个谋略啊，我的威德国王！
他带领着自己仁慈的朝廷，
为灾民们处理了善后事宜，
既慰藉了自己不安的良心，
也夯实着日后的统治基础。
然而他终究忘了问一问自己：
若是不能停止战争不再杀伐，
暂时安心的百姓又能安心多久？
若是百姓又会成为战争的炮灰，
此时的行为可有真正的意义？

为保持纯正中立的信仰，
寂天不愿和政治捆绑，
但眼下的灾民如嗷嗷待哺的婴孩，
他们既缺食粮也缺衣少药，
他们极其需要朝廷的救助。
与那些浮云般的名声相比，
寂天更在乎一个个苦难的生命。
因此为了难民的太平生活，
他还是放低了姿态去配合朝廷。

流浪汉的心里却充满了疑问，
于是他找了个机会去问询寂天：

"既然你当初拒绝欢喜郎的供养，
为啥如今却要与威德郎捆绑？"
寂天仙翁叹一口气，
说："二者还是有所不同。
欢喜郎的供养娑萨朗，
是要他们远离战场见死不救，
这违背了信仰的利他原则，
必须坚决拒绝以防异化。
而威德郎的支持虽有政治目的，
但行为上是在帮助受灾的难民。
只要是善行我们就随喜，
即便日后被人诽谤也没关系。
我只在乎活着的时候，
能否为有缘众生带来安乐。
孩子啊，要记得，
将来你若是承担起使命，
也要练就一双火眼金睛。
既要包容世人的藏污纳垢，
也要剔除有害于信仰的毒瘤。
这其中的尺度很难掌握，
你必须彻证光明拥有如下智慧：
成所作智妙观察智平等性智，
大圆镜智还有法界体性智。
这五种智慧是你的度众利器，
要安住空性生起无穷妙用。"

流浪汉闻听此言似懂非懂，
他虽然显发了本有智慧，

但执着的痕迹还依旧残存。
他不是一悟便彻底通畅，
还需要渐修来扫除习气。
虽然他不明白其中关窍，
但只要净信寂天的话便万事无碍。
对根本师尊的净信至关重要，
决定着一个人能否证得圆满。
流浪汉天性纯朴没有机心，
净信师尊已成了他的本能。
这便是他成就最好的保证，
比那博学更管用万分。
另外那空性没有大小之分，
但开悟的程度却有深有浅。
浅层的开悟不易显发三身五智，
要依靠渐修的打磨才能功德圆满。
流浪汉虽然具备了空行大力，
但智慧上仍是刚入门的行者。
那烛光虽能照破黑暗和愚痴，
却还需要添柴加火才能燎原。

再说流浪汉张罗起人马规划部署，
开始清理水怪肆虐而过的地区。
他看到那些景象惨不忍睹——
肿胀的尸体，漂浮的房屋，
令人窒息的恶臭，死不瞑目的怨气……
这惨状像千万只黄蜂在扎他的眼眸。
一个冤魂就是一根毒针，
它们合抱成团齐齐发力，

折磨得流浪汉难以自控，
一股滔天大力从胸腔涌出，
他不禁朝天空发出了长吼。

只听那吼声震耳欲聋如同炸雷，
更像那江河怒吼能让天地反转。
连天上的白云都被吼声震碎，
连地上的苍狗都被震裂肝胆。
心中的憋闷随着那吼声释放，
其威力不啻洪水再来一场。
只见他怒吼如狂风海啸，
神情似疯汉如癫似狂，
但他的内心却充满了大爱悲悯，
就像那天神护法容颜可怖，内心却极度柔软。
他多想凭借这大爱的吼声，
让河水倒流让百姓们死而复生，
他多想把人间的罪恶血腥涤荡干净。
可那吼声终究还是天边的烟云，
无法撼动这红尘的痴狂。

话说这一声狂吼震天动地，
惊动了寂天也来察看。
只见流浪汉好似走火入魔，
他身边的水面也被激荡起无数的涟漪。
他的心里生起了无穷怒意，
裹挟着杀伐之力直上青云。
他很想诛杀那罪恶之王，
来告慰那成千上万的孤鬼冤魂。

那汹涌的情绪他无法自控，
引动了体内的火山和海啸。

看着流浪汉心潮汹涌，
寂天只是默默不语。且让他
把那股滔天的力量释放干净，
若憋闷在心里会积郁成疾，
甚至有可能让真气进入邪脉，
那么他就会真的走火入魔。

整整一个时辰，流浪汉
在自己的世界里排山倒海。
整整一个时辰，他才趋于平静。
所有的人都惊呆了，他们根本想不到
这呆蠢如牛的汉子，会拥有如此激情。

寂天走上前拍拍他的肩膀说：
"我知道你心中的愤怒，
只是怒气容易损伤清净之心。
你还是要多观察体会，
尽量保任那明空之心。"
流浪汉听到寂天仙翁的开示，
恢复了理智又启用觉性。

寂天进一步告诫流浪汉：
"空行石本是救人的工具，
而非用来行杀业去伤害众生。
若是在根本上出现了偏差，

会伤及信仰本质后患无穷。
这就像那潘多拉魔盒，
一旦开启便不再受控。
要知道仇恨是修行的大敌，
那怒火会焚烧功德之林。

"别以为诛杀了几个国王，天下
就能太平。他们不过是剧本的代言人，
没有他们，也会有其他的角色接替。
都说天下乌鸦一般黑，
都说这贼比那贼更恶，
只因千古以来莫不如此。
所以必须釜底抽薪，
消除人类心中的欲望和分别，
使其心性接受信仰之光，
而不是以杀制杀扬汤止沸。"

流浪汉说："仙翁所言当然在理，
只是心中的怒火依旧蔓延，
我需要一段时间的冷静处理，
才能用智慧的清凉熄灭火焰。"

再说无数的死尸浮于河面，
搅天的戾气啸卷于空中，
泥泞中泛着无量的臭泡，
覆盖着成团的蚊蝇如黑云压顶。
那些威德兵一个个承受不住，
不由得纷纷后退消极怠工。

他们很想去承担艰苦的工作，
却拗不过自己内心的习气。
娑萨朗的志愿者却不惧污臭，
他们用毛巾蘸水遮住了口鼻，
随后皱了一下眉头便蹚水下河。
他们当然也不喜欢那熏天的臭气，
但心中的信仰却支撑他们行动。
恶心的腐尸成了功德和资粮，
他们要为实践娑萨朗的信仰而奋斗。

寂天见此状却紧皱起眉头，
他知道这腐臭仅仅只是开始。
通常大灾之后必有大疫，
若是发生了瘟疫则后患无穷。

却见那流浪汉正清理河道，
浑身虽然沾满了肮脏腐臭，
整个人却焕发出一种生猛精神。
他性格憨厚又力大无比，
只要干起活来便活虎生龙。
寂天看到这情景心头一动，
想起了之前精灵王所言。
他说空行石是祛邪扶正的至宝，
用来泡水便可以百病不侵。
眼见这流浪汉气势凶猛的样子，
显然是因为空行石的力量护体。
再加上他人石合一更有大力，
多大的瘟疫邪气都难以近身。

于是寂天将想法告诉流浪汉，
想用空行石煮水给众人服用。
若能引入空行大力最好，
用巨大的正气驱散邪瘟。

流浪汉闻言猛拍了一下额头，
眼下已是火烧眉毛，
竟忘了用空行石煮水以避免瘟疫，
也许这才是它本有的使命，
而不是增盛暴力制造更多血腥。
流浪汉于是信受奉行，
将空行石放在锅中煮至沸腾，
然后让大家畅饮此水，
终于避免了大灾之后的疫情。

那流浪汉在闲暇之余，
也尝试着操控空行石的力量。
他想自如地使力量放大缩小，
让那宝贝尽可能得心应手。
就在这反复打磨之中，
他对空行石的运用更加谙熟，
逐渐能释放出柔和的法界之力，
驱散冤魂们制造的戾气。

第七十五乐章

　　狡猾的巫师，难道突然有了分身术？那
迷阵，困扰的不仅仅是追杀行动，更是正处
于修行途中的弟子们的心性呢！

第 197 曲　迷局

为了追赶巫师，胜乐郎一行
跋山涉水幕天席地。
好在众人已习惯了奔波。
自从踏入修行的行列，
他们就告别了懒散和安逸。
一路上，身经百战充满艰辛，
但跟在大德身边，灵魂就有了依怙。
他们都放下了对肉身皮囊的执着，
甘愿为信仰付出一切，
他们相信殉道是无上的荣光，
更坚信死后会往生净土或达成究竟成就。

只是巫师的线索时断时续，
自从上次交战构成了量子纠缠，
幻化郎便经常开启造化系统，
查询他的行踪了解他的动态。
只是那图像多模糊不清，
相似物太多分辨不易，
这给他们的追踪造成了困难，
时不时就要停下来研究路线。
心思灵敏的武丙又动起脑筋，
如此这般穷追不舍鞍马劳顿，
还不如直接干预战争，

由胜乐郎以神通介入那造化系统，
与幻化郎强强联手平息战乱。
何必这样风餐露宿，
辛辛苦苦去追杀巫师。

想起这一路危机重重屡遭暗算，
武丙觉得这才是神仙的救助之方，
用不着身上一身汗两腿都是泥。
他以为自己发现了新大陆，
找到了拯救世界的捷径。
他的惊喜如同火山喷发，
立即向师尊提出这个想法，
希望师尊予以采纳，
能彻底干净地消灭战争。

胜乐郎闻言微微一笑——
他多希望武丙能收起小聪明，
在心性的大道上扎实用功。
于是他淡淡地说道：
"你的心思要放到正路上，
别满脑子想着那神通异能。
用功能去拯救世界，
这简直是世上最大的愚痴。
你要明白这诸多纷争源于一念，
巫师身为人间魔王是欲望之根。
因为他煽动了欢喜郎的野心，
助长了那魔性的频频发作。
他还捣弄着法界的恶能，

将它们改头换面乔装打扮，
变为人们需要的精神食粮。
诸如建功立业的伟大志向，
以及经世致用的实用文化，
还有努力奋斗的进取精神，
更有精彩人生的大力渲染，
都是被巫师拉起来的遮羞布。

"要知道美好的世界本自圆满，
人类的生存不需要太多。
便是那亚历山大的功业，
也会在他死后土崩瓦解。
便是秦始皇统一后建立的帝国，
也只传到二世便寿终正寝。
纵然修上八百里阿房宫，
也难逃楚人一炬的命运。
这并非是在鼓吹消极和懒散，
更不是混吃等死的颓废人生。
而是看清了世界的真相之后，
通过不断地升华来提升心灵，
实现一种真正有意义的人生。
那种意义便是用智慧与慈悲，
为这个世界带来更多的清凉。

"有意义的人生明白无常和慈悲，
发愿用善行让世界变得温暖，
而不是为了满足欲望，
去进行征战和掠夺。

在每一天里都活得明白和快乐，
把清醒的觉悟带给众生。
那积极的态度本无错误，
出发点不同结果才殊异。
若是为欲望便会越努力越堕落，
犹如贪得无厌的过度开发，
轻则引发烦恼重则带来灭亡。

"要将积极的态度用于修行，
毫不手软地对自己开刀，
将欲望的种子从心中清除，
用智悲的光明照亮世界。
因此我追杀那欲望之巫师，
也是一种智慧的象征，
每个人的生命中都有巫师，
那便是一颗无明的贪心，
若是不能将它斩尽杀绝，
心灵的天空便会充满乌云。

"只是这种斩杀需要反复锤炼，
犹如那陈年尿桶需要一遍遍冲刷。
日复一日，年复一年，
不要偷懒，不要自我欺骗，
洗去贪婪才能让智慧溢出彩光。
因此我们才一次次追杀巫师，
在失败中圆满那智慧心性。
这个过程即是成就之路啊，
成就其实是一个过程。

"我明明知道所有的结果，
逃不出成住坏空的轮回之磨盘。
但我依然要做一个表率，
告诉世人当努力追杀恶魔。
也许那巫师的死亡只是一瞬，
也许他死亡之后很快又会重生，
也许这世上的众生永远救度不尽，
也许明月只能高悬于黑暗的夜空，
但我仍旧秉持这种努力的态度，
绝不放弃生活本身。
不为结果只为希望，
我没有任何欲望的幻想，
我全力以赴地做每一件事情，
我有纯粹自然的生活态度。
这本身就是最宝贵的财富，
有了这般肥沃的土壤，
才会长出智慧的参天大树。

"毫不手软地磨炼你们的品格吧，
要对着自己的魔性勇敢地开刀。
你们要在反复的失败中成熟心性，
直到有一天，对一切都毫不执着，
却又能把要做的事情做到极致，
那成就的花朵便会绽放在你生命的枝头。

"如果对巫师初战就能告捷，
如果不需要顶风冒雨地跋涉，

心性的成长又怎会如此刻这般坚定？
孩子，在一次又一次的失败中
汲取经验和教训吧。
也在一次又一次的失败中，
消去你心灵的浮躁和动摇。
直到有一天，所有的失败
都无法撼动你的觉悟之心，
你也就学会了真正地随缘任运而不执着。
那时，你智慧的光明才能朗照万物，
你的命运也会因这智慧和行为而彻底升华。
武丙啊武丙，继续在事上打磨心性吧。
大道素来就忌讳小聪明，
去机心事本然方能证悟。
要知道，真正的人格是活出来的，
我们要鲜活地活，要灵活地活。
你要找到你活着的理由，守住它。
有没有妙法不重要，能否成就不重要，
重要的是你朴实无华不自欺的精神。
要扔掉那些患得患失的计较之心，
集中全部心念在一件事物上。
当你牵马，请你一心一意地牵；
当你放牧，请你全力以赴地放。
不要再想牵马的意义和效果，
更不要以它们为缘起，求得一种认可。

"要知道所有的缘起都是自然的产物，
刻意制造的缘起是机心的造作。
你唯有扔掉与所做事情无关的包袱，

才能在心灵的画卷上画出最美的图案。
武丙啊武丙你很有天分，
但是你机心太重总是患得患失。
你不断地在心中和师兄弟比较，
你不断地考虑那未来的前程。
这都是障碍你自由之心的枷锁，
扔掉诸念头才能跳出灵魂的舞蹈。
来吧，来吧，我的孩子，
用你那颗最纯粹的真心，
毫无目的又努力地活着，
你必然能见到神圣的光明。"

这一番开示令众人深思，
明白了自己因执着结果而扭曲了过程，
也明白了追杀巫师的根本意义——
除了降妖除魔更需要借此来锤炼自心。
于是他们的脚下像生起了无尽春风，
为了人间的和平之光与自身的成长，
也必须对巫师和魔心赶尽杀绝。

唯有武丙把胜乐郎这一番开示，
当成是对他的严厉批评。
只见他的脸白一阵红一阵，
丝毫没听进去智慧的教言。
他只觉得自己好没面子，
却感知不到师尊那质朴之心。
师尊每一句话都从自性中流出，
犹如神灵附体般自然喷涌，

流淌里哪有世俗的概念，
只有至高无上的智慧甘霖。

武丙却没有吸收到宝贵甘露，
只觉得自己的提议竟招来批评，
以后要谨言慎行再三斟酌，
免得再一次招来师尊的否定。
那种被师尊当众训诫的难堪，
使他对教言产生了抵触。
这就是他机心产生的反应，
什么样的心就有什么样的世界，
什么样的观念就有什么样的行为。
武丙依旧在机心的程序里兜圈，
他偶现的智慧光明，
还没有穿透包裹心灵的铠甲。

这一日系统中显示出异常，
巫师的信号突然显现出许多踪迹，
原本是一条线直达目的地，
瞬息间出现了很多种可能——
只见那巫师同时在各地出现，
每一个巫师都带着不同的欲望。
有的想煽动那欢喜郎继续打仗，
有的想满足那成为国师的欲望，
有的想拥有无数的金钱和美女，
有的想长生不老永享人间洪福。
而且这些巫师都像那本人，
却不知到底哪一个才是本尊。

胜乐郎提起正觉观照，
透过现象看到了本质。
原来是巫师突然间欲望翻腾，
那诸多杂念遂化身无数，
在不同的场景下意淫着欲望，
导致系统中显示出无数个图像。

这系统很像是脑波扫描器，
对活动的心念可以敏锐地感知，
若是对方安住于顽空无记大脑死机，
在那造化系统中也就变成了隐形之人。
幻化郎当初躲避天神的追杀，
用的也是这种顽空无记的隐身。
所以造化系统并不能感知人本身，
只能感知人的心念活动。
这样难免会出现误差，
结果是否准确很难判断。

这时幻化郎和胜乐郎脑波相连，
他感知到胜乐郎的结论后恍然大悟。
想来这便是那造化系统的漏洞，
因此需要进行下一步的升级。

只是对巫师的欲望翻腾，
幻化郎百思不得其解：
身为魔王，该有魔王的证量，
因为那无比的神通，

需要强大的心性驾驭能力。
既然如此他为何控制不了心念？
这阵象看起来竟与那凡夫无异。
胜乐郎认为巫师可能是因为受伤，
或是受到了某种刺激，修为退转，
才会放出妄念让欲望纷呈。

于是胜乐郎屏息一切干扰开始辨认，
排除一切不可能的场景与剧情，
最终只留下了三个场景，你看——
他在自家的密室里启用那魔盒呢，
他在某一处山洞里闭关疗伤呢，
他在欢喜国军营里策划作战事宜呢。

幻化郎提议用三昧真火远程攻击，
让那些勇士一样的火验出巫师的真身。
胜乐郎却否定了这个建议，
因为每个图像看似独立，
却源于同一个脑波。所以，
攻击它们有着牵一发而动全身的可能，
这样极易暴露自己打草惊蛇。

看到幻化郎愁眉不展，胜乐郎也无从下手，
武丙再次启动了他的聪明。
他虽然看不到虚空中的造化荧幕，
但他从师父们的谈话中了解到原委。
他觉得目前不需要做任何事，
只需等待，等那巫师的杂念平息。

一旦那纷繁的景象消失，
剩下的那个便是真身。
就像他一样，平日里杂念很多，
那欲望的火苗一旦复燃，
杂念就会格外得意格外嚣张，
像棉花糖一般牵扯不断。
然而，不管它们的生命力多么顽强，
也总有挣扎不动的时候。
再多的妄念也会平息。
就如那暴雨再激烈也总会雨过天晴，
人也无法持有永恒的杂念。
然而，正当他想说出自己的意见时，
却忽然想起上次的教训，
那种当众被扒去衣服似的难堪，
让他心有余悸。
于是他张了张嘴，终于还是没有说话。
胜乐郎看到他的欲言又止，
便知道了他定有锦囊妙计。
于是，他以眼睛为媒，
向武丙投去了鼓励的目光。
这一个眼神好温暖，
武丙放下了小心思直言不讳——
以静制动，以不变应万变。
说完提议之后，他又禁不住心生忐忑，
怕招来训斥颜面扫地。

胜乐郎听完了武丙的建议，
大瞪眼睛连连赞叹，

幻化郎更是恍然大悟。
都说大道至简，可人们
常常陷在复杂中找复杂。
他因为彻证空性，
反而忽略了凡夫的机心。
因此，人们都说圣者如钟。
你不敲，他沉默寡言寂静无事；
你去敲，他恢宏之音回应于你。
他的心中没有蝇营狗苟的机心缠缚，
所以有时候他会显得处事不够圆滑，
永远像孩子一样童言无忌。其实，
他的内证功德早超越了所有束缚。

看到自己的提议被顺利采纳，
武丙又恢复了以前的志得意满。
要知道尺有所短寸有所长，
圣者总是善于运用任何人的优点。
因此，圣者的身边总是人才济济，
圣者的事业才似那日出东方。
果不其然，在他们静待两日三夜之后，
所有的巫师都融合为一，原来那真身正
隐藏在一个山洞里怡然自得。

第 198 曲　蜕变

再说胜乐郎一行人加快了追赶的脚步，
他们攀过了一座山，又蹚过了一条河，
终于赶到了翠竹林旁的那个山洞。
系统显示巫师就在里面。可他们
进去后发现，等候他们的不是巫师，
而是一堆又一堆人类和动物的尸体。

原来那巫师已得知胜乐郎们的行迹，
所以他总是留下点讯息便换一个地方，
像狡兔一样躲来藏去。这游击的战术
使胜乐郎们的行动更加艰难，
就像猎人撵狐子一样，只有不停追赶。

看见那些尸体们大眼瞪天，
胜乐郎又是一声长叹，
那叹声中既有无限的悲愤，
也有无限的心痛。
他观出了胜境准备超度亡灵，
却发现这里只有尸体没有灵魂。
惊诧之余，
他启动了宿命通的智慧之眼。不承想，
仅仅一眼就让他怒发冲冠——
只见那些灵体全被改名换姓，

成了魔王麾下的一名名小将。
巫师这一手不留余地，
不仅吸食了他们的生命精华，
还对他们进行魔法上的超度，
使他们成为那魔子魔孙，加入
那法界中的魔国祸害人间。

这让武士们大惑不解，原以为
只有佛法才会度化众生，
却不想，魔王也可以超度亡灵。
胜乐郎告诉他们，这世上的行者
各有各的道行，佛陀度众使众生觉悟，
那魔王则要壮大队伍增加势能。
有佛必有魔，有佛国必也有魔国。
二者就如同那光明与黑暗，
相互依存谁也不会消失。

武甲和武丁恍然大悟，
只有那武丙若有所思。
他心机一动，
奇葩的想法便顺势而出——
如此说来往生到魔国也是解脱，
那何必还要苦修这佛法的正行？
直接投靠了魔王还可继续放纵，
死到临头再祈请超度岂不省事？

胜乐郎闻言眉头紧锁，这武丙
整天正心思不用歪心思乱飞，

不是投机就是取巧，何曾有过真正的用功？
如此心性，纵使修上几世也难以成就。
那机心与邪智早晚会殃及他人，
成为不良的基因污染团体。

于是，他第一次对武丙声色俱厉：
"魔王有魔国能收纳众生，
但魔子魔孙并没有解脱智慧。
他们沉溺于欲望会更加痛苦，
人间的暴力和贪婪便是其魔行。
满足欲望的快乐不过是饮鸩止渴，
如吸毒一样越吸越贪直到人鬼不分。
这是所有欲望之乐的本质，
它如无底深渊一般，
将把肉体与灵魂一齐吞噬。
真正的快乐是证悟清净心后的智乐，
唯有远离一切欲望，
才能发现本有的真心。
那时，你与万物一体，无处不在处处在，
才能谈得上超越生死苦海，
永驻涅槃大乐。反之不离欲就无法解脱，
只会产生更深的痛苦与罪恶，
纵使那魔王洪福齐天，也总会油尽灯熄，
业力现前之时，神通也阻止不了他堕入地狱。

"武丙啊武丙，你脑袋里养的小鬼太多，
不把它们从你的脑中驱逐殆尽，
你将很难进步。你更不能将心思用在

那歪门邪道，否则，稍有不慎就会舍道成魔。
你要警惕自己的聪明和机心啊，
大道得成，不离质朴之心。
你要远离所有的逻辑思维和世间欲望，
远离所有油头滑脑的小聪明和机心。
别以为你头脑灵活学富五车，
就可以不事修证扬扬自得。要知道，
所有的花架子都不堪一击。
你想博取世界的认可就会自寻烦恼，
你要追求炫目的技能无异远离大道，
你要卖弄自己的风骚必将背离真理。
武丙啊，这些都是你的机心和虚荣，
它们除了毁你道业，让你沦落，
更会使你于不自觉中误入歧途。
而你却固执己见油盐不进，
总是自以为是总是闭门造车。
所以，为师即使有大智慧的锤子，
也砸不破你那机心包裹的厚重外壳。

"你要反省警觉自己的习气，
狠狠地对治它们，让那
机心的小鬼们无处藏身；
你还要用智慧之眼看清你的贪嗔痴慢疑，
毫不手软地清扫它们；
你更要对师尊的教言全然接纳，
不可以机心的程序揣摩它们，
不能用自己的成见去扭曲规则，
只管按教言去校正错误行为。

如此才能得到那大道智慧的无上觉悟，
否则你摆出佛像的姿势也只是个俗物。"

说罢胜乐郎拂袖而去，
留下了武丙呆若木鸡不知所措。
这一顿训斥出乎意料，如惊雷击顶
又像冰雹一般劈头盖脸，
直砸得武丙头晕目眩，甚至
将他的心砸得千疮百孔。
那种疼痛与沉重令他窒息，
那一刻，他忘了面子，忘了思索，
忘了虚荣，忘了一切。他感觉
之前的种种担心怀疑都成了浮云。
随着这失去意识的空白，
他终于感知到了师尊的教诲，
那教诲不是说教而是智慧证量，
它在那一片空白中砸开一道缝隙，
直击他战栗的灵魂。

于是他所有的机心和逻辑都被融化，
在师尊智慧之波的涤荡下，
他发现了自己的诸多习气。
那么多垃圾盘根错节缠缚在一起，
既成了他应对世界的本能，
也成了他自我保护的防护罩。

从此，他沉默寡言独来独往，
一如当初的武甲默默地保任反省。

仿佛在黑暗的屋子里亮起了烛光，
他终于看清了屋里的垃圾。
他厌恶极了，那个恶心的武丙，
原来是这样一个东西，
简直无法相信更不能接受。
那种自私自利的机心和算计，
给自己和他人造成了诸多痛苦。
那醒悟在内心里卷起天翻地覆的痛楚，
像陈年的污垢一被清扫就扬起漫天灰尘。
于是他满含眼泪，拿起真理之刀捅向自己。
他要在意识的世界里杀死"我"，
他要破茧重生，
他要打破渺小的人格，然后在自己的庙宇里，
请入那个伟大的神明。

他不再像从前那样轻浮嬉笑，
保任着智慧觉知去观照内心。
只是那习气结成了厚厚的蜘蛛网，
稍有不慎他就会陷入网中。
于是他感到痛苦也感到疲劳，
杀死原来的自己竟如此艰难。
这是灵魂意义上的自杀或破茧重生，
远比他所有的经验都更加痛苦。
像拿了把刀子剜自己的脓疮，
慢慢地，一下一下，不知何时才结束。
他灵魂里卷起巨大的风暴，
让他时时就生出了退转之心，
想重新回到那舒适安逸的阴影里，

就此放弃那挣扎。

好在内心总有个坚定向上的声音，

告诉他："你已经见到了光明，

又怎能再重回黑暗之中？

难道那复明的瞎子会因为阳光刺眼，

就再一次把自己戳瞎？

你也是一样，就算陷入深深的纠结与痛苦，

也不能躲在黑影里自欺欺人。

既然已经上路，就要坚持到底。

不经历浴火，又怎能重生？

心高气傲的武丙不是懦夫，

也不是夸夸其谈的口舌之徒。

忍住了疼痛，才能实现升华，

经过了淬炼，才能成为好钢。

如果你放弃了升华人格，

你就会一辈子瞧不起自己，

你会在不甘与懊悔中混过一生，

你会成为别人茶余饭后的谈资。

他们会说你心比天高命比纸薄；

他们会说你是驴子的命，还奢望千里马的尊崇；

他们会说你东奔西跑不过自取其辱；

他们会说你不如守着老婆孩子热炕头，

还有那一亩三分地的生活，

何必摔个头破血流又灰头土脸。

瞧那些亲友们，

他们早就习惯了听你的笑声，

骂你是吹牛大王二杆子。

他们都在等着说那句，'我早就知道。'

所以，武丙啊武丙，
无论是为了对你自己的人生负责，
还是出于不让他人听你的笑声，
你都要争上这一口气咬牙坚持住，
你要把灵魂中的污垢狠狠地剔除，
雕琢出一个完美的自己。"

这种声音在武丙的心中不断盘绕，
每次想要放弃时就会响彻在耳边，
因此他即使被那种疼痛折磨得头晕目眩，
也不愿放弃信仰重回庸俗。

于是他一路上都阴沉着脸，
不断和狭小的自我作斗争。
虽然屡战屡败，也屡屡陷入机心，
但他从来都没有真正地妥协。
身为一代大德胜乐郎的弟子，
他像个虚弱不堪又意志坚定的斗士，
屡屡被对手打得头破血流昏倒在地，
又屡屡站起来再一次交锋。
在屡屡的交手中，他的心灵日渐强大，
开始剔除那些污垢达成升华。

当然，这个过程少不了师尊的修理。
有无数次，在师尊的霹雳雷霆之下，
武丙都觉得自己的灵魂已经窒息，
绞痛的心灵下一秒就要死去。
但他宁可疼痛得要死也要修理自己，

宁可就这样死去也不愿离开师尊。
他知道，师尊的愤怒是一种智慧，
在和风细雨都无效之后，只能用
霹雳手段去震醒他麻木的灵魂。

所以潜心修行的行者们啊，
不要因为师尊的愤怒就生起邪见，
不要以为师尊也会失控需要发泄情绪，
不要以为师尊会对自己产生误解，
不要因为灵魂有剥离之痛就放弃修行。
要忍住痛，坚决地去掉习气污垢。
唯有如此，才能真正地走上修行之路，
在一日日的观照和反省中，
得到最终的智慧解脱。

胜乐郎的训诫同样震慑了另外两人，
只因平日里即使作战，他也淡然处之，
而这一声棒喝，直让弟子们噤若寒蝉。
虽然师尊呵斥的是武丙，
但武甲和武丁也开始在心中观照自己。

就这样一行五人离开了山洞，
然而没走出多远胜乐郎就发现了异常——
只见动物的尸体摆放成一个个奇怪的图案，
于杂乱无章中透着诡异和迷幻。

胜乐郎的修为最高感知力最强，
他总觉得那些尸体有些不太对劲。

按理说巫师把那些干尸都收进了山洞，
却为何将这些尸体抛撒在此地？
况且此处的气场十分诡秘，
似乎隐藏着某一种玄机。
于是他暗中提高了警觉，
以防巫师布下迷魂魔阵。
同时又派出武丁到前方侦察，
看看是否有什么不寻常的现象。
众人见状知道有事将会发生，
于是纷纷开始摩拳擦掌，
随时准备应对那阴暗处的进攻，
将那魔王的傀儡一一迎头痛击。

只是那武丙依旧有些心不在焉。
他阴沉着脸色默默不语，
不断在心中消化着师尊的教言。
自从胜乐郎的愤怒示现让他惶恐，
他就不停地观照自己的起心动念，
再也不像从前那样油嘴滑舌，
变成了一副心事重重的样子。
他处在思想动荡的关键时刻，
习气的反扑像龙卷风一样猛烈。
因为有大善知识在身边，所有人都相信
武丙会过关斩将一路捷报频传，却不想
他在这一场自我的厮杀里早已血肉模糊。
他甚至开始在潜意识的程序里怀疑师尊——
师尊定是想利用我做他一生的牛马，
为他的事业添砖加瓦；

师尊定是在用愤怒的表演，
与我玩一场惊心动魄的心理战，
好让我彻底摧毁主见对他俯首称臣；
师尊定也贪生怕死，明知前面危险丛生，
才会派出那武丁孤身前往，
好保全自己坐收渔翁之利……

他的怀疑越多心中就越是难受，
犹如一条条蜈蚣在心上游走。
蜈蚣们都在喷着酸性极强的毒液，
将他从里到外一点点腐蚀。
于是，他开始有了退出队伍的念头。
他可以把自己的一生交给伟大的信仰，
却不敢把自己交给曾经引以为傲的师尊。
他怕师尊骗他，使他一生空过，
他更不想做一个默默无闻的随从，
他要做那智慧的大德，
他要成为光耀千古的伟大人物。

在这些乌七八糟的念头中，
武丙四面出击，又每每落荒而逃。
偶尔清明的觉知让他能看清妄念，
却不能让他彻底从魔网中挣脱，
他只好继续与他心中的魔王苦苦抗衡。
忽而他是伟大的武丙，要为信仰贡献一生；
忽而他是狭小的武丙，要实现个人梦想；
忽而他想离开师尊再创天地；
忽而又流着眼泪万分不舍……

胜乐郎当然知道武丙的纠结，
但只能在背后默默关注。
信仰是一条孤独的路，
它只有起点没有终点，所有的关卡
只能自己去闯。
武丙的状况更是如此，
任何人的规劝，都会被他
当成别有用心的洗脑。
如果心性的地基没有打牢，
随意遭遇一个小挫折都会栽大跟头。
只有清除了灵魂中的污垢，
他才能走得坚定步步为营。
武甲看在眼里急在心里，他很想去安慰武丙，
胜乐郎却阻止了他的好心：
成长的阵痛只能亲历，
抄来的答卷不属于自己。
种子的破土需要自己用力，
心灵的蜕变是战胜自我的利器。
它需要的不是结果上的圆满，而是
每一个与习气搏击的艰难过程。
同门兄弟的情义不是妇人的针线恩赐，
若是心性不成熟只会盲人牵引瞎马，
更不要一知半解替对方出主意。

再说那武丁久去不回，
众人无不焦虑万分。
武甲和幻化郎自告奋勇，想前去寻找，

就连武丙也一改漠不关心，生出了万分的担忧。
胜乐郎的脸上更是显出一分忧色，
尽管武丁是风神后代不会受伤，
又有着绝顶的轻功和老到的经验，
但这久去不回实在反常。
胜乐郎怕他陷入困境无人支持，
也想派出人马前去寻找，
然而此时天色已晚，队伍分散太不安全，
他们决定再等一夜，天明
便集体出动前去寻找武丁。

第七十六乐章

迷阵未破，幻境又来。那幻境好像人的心啊，众人同处一地，所见景象却个个不同。都说幸亏有了那六只手臂的黑胖子和他的红嘴乌鸦。

第 199 曲　幻境

就在四人为武丁担忧的时候，
突然看到他出现在营地。
大家悬了两天的心顿时落地，
纷纷问武丁，为何久去不归？
武丁闻言感到万分奇怪，
自己明明只离开了一个时辰，
怎算得上久去不归？
而且大家的样子都很担心，
这更让他觉得不明就里。

武丁的回答让众人感到匪夷所思，
更断定这玄妙的所在是一处险境。
于是他们提高了警觉，
时刻准备迎接突发的危机。
但这宁静的所在又不像暗藏凶险，
那满眼的青山绿水白云苍狗，
甚至让人诗意荡漾心旷神怡。
如果不是横着许多野兽的尸体，
他们几乎觉得自己来到了仙境。
而且来到这里许久，
也不见有半个敌人来袭。
突然，幻化郎想起了曾经的迷魂村，
流浪汉在那里做了一场关于爱情的美梦。

那里也是这样诗情画意祥和静谧，
却只是巫师布下的迷魂魔阵。
幻化郎怀疑前方也是巫师的魔阵，
由于它的时空与外界不同，
才会出现武丁所说的情况。
于是幻化郎将这个想法告诉众人，
他说只有找到那阵眼，
才能破此魔阵走出迷宫。

参考武丁的描述，
胜乐郎决定铤而走险。
他留守武丙和武丁在营地，
自己带了幻化郎和武甲进入阵中。
原本他只是想和幻化郎前往，
只是那武甲要誓死相随。

其实，武丙也不是没魄的软蛋，
他身经百战杀敌无数，
不怕成为一名烈士而殉道，
之所以他没有像武甲那样挺身而出，
只是因为他担心被人利用。
他就像无数爱耍小聪明的人一样，
总是用自我的眼光去衡量世界；
也像那些经常欺骗别人的人一样，
对世界总抱有怀疑与戒备。

胜乐郎当然明白武丙的心思，
因此他没有叫武丙相随，

还留下了武丁与他做伴。
一来因为武丙武功暂失，
让他一人待在营地，胜乐郎怕有危险；
二来武丙正处在信心动摇的非常时期，
既不适合一人独处，也不能有过多的干扰，
否则很容易会被妄念左右，
将那退转之心上升为退转之行。
于是武丁就成了最好的陪伴，
有他在，胜乐郎即便离开了也能放心。

再说那三人出了营地一直向前，
并未发现任何可疑之处。
这里的山水依旧，时空也没有裂缝。
武甲攒紧的眉头舒展了，手心里
拿着的蓄势待发的暗器也开始打盹。

只是这魔阵本就处处玄机，
越是正常也可能越是诡异。
为了保险起见，幻化郎分出
三个幻身，派向另外的三个方向。
然而片刻之后，造化系统显示，
那三个幻身同时出现在武丁身后。
巫师之邪，果然诡秘异常，
他设下的结界使众人都上当。
不论从哪一方进入，都会陷入阵中回到起点，
犹如鬼打墙般始终在原地打转。

胜乐郎决定以身试险，

不再让幻身代劳。
于是他们兵分三路,
从三个方向同时进入。
一路上都安适如常,
但虽然他们方向不同,
一个时辰后,
却会合在幻身汇聚的所在。
这一去一回明明是一个时辰,
武丙和武丁却熬了整整两天。

胜乐郎闻听后心中骇然,
一个时辰中,走过的路途似乎并不遥远。
于是他通过推算,知道了阵内时间
是阵外的二十四分之一。
他还在想营中的丙丁
是否也陷入了时间的幻境?
自己可境随心转如如不动,
可那徒弟们却是凡夫俗子。
于是,他凝神聚气,专心致志,
很快便想到了应对方案。
他于明空之中观出了三昧真火,
那火噼里啪啦一阵爆燃,
从一点蔓延为一片,越燃越欢。
那是宇宙中至阳至刚的能量,
是一切妖魔幻影的克星。

三昧真火的作用广大无穷,
它的基础是奶格六法的拙火。

当观修中突然有本尊现身，
而行者又分不清它是佛是魔，
就可用三昧真火去进行测验，
真正的本尊会安然无恙，
魔鬼的幻影则化为灰烬。

那火像龙卷风一样扑向弟子，
弟子却是肉眼凡胎视而不见，
对于那极其强烈的阳刚能量，
他们也无动于衷毫无反应。
幻化郎看到那腾腾的火焰，
向胜乐郎投去会意的一瞥——
现在他们都有了新的担忧，
不知除了这时空的错位之外，
此处是否还存在着其他陷阱？

危境就在眼前，破阵已刻不容缓，
于是他们团坐一起共议破阵大法。
幻化郎善于研究各种机关，
他细心观察布阵尸体摆放的方位，
却没有发现任何头绪和玄机。

在众人商议时，幻化郎绕过了
尸堆去别处察看，他忽然
想到以前的黑城堡一战。
那次大战之所以能胜利，
七芒星的图形是关键。
他想或许七芒星能解阵，

但画出七芒星却无丝毫反应。

胜乐郎向来做事都沉稳镇定，
他仍在观察这四周的环境。
有趣且奇怪的是，
他越看越感觉到一切都似曾相识。
突然间大脑里灵光一现，
他发现这儿分明是儿时的故乡，
如梦如幻中，所有景物都十分熟悉。

他走到一棵熟悉的白桦树旁，
果然发现了自己青年时代留下的刻痕："华曼"。
他将这一发现告诉了众人，
这一说引来了一片嘈杂，
每个人都说有相似的感受，
都觉得这儿是自己的故乡。
只是他们说出的景色却不相同，
一人看到有树的地方，
另一个看到的却是石头，
再一个却看到幽深的古井。

这一下茫然的众人更加茫然，
三个弟子已经有点恐慌。
他们从未遭遇过如此的诡异，
不明白眼前的世界，
为何会有不同的呈现。

胜乐郎却想到了庄周梦蝶，

他不知道是现实影响了意识，
还是意识投射到了现实？
他们是真的走入了魔幻之地，
还是被魔法改变了脑波？
不同的状况有不同的对治思路——
前者需要寻找到破阵的阵眼，
后者需要凝神静虑洗去干扰。

胜乐郎通观全局仔细推敲，
认为他们确实进入了魔法之地。
因寻常的脑波影响不了他的空性，
任你风雨雷电也无法动摇。
他也用那三昧真火烧过幻象，
并没有发现任何的异常。
于是他推测巫师用了奇门遁甲之术，
而不是寻常的魔法。
只有用奇门遁甲盗得造化天机，
并依托于诸多的能量和因缘，
制造出鬼打墙一样的幻境，
影响肉体对外境的判断，
才能使他们陷入其中。
只因大智慧也需要依托肉体，
借助六根接收到的信息来判断。
因此他虽然明明知道它们是障眼法，
但就是找不出其中的关窍。
很像明知道魔术师的表演暗藏机关，
你却仍然看不透其中的蹊跷。

但胜乐郎有无碍的智慧,
所以不会生起烦恼和恐惧。
他早已破除了对生命的执着,
对万物都是随缘任运。

那引发烦恼的其实就是我执,
源于意识里有一个对"我"的执着。
其实那"我"是虚幻的概念,
熏染出习气才会把人困在其中。
像电脑出厂时就安装了程序,
一生受困于程序而不自知。

圣者能打破程序安住自由之心,
能随缘任运而不被束缚。
但打破程序需要正确地修行,
更需要极大的勇气敢于杀死自我。
那见性便是格式化自我,
再悟后起修重装超越系统。
一旦格式化完成,新系统启用,
你的心中就不再有概念的限制,
但对周围事物了了分明。

在众人思考破阵之法的时候,
武丙的心中又生起疑情,
觉得大成就者怎么会被困,
莫非他们只是欺世盗名?
那怀疑之浪如海啸般卷起,
他便躲在一旁脸色阴沉。

胜乐郎察觉他的心念暗暗叹了一口气，
武丙习气深重总被现象蒙蔽，
总拿神通之类来衡量师尊。
其实圣者的标志本是无执，
而不是一旦觉悟就会无所不能。
圣者的一切行为也都只是剧情，
是在启用智慧之心去应对万物。
那武丙并不了解大成就师的境界，
却用一厢情愿的假想来否定师尊。
然而胜乐郎这次并没有呵斥武丙，
只是继续与众人商议如何破阵。

众人聚在一起各自开动脑筋，
寻找破解魔阵的可靠方法。
尝试了各种方法一次次失败，
众人又一次次从头再来。
却见幻化郎灵机一动，
说既然每人看到的景色迥异，
那就看有没有相同之处。
若是有相同之处，或许
就是破解迷境的钥匙。

此语一出，众人哗然。
好一个逆向思维结出的果子，
这也是幻化师叔智慧的妙用。
于是众人开始描述自己看到的世界：
一条顽皮的小狗，一只愤怒的野猫，
一条湍急的溪流，
一根直入云霄的木杆……

他们描述得惟妙惟肖活灵活现，
连一棵树、一根草、
一脉闲云、一缕轻风都不放过。
那故乡的一切，在自我的世界里，
统统复苏异彩纷呈，直讲得他们
唾星四溅声音嘶哑，直听得众人
云里雾里一片混沌。
原来各人的描述都很主观，
听起来杂乱无章并不精准。

幻化郎只好开动脑筋，再次
将他灵动的智慧之火点燃——
只见他分出四个幻身，
充当起了速记员。
只因那清净幻身没有执念，
可以毫无偏差地读取脑波。

于是，四个幻身便成了四个摄像头，
尽职尽责专心致志，记录着
每一个人看到的每一帧图像。
终于，在四人的脑海里，
出现了相同的景物：
一棵枯藤缠绕的老树上，
正独栖着一只乌鸦，
它全身漆黑如墨浸染，
一点红唇却不同凡响。
此时，那乌鸦正凛凛然睁圆了眼，
盯着他们。

第 200 曲　乌鸦

胜乐郎闻讯叫大家确定那乌鸦的位置，
果然在不远处的一棵树上看到了它。
它不断扇动着翅膀发出嘎嘎鸣叫，
仿佛在焦急地等待着指引那迷途之人。

胜乐郎见此状知道那乌鸦定然藏有玄机，
它既然同时出现在所有人的幻境里，
想必是那善神所派遣的护法。
于是他让四个人做好赶路的准备，
同时在口中念叨着："护法呀护法，
请指引我们走出这迷宫。"

只见那红嘴乌鸦果然闻声飞走，
幻化郎叫四人立即追踪。
武士甲、丙、丁顿时手忙脚乱，
胡乱将重要对象塞进包裹，
便跟着那乌鸦一路飞奔。
然而此时那魔阵也开始激烈地变幻，
仿佛发现自己被识破之后气急败坏。
它在五个人的脑中不断制造着各种场景，
或恐怖或诱惑还有那种种欺骗。

武丙看到胜乐郎正在欺骗自己，

前面是那刀山火海的地狱他却把自己推了下去。
自己一时间置身于火焰之中生出了无穷的嗔恨,
后悔没早点识破那胜乐郎的真面目悬崖勒马。

此时却忽然有一双手把他拉出了地狱,
原来是武丁看到武丙掉进了陷阱赶忙营救——
你看真是有趣,一个看到师尊把自己推下地狱,
在另一个的眼中却是他自己掉进了陷阱。
这个世界虽然有所交集却又完全不同,
若是没有智慧的眼睛,如何能洞悉真相?

武丙暂时脱险后两人并肩赶路,
武丁脑中又出现了新的幻境:
他和武丙遭遇了千军万马的围攻,
无论他怎样厮杀也敌不过魔军。
他陷在乱军之中大声向同伴呼救,
还挥舞兵器抵挡意识中的敌人。
而武丙仍陷在那被骗的幻境之中,满心的恐惧
让他难以承受,那怀疑之毒已攻入心脉,
他的信仰之根受到了巨大的摧残。
只见他满脸皆是惊恐之色。

那武甲的幻境也是异常凶险,
他忽然看到娇艳的美女正抚摸他身躯,
一阵阵酥麻的快感袭来,
他时时想停下脚步享受那尤物。
是啊,好久没有尝过女人的味道了,
那销魂的大乐融化了他的灵魂,

他再也不想踏上辛苦的修行之路，
更不想舍生忘死地追杀邪恶巫师。
他只想沉醉在温柔乡里享受这浓情蜜意，
他要做美人眼中雄姿英发的伟岸男人，
他要在她那细腻柔美的身体里勇猛地冲刺，
最后化作一摊岩浆喷出那压抑的激情。
他的心念导致眼前的景象产生相应变化，
他看到成山成海的尸体拦住了前方道路，
告诉他此路不通必须退回原处，
否则自己也会变成一具尸体。

幻化郎则看到了悬崖，
而其余四人却仍在继续追赶。
好在他有幻身成就的深厚底蕴，
寻常的幻觉困不住觉悟的心。
于是他知道那悬崖仅是自己所见，
就一鼓作气地跑了过去。
果然那悬崖刹那间消失，
他已置身在烂漫的山花丛中。
花丛中有一柄金光闪闪的权杖，
有个声音告诉他拿上权杖就能成为法界之王，
那时他不仅有无边的威势和神通大能，
更有那无边的智慧能光耀千古。
这是他长久以来的至高梦想啊，
因此他不由自主就伸出了手掌，
却不料那权杖朝相反方向飞去，
像挂在毛驴面前的萝卜一般晃来晃去。
他无论如何追赶都有一尺距离，

这可望不可即的诱惑让他好个心焦。

原来那魔阵会自动扫描每个人的内心，
寻找他们最薄弱的地方发起凶狠攻击。
一时间四人都被那魔境所困，
或是迟疑了脚步或是偏离了方向，
更有那武丙已生出了退转之心，
只要再多受一点刺激他就会逃遁。

其实那幻境一方面是外界的魔法所致，
另一方面源于他们内心的习气。
心魔和外魔的综合作用才产生了种种幻境，
让他们陷入魔阵不能自拔。

这有点像在中蕴身里挣扎起伏，
只因他们的修为并没有炉火纯青，
就算明知道是幻觉也仍被习气所困。
就像有个人猛地挥拳打向你的眼睛，
哪怕你明知道这是虚招也会忍不住闭眼。
那如如不动的心性需要长期训练，
直到有一天能真正控制身心，
再大的变故都不会引起波动，
才能算是真正成就脱离了所有束缚。
否则便像这四人明知道置身于幻境，
却还是因为习气的牵引而身不由己地迷失。

眼见所有人都被心中的幻觉所困，
胜乐郎不由得忧虑万分。

只因那乌鸦的身影正在渐渐飞远，
一旦失去它的引导便再也无法脱身。

其实胜乐郎也见到了诱惑的幻境，
忽而是卢伊巴让他就此停下脚步，
忽而是华曼中了魔箭血流不止，
忽而是和华曼一次次抵死缠绵，
那种大乐一次又一次地将他啸卷。
那种灵与肉的结合是多么销魂啊，
仿佛天雷勾动地火又像汪洋翻起波涛。
在那波涛里胜乐郎变成了一波波电流，
随着那酥麻到极致的快感荡向整个宇宙。

于是胜乐郎的脑海里也如波涛翻滚，
各种景象像走马灯一样轮番攻击其内心，
从各个角度找他的薄弱点，
想把这伟大圣者引入魔界的深渊。
它们知道如果胜乐郎起了魔心，
将会是一个巨大的魔王远远胜过巫师。
因他的智慧已达极高境界，
稍有丝毫的偏差便会酿成灾难。
这就像那低速行驶的马车即便轧到一块石头，
也仅仅是颠簸一下不会有太大问题，
但那高速飞行的飞机哪怕是撞上一只小鸟，
也可能产生机毁人亡的灾难。

然而胜乐郎功底深厚能控制自心，
面对那种种幻觉他都能了了分明，

只管跟着那乌鸦坚定不移地飞奔。
他也知道其他人还没有这种定力，
虽然有觉悟的心性却存在薄弱环节。
就像那梦中知梦容易如如不动却难，
必须要经历足够的打磨和修行，
才能完全洗净习气具备通透智慧。

于是他大叫："不要管幻境只管跟随乌鸦，
无论是悬崖峭壁还是狂风暴雨，
都是那巫师布下的迷阵干扰你们的脑波。
你们一定要跟上那乌鸦不要掉队，否则
便会一辈子都被困在魔阵里不得脱身！"
说着他伸出手拉住了幻化郎的手臂，
又让幻化郎拉住了武甲和武丁。
同时他把另一只手臂伸向武丙，
要把他拽出那恐惧和怀疑的泥潭。

武丙面对伸来的手臂却迟疑了一下，
他眼中的胜乐郎又变成了魔王。
魔王要拉他过去塞入血盆大口，
把他的肉体和灵魂吃得连渣都不剩。

因此他竟然下意识地开始退缩，
甚至躲开那手臂就想转身逃命。
形势紧急胜乐郎发出雷霆之声：
"你若执迷不悟便会永陷魔阵！"

危急时武甲拾回了残存的理智，

使一招扫堂腿绊倒了打算逃命的武丙。
武丁也紧紧拽住了武丙的手臂，
一行五人总算是手拉手扯成了一股绳。

虽然他们的步伐还不统一，有人迟疑有人迷蒙，
有人挣扎着想要脱离信仰的绳梯，
但因为领队者坚定不移，像火车头
牵引着车厢般拖动着众人。而他的开示则像是
那两条铁轨，让众人没有成为脱轨的亡兵。

他说修行路上有诸多的魔桶和幻城，
一个个都像此时这变幻莫测的魔境。
因为每个人的心中都有欲望，
魔王总会伺机在弱处下手。
所以要紧紧追随自己的师尊，
危急时千万不要忘了警觉和祈请。
大家紧紧抱成一团互相扶持，
才能守住道心不会陷入迷境。
借助对师尊的信心才能摆脱魔阵，
千万不要怀疑更不要留恋幻境。
要知道一旦掉队就永远也无法脱身，
必须牢牢跟定善知识往前奔跑。
坚信那幻境无论多凶险迷离，
也障碍不了真信仰者的修行。

说着胜乐郎自己也流出了泪水，
只因他想到了已故的卢伊巴师尊。
刚才的幻境中也有他的显现，

明知是幻觉却勾起思念之情。
他在心中呼唤那伟大的灵魂，
默默地倾诉着离别后的衷情——
"我的师尊啊，伟大的太阳，
您在另一个世界里过得怎样？
虽然我知道您已经融入法界，
您依旧在法界里大放光明；
虽然这所有的思念都是心中情绪，
但我的心还是像针扎般疼痛。
这巫师的幻境好个狠毒又好个慈悲啊，
让我能在这种地方见到您的面孔。
我的师尊啊，我心中至死不渝的信仰，
愿我能永远地融入您大爱的光明。"

除此之外还有对华曼的思念，
也有那一缕缕的火焰在心中燃烧。
曾经他以为自己证得了究竟，
便不会再被那世间的爱情困扰。
它无非是一时的情绪和欲望，
哪比得上清净涅槃的智慧之乐。
只是为何突然间看到华曼的影子，
却依旧会在心中升腾起火焰？
如同冰山上绽放着洁白的雪莲花，
又像沙漠里喷出清凉的甘泉，
也像在不毛之地诞生一抹新绿，
在灵魂深处奏响爱的旋律。

"华曼啊华曼，我永远的爱人。

原以为我的心像浩瀚的虚空般毫无挂碍，
只是当你的影子又出现在眼前的时候，
才知道那虚空里始终有一轮明月。
当太阳下山白昼也拉下那帷幕时，
那月亮就会静静地挂在夜空中央，
放出那柔到极致美到极致爱到极致的光明……"

就这样胜乐郎一边拉着四人奔跑，
一边像喷泉一样喷涌着情感。
只是他的心里还有另一个如如不动的东西，
如幽远的铜镜般静静地映照着一切。
正是因为有了这铜镜他才没有迷失，
也正是有了铜镜般的智慧他才能超越生死。
于是他一边生起那无穷的情感如同风云变幻，
一边冷静地看着自己的情绪如同隔岸观火，
那脚下的步伐丝毫没有迟疑，
双手也一直紧紧地拉着弟子们的手臂。
他们就这样奔跑啊，奔跑啊，
跑向那迷阵的出口也跑向那升华的人生。

众人在胜乐郎的带领下一路向前，
渐渐地坚定了信心不再为幻境动摇。
那武丙也恢复了理智感受到温暖，
只因那同门兄弟的手臂传来了阵阵情义，
让他明白就算是死去也不会被同伴抛弃。
于是他坚定了脚步跟上队伍去追赶乌鸦，
不论前方是地狱还是陷阱都不再犹豫。

因此五人团结一心向前奔跑，
胜乐郎的开示也一阵阵入心。
他们纷纷放下了对幻境的执着，
不论诱惑还是恐惧都不再迟疑。
好在虽然诸人所见之景不同，
但五人都能看到那乌鸦，
遇见的场景虽不断变幻，
虚幻中却有另一种真实。

只见五人追赶得气喘吁吁，
浑身大汗淋漓脚步也开始疲软，
但都不敢有丝毫的松懈更不敢停下来休息，
只因那乌鸦一旦消失就再也无法走出迷阵。
因此他们强打起精神互相鼓励着追赶，
那武丁几乎把自己变成了骡子——
他把众人的行李都背在肩上，
以此来减轻众人负担好疾速前行。

突然前方有一棵大树横在路中，
那红嘴乌鸦绕着大树飞了三匝，
然后一个挺身直直蹿入了云中，
只见那黑影渐渐地变成一个黑点，
终于消失于那漫漫的雾中。

这时追赶的众人顿时傻了眼，
乌鸦这一番奇怪的动作让他们十分迷茫，
不知道它想告诉他们什么讯息，
难道要他们从这棵树上爬上天去不成？

更有那武丙因为武功暂失，
累得一屁股坐在了地上连连叹气。
他说莫非那乌鸦只是耍弄他们，
又或者它也是那巫师故意设置的陷阱？

然而细心的胜乐郎仔细观察周围，
发现自己已经走出了魔阵——
以前的那种诡异全然消失，
那童年的幻象也不再出现，
而且已翻过了之前的那座山林，
并没有再回到原来的扎营之地。

他和幻化郎又核对了各自看到的景象，
发现已经完全一致不再有丝毫的差异。
那三个弟子说出的景象也是完全一样，
说明他们确实已走出了魔阵。
众弟子闻言纷纷拍着胸口喘气，
一路奔跑的疲劳感顿时如渔网裹身，
他们一屁股坐在了地上软成一摊烂泥。

只是那胜乐郎还是有一种担忧——
因为模糊了时间界限，
不知道过去了多少时光。
洞中才一日世上已千年，
他们在那魔阵中虽只过了几个时辰，
尘世中却不知过去了几年？
若那世界已天翻地覆换了模样，
别说追杀巫师消灭邪恶难以实现，

恐怕连欢喜郎和威德郎也已遭遇凶险。
只要两个转世力士有一个离世,
娑萨朗的拯救计划就会泡汤。
这是奶格玛最不希望看到的局面,
于是他忐忑不安地观察时间。

那勤劳的武丁也卸下了行李,
站起来帮助师尊找寻信息。
他知道胜乐郎的心中所想,
自己也存有那相同的顾虑。
于是他不顾疲劳又想出去侦察,
在蛛丝马迹中搜寻逝去的时间。
其余的弟子虽然也有心加入,
无奈身体已累成了烂泥。
武丙更是酸溜溜地抛出几句怪话,
说:"武丁你真是师尊的坐骑。
干脆我们今后就叫你良骏,
千年后的故事里就会有你的身影。"

武丁闻言只是笑笑,
他性格憨厚没有那么多心机,
也不会说玩笑之类的怪话,
只会踏实地帮师尊做事。
他对着武丙摆了摆手,
继续去远方寻找信息。

突然传来武丁的叫喊,
胜乐郎听见第一个冲了去。

原来，武丁发现了一排脚印，
那赫然的"王"印清晰无比。
这样的脚印，非巫师莫属，
武丁在他藏身的山洞里看到过多次。
胜乐郎上前去，也仔细辨认，
只见那新鲜的印迹上，还升腾着缕缕邪气。

胜乐郎断定巫师刚刚离去，
在确认了巫师逃离的方向后，
他立刻振奋精神双眼放出光芒，
向弟子们说出了这一判断。
还说跟上这脚印就能追上巫师，
这次定要消灭其肉身还天下太平。
弟子们闻言大喜，顿时抖擞了精神，
摩拳擦掌准备追击恶魔。

为了提高追赶效率，
胜乐郎本想只带幻化郎和武丁先行一步，
却不放心将武甲和武丙单独留下。
为了历练他们，使他们在反复的锤炼中
升华心性，通过不间断的追赶甚至
一次又一次的失败来坚定信仰，最后，
他决定一个人都不能少，众人一起追赶。
他认为追杀巫师的结果并不重要，
追赶的过程才是升华的根本。
他说，成就不是最终的一纸证书，
而是无数个日日夜夜乃至一生，
都按照信仰的方式生活。

只要不期待不追悔更不迷茫，
将人生态度和精神信仰水乳交融，
以顺其自然的心态过好每个当下，
使它成为一种常态和本能，
既不刻意也不造作，成就便会像成年男子
长胡须一样自然达成。
他还说，如果一个行者对修行的成就
抱有期望，他就是那个徘徊在门外的汉子；
当消磨欲望达到无欲无求，
能过好每个当下，他才是小有所成；
当通过种种大心大愿和大行，
助师弘道普度众生，他才是究竟成就。
所以，他在演绎一个成就者的故事，
追随他的弟子也在演超凡入圣的剧情。
他们在剧情里一起奔波，在剧情里一起厮杀，
在剧情里一起追逐那心外心内的魔军。

血色残阳，晚风拂面。只见他们
大步流星，身影疲惫却透着异常饱满的坚定。
在这条追杀魔王的修行之路上，
他们反复锤炼不断升华，他们把追杀魔王
当成了战胜自我的象征，将途中的一切
当成调心的道具，即使是竹篮打水，
也不会再影响到他们无欲无求的信仰之心。
真正的行者，不会有任何期待，
他只会用他纯粹的信仰走好每一步路。

不知走了多久，也不知追了多远，

他们个个口干舌燥五内俱焚，
却依然移动着灌铅似的双腿。
终于，一缕青烟袅袅而起，
一座神庙出现在他们面前。
于是那武丁走上前去询问香客，
才知道时间仅过去了几个时辰。

胜乐郎闻言舒了一口气，
他不得不感叹这魔阵的神奇。
虽然巫师心性智慧并不高明，
但这奇技淫巧分明已出神入化。
也许因为过于沉迷奇功异能，
才使得他忽略了朴实无华的大道。

又看到武丙无精打采的样子，
胜乐郎忍不住轻轻一叹——
"哦，可怜的孩子，
若是你清除不了心性的污垢，
也容易走火入魔成为另一个巫师。"
于是他暗暗提醒自己，一定要时刻关注武丙，
及时扭转他心中出现的魔性。

再看那武丙却东张张西望望——
一路的奔跑使众人都成了乏驴，
肚里的饿魔也在敲锣打鼓不停轰鸣。
武丙想在此找些吃食，
加满了油的车子才能远行。

但是他望了一圈周围，
却并没有发现食物的踪迹。
别说没有那驿站和大排档，
就连果树或农田都没有。
看来，只有那庙中方有食物，
毕竟僧人们也要吃饭嘛。
于是他走进神庙的正殿寻找僧人，
想跟他们商量着用一顿斋饭。
却看到那里供奉着一个神灵，
他面孔凶狠眼如铜铃，
粗黑的躯体上长着六臂。
他的肩膀上还栖有一鸟，竟然
与魔阵中看到的那只一模一样，
一张红红的尖嘴，仿佛是刚蘸过人血一般。
这一下武丙大惊失色。他以为
又陷入了巫师的魔阵。只见他
脸色苍白声音颤抖，
指着那黑鸟让师尊快看。
胜乐郎一看，才发现那原来是雕像。
他问旁边祈祷的香客：
"施主可知这神灵和黑鸟的来历？
能否讲一讲让我等增长些见闻？"

香客望一眼胜乐郎，不紧不慢地说道：
"这黑鸟是乌鸦，乌鸦是神灵的护法。
那六臂神灵就是玛哈嘎拉。
他威猛无比力大无边。
他一身正气降妖护法。

他曾发愿要追随一支殊胜的传承，
那传承将来会有惊天动地的威名。
据说，它来自著名的奶格玛，
她有包容宇宙的智慧和大海般深广的慈悲。
这玛哈嘎拉正是她的朋友，
曾发愿要护持她的传承。"
香客说完便闪身离去，
胜乐郎听了这个授记若有所思。
只因奶格玛也是自己的根本师尊，
想不到与她的护法不期而遇。
又一想觉得一切都充满了蹊跷。

于是他想叫住那香客再仔细问询，
却不料他身影已消失，只留下朗朗笑声。
而那笑声好个清脆，似风摆铜铃似珠落玉盘，
听来悦耳至极，令人身心清爽。
这种感觉即使成灰，胜乐郎也能识别出来——
那赫然是师尊奶格玛。他终于明白，
原来是慈悲的师尊引领他们走出了魔阵。
如此一想，胜乐郎顿时泪眼蒙眬——
"我生生世世的母亲，奶格玛呀，
您是航船，您是灯塔，
您是太阳，您是雨露，
您是须臾不离的空气，
您是维系命脉的唯一精神……"

于是他带领幻化郎和众弟子，
向着那虚空顶礼谢恩。正在这时，

神庙的钟声响了起来，
这悠扬的钟声，
是可以突破一切壁垒的吉祥之声，
它正吸引着村里人，从四面八方汇集而来。

只见那敲钟的青年神情激昂，
对着汇集而来的村人大声疾呼：
"加入寂天仙翁的救生团队吧！
拯救伤兵也是拯救我们自己！
我们要呼吁和平反对战争！"
他满脸通红情绪高亢，
分明是当初欢喜郎教化众生的样子。
只是他空有一腔热血和慈悲救人的雄心，
却没有唤醒人心的智慧，
也没有磁化众人的证量。
仅凭那单纯幼稚的冲动和一人之力，
在那些村人的拥挤中身影很是孤零。

村人一看又是那失心的疯子，
便骂骂咧咧败兴而去。
他已经数不清多少次敲钟来蛊惑人心了。
"这是个骗子！"
"还是那个喊'狼来了'的小骗子！"
"他自己怎么不上战场？"于是，
人们好奇地涌了来，就像赶集一样，
在听完青年一通"狗屁"后，
发出了各种谩骂声，不多久，
又如潮水一般退去——

眼下的生活，人人尚且自身难保，
前线救亡与我何干？
是战争还是和平与我何干？
反正怎么打，
也打不到这鸟不拉屎的地方，
过好自己的日子守好
自己的老婆孩子才是活路。

一些无聊的村人围着年轻人看热闹，
将一声声讥笑和嘲讽泼向了他。
年轻人显得更加激动，
仿佛被那草棒撩起性子的蟋蟀。
他手舞足蹈和村里人辩论，
说着各种宣导和平的话语，
却始终被当成了跳舞的猴子，
没人把他的话听进心里。
直到村人觉得再没热闹可看，
才带着那麻木不仁散去。

看着最后一个村人离去，
青年瘦弱的身影更加瘦弱，
但他倔强的目光却依然倔强。
胜乐郎他们看见，也倍受感染，
青年的心愿和行为让他们心生敬佩，
更想到了当年那行善教化的欢喜郎，
不由得感叹世事沧桑，山不转水转。
于是他们走上前去安慰青年，
却不料那青年看到胜乐郎眼前一亮，

当即跪在那地上开始哭诉：

"小民曾是难民，承蒙大德相救，

您功标日月的德行令小民感动。

于是，我成了您团队的一分子誓死追随。

我曾发愿要将一生贡献给信仰。

后来，您追杀巫师，团队渐渐散去，

我也只好流落在此。

但大德的教化已融入骨血，

所以我依旧在效仿生命中的贵人尽分内之心。

可惜势单力薄处处碰壁，百姓的愚昧麻木

更是令人寒心……"

胜乐郎闻言只能一叹，

教化之难，难于上青天。

又想到难得他有这样的心愿和行履，

何不带上他，让他随武士们一起历练。

打定主意后胜乐郎问那青年，

是否愿意跟随自己，

追杀那祸害人间的巫师。

青年闻言欣喜万分，

嗵一声跪下就是叩头感恩。

胜乐郎见到青年的淳朴，心里涌上一股暖流，

又想起之前那欢喜徒孙，不由得叹一口气。

那孩子面对诱惑能坚守信仰，

临到危险却把师爷推到身前，

这种行为虽说情有可原，

但也说明了他信仰的层次不够。

再加上自己观其因缘，

发现他的恶缘已经消除，

而且自己此行估计会相当凶险，

所以胜乐郎嘱咐他回到欢喜国，

跟随师尊好好修行，

不必再跟着自己一行人去涉险。

却不知眼前这个青年，

能跟自己走上多久，是否能够一路跟随？

假如遇到凶险，他又会把信仰放在什么位置？

这一切，有待于日后慢慢考虑。

于是他们一行六人，踏上了新的征程，

在太阳落下又升起的滚动的圆球里，

他们的身影伟岸成了不朽的风景。

第七十七乐章

忙碌的圣者总是忙碌，刚与故人相聚，又要奔赴敌营，他的调和妙方总是难成，谁让那个一向英明的欢喜国王，突然像换了个人似的——莫非，真的是换了一个人？

第 201 曲　会合

胜乐郎师徒六人一路追赶着巫师，
因为新加入弟子的不适应，
也因为武丙心性不稳定，
他们前进的速度，
远不如巫师单枪匹马来得快。
于是武甲武丁提议兵分两路，
分出精兵队伍追赶巫师，
但胜乐郎摇头拒绝了提议，
他担心弟子会沿途遇险，
而且，他早已不再将追杀的成功，
当作唯一目的，他更想教弟子们借事炼心。
让弟子们的心性在锤炼中得到升华，
对他来说，才是最重要的。
至于追杀的结果，他只能随缘。
他知道巫师的诞生和灭亡皆是因缘聚合，
缺少任何一种因缘，都会白费力气。

作为证得五种智慧的圣者，
他当然深谙该如何达成目标。
在看似止步不前毫无进展的行动中，
其实他一直都在聚拢着因缘。
成功是火，燃料就是因缘之一。
燃料不足，就点不起足够的大火；

燃料不足，奔驰的战车便会半路熄火。

要知道大成功虽也有偶然因素，
实际上却是因缘聚合的必然结果。
只是那种必然其实也是一种自然，
就像点燃雷管就会引燃炸药。
圣者随顺因缘顺势而为，
凡夫在欲望的驱使下胡作非为。

因缘不是天时地利的迷信，
因缘是天地人的和谐统一。
只有每个人消灭了自己心中的巫师，
才能让巫师的魔性无处扎根。
因此胜乐郎始终用自己的修证和愿力，
消融着巫师生存的土壤。
有时以和风，有时以细雨，
有时以阳光，有时以雨露。
他总是着眼于无相处，
像春雨那样润物于无声。
渐渐地冬去春来柳树吐出了新芽，
那时光总是在不知不觉中逝去。
弟子们渐渐成熟起来，
已经隐隐有成就之兆。
这一日，幻化郎收到了娑萨朗的飞鸽传信：
"大自然的春天已吹响号角，
呼啦啦一声，便是十里桃林。
可人心的春天仍冰霜万里，
那战争的号角在此起彼伏。

欢喜郎对威德国又发起了攻击，
我们的娑萨朗已完成灾后重建，
哦，行者在路上，我们要去救死扶伤。
听说这一仗史无前例，你们追杀巫师
也绝不能手软。否则，他到了战场
就会助纣为虐继续借势作恶。"

与此同时，武丁也带回了侦察的消息，
那巫师这时也正在奔赴战场，
他不再掩盖丝毫的踪迹，
一路上都是大张旗鼓。
因为有数以千计的欢喜兵保护他，
他可以气焰嚣张地向战场开拔。

胜乐郎一听顿时长叹，
命定的剿灭又一次流产。
他们区区六人依托于肉体凡胎，
怎敌得过数千士兵的重重包围？

胜乐郎观因缘已错失良机，
他也只好随顺那因缘暂且罢手。
可众弟子各执一词难以统一：
武甲要抽调精锐前去刺杀，
武丁要万军之中取其首级，
武丙默默不语中另有心思，
只有那新弟子遵师言执行。

胜乐郎只好多费些口舌，

向那武甲三人说明缘由：
"因缘不到时，强行必有损。
何不保实力，伺机歼灭敌。
那巫师既去战场煽风点火，
我们与其在后面穷追不舍，
不如也去那战场寻找契机。
我们要用有效的方法创造机缘，
不能死守着固定的方式不知变通。
当因缘变了，我们也要随之改变，
时时处在因缘的平衡点上方能站稳脚跟。
这就是出世间的成所作智呀，尔等
只要继续努力，也能证得这种慧眼。"

于是他们快马加鞭，也进入了战区。
目之所及，阴风浩荡尸骨如山，
只见到处都是游弋的冤魂。他们狰狞
着恐怖的脸庞，歇斯底里地哭嚎着。
更有那受伤的士兵，苟延残喘，
在生死线上做最后的一线挣扎。

胜乐郎观出净境想进行超度，
可那些咆哮的魂魄们冤气如海深，
仇恨似火焰，一个个张牙舞爪，
只想让这个世界更加疯狂——
"灭亡！""灭亡！让世界灭亡！"
"英雄都死了，懦夫也不能苟活！"
他们忙碌地奔走相告，甚至
对胜乐郎观出的净境也视而不见。

他们的心中只有冤气和仇恨，
所以他们才掀起更大的风暴和瘟疫，
只想毁灭世界以报仇雪恨。

见此状，即使圆满成就如胜乐郎者，
也是十万分地无可奈何。
唯有以真的心灵去理解万物，
唯有以善的经文去消解恶能，
唯有以美的灵魂去贴近丑陋，
除此之外，他没有任何办法。
只是他决不放弃努力。
即使滔天的罪恶是洪水猛兽，
他也要做那一粒微尘；
即使无边的仇恨是恒河沙砾，
他也要做那微不足道的一涓细流；
即使人心背离，他也绝不放弃救赎。
他知道，再微弱的光也能刺破黑暗，
再荒凉的沙漠，也会长出小草。于是，
他默默为那些死去的冤魂消解罪恶。
希望他们早日净化业障感受清凉，
融入虚空里的清凉净境。

而那武丙和武甲经历太多，
面对这一幕幕惨状有些木然。
当经历的苦难和杀伐堆积如山，
任如何血腥，也无法牵动神经。
一切都脱离不了司空见惯的命运轨迹，
在混战的年代，人命轻如草芥，

轻轻一挥，便成轻烟一缕。
帝王的野心和众生的欲望皆是火炉，
他们喊着伟大的口号，
却焚烧着百姓的身家性命。

武丁和青年却仍心灵柔软，
一阵阵疼痛从心底蔓延，
他们的灵魂还没被残酷的现实
打磨成脚后跟上的老茧。
一点血腥，一声呻吟，
都会扯出他们的疼痛，
让心灵滚落下一颗颗泪珠。
有泪珠的地方，就有拯救的力量。

胜乐郎也看见了弟子不同的心态。
修行的根器不在于有多高的能力，
而在于净信师尊怜悯众生的慈悲心。
它犹如天空永远不会肮脏，
不麻木不放弃只救赎的心性最是珍贵，
种下它，就种下了成就师的种子。
因此，胜乐郎才对青年着力培养，
为他积聚着成就的资粮为他加薪添柴。

胜乐郎他们就这样一路上奔波，
随缘地超度被战争伤害的冤魂。
这一日，他们找到了娑萨朗的难民区，
只见那一堆堆大火正在燃起，
成山的死尸等待焚烧，

诸多的伤者也奄奄一息，
伤口溃烂露出白骨。

娑萨朗的志愿者看到胜乐郎大德，
以娑萨朗特有的礼仪问候了他们。
原来，在寂天仙翁的带领下，
他们有了自己的信仰礼仪。
他们去名相存精神与时俱进，
将直指心性的修行理念渗入生活。

那寂天仙翁以圆融智慧宣导，
他说要去除宗教名相与时俱进，
保留信仰精神并且发扬光大。
只因时代不欢迎宗教组织，
怕它会动摇统治者的群众基础。
诸多的成就者为此而遭到迫害，
被从名声上搞臭肉体上消灭。

寂天仙翁决定让娑萨朗远离宗教体制，
只保留信仰的核心而剥除宗教名相。
以防触动统治者的敏感神经，
来保全信仰的火种不被熄灭。
修行的根本并不在于繁复的仪轨，
它不过是一颗质朴无伪的信仰之心。
就像那八十四个大成就者，
他们以各种方式证道弘道，
只要有善知识的对机点化，
任何一种生活方式都能成就。

所以，娑萨朗人不再顶礼膜拜，
他们将右手置于胸口再深深鞠躬，
以此来表达对师者的尊敬。

胜乐郎见到这礼仪暗自赞叹，
那寂天仙翁果然是名不虚传。
他们见面的机会虽然稀少，
更没有什么深入的交流，
他对老仙翁谈不上了解，
但仅凭这打破形式保留精神的魄力，
就让他生起敬佩之心。

胜乐郎见到寂天之时，
寂天正在截患者右腿。
胜乐郎没有贸然招呼，
只是在旁边静静等候。
这是一种为人处世的修养，
他不想打扰寂天的专心致志。
同时他打量着传说中的娑萨朗，
果然是一处救死扶伤的道场，
到处都是忙碌的身影在救治伤兵，
还有专人对亡灵进行超度。
清凉和安详无处不在，
志愿者的身心被时刻熏染，
灵魂在善行中得到升华，
用生命在践行那慈悲之愿。
胜乐郎禁不住连连感叹：
正是这甘于奉献的队伍，

让信仰的光明普照人间。
这才是真正的修行团体啊，
远好过坐在蒲团上装模作样。

寂天虽然在专心为伤患手术，
却知道胜乐郎大德前来相助。
他们都有无碍的神通，
无须发一言便知对方心中所想。
他的心中也泛起了一阵喜悦，
这娑萨朗若是有胜乐郎的加入，
将好似那太阳朗照着晴空。
他一边凝神静气为伤患做手术，
一边默默感受着胜乐郎的气场。
那气场好个清凉柔和又通透无比啊，
果然是那证悟了究竟的一代大德。

就这样两个成就者在心中交流，
外相上都在做各自的事情，
却不影响两颗心的相通。
两种清凉智慧毫无排异地融合，
那两个大德也是心有灵犀。
他们的根道果竟完全相同，
这种心神交融的感觉妙不可言，
犹如那他乡遇故知或同种相认，
如土擦土迹如空合于空。
并没有多余的夸赞客套之语，
一家人的会面本来就这样。
寂天仙翁圆满了手术之后，

起身对着胜乐郎们呵呵而笑。
他吩咐志愿者安顿好客人住处，
又带着幻化郎他们去找流浪汉。

流浪汉正用空行石煮水，
忙得满头大汗却不知疲惫。
他心性淳朴又喜欢劳动，
越是忙碌心情越舒畅。
忽一抬头他看到了幻化郎，
惊呼了一声就上前拥抱。
他忘了自己此时满身脏臭，
除了尘土炭灰还有斑斑血迹。
幻化郎见到流浪汉也倍感亲切，
不顾对方的脏臭而拥抱了兄弟。
这贴心贴肺的至诚让寂天惭愧，
因为他仙人的洁癖还在心中没有扫净。
好在他虽然不比流浪汉心性淳朴，
却时时提起正念进行对治。

四个人围坐一起商议局势，
寂天告之以决堤之事。
他说瘟疫和饥荒已经暴发，
死神抛出了一把把利剑。
虽然娑萨朗已经竭尽全力，
但每天仍有许多人死去。
所幸那空行石能够缓解瘟疫，
但它的力量也终究有限。
若是那瘟疫不能得到控制，

将会有数以万计的人死去。
此时急需大量的药品粮草，
可正值乱世该去何处寻找？
虽然那威德郎会提供些援助，
但在大灾面前仍是杯水车薪。

胜乐郎闻言也一筹莫展，
他知道乱世之中人命微薄。
于是提议说不如启动神通，
借神通之力来缓解那危机。
明知道神通只能扬汤止沸，
但此刻却没有更好的办法。
寂天们闻言点头表示赞同，
众人开始商议如何善用神通。
幻化郎说自己可启用造化系统，
调集一些善能量来驱走恶能。
胜乐郎说可以制造咒食咒水，
用咒力压伏邪气引起的恶疾。
再加上流浪汉的空行石之水，
应该能缓解那燃眉的疫情。
只是那粮食不知从何获取，
巧妇也难为无米之炊。
根本的办法还是要釜底抽薪，
停止两国的交战才能造福百姓。

寂天说战局双方互有胜负，
欢喜郎目前略占上风，
若巫师加入则如虎添翼，

恐怕局面会变得更加混乱。
因巫师精通各种魔阵，
可迷魂也可杀敌无所不能，
还能调动五大之力达成所愿，
其邪恶大力会掀起血雨腥风。
如果他利用战争吸收更多的魔子魔孙，
这世界就必然会陷入失控。
诸多的恶能会汹涌反扑，
正义会变成风中的烛火。
人类会陷入毁灭的深渊，
其危害更大于这场战争。

流浪汉闻言踢飞地上的巨石，
发出怒不可遏的一声暴喝：
"区区巫师，取其项上狗头，
送他去地狱让烈焰烘烤又有何难！"
幻化郎叹口气看着那流浪汉，
这个憨厚的汉子还那样耿直。
虽然他智慧境界也高了很多，
但直来直往的性格没有改变。
不懂得绕弯也不会观察局面，
缺乏缜密判断只会逞血气之勇。
他不知消灭巫师谈何容易，
大德胜乐郎屡屡功败垂成。
人心的欲望是其能量来源，
如果不从根本上消除罪恶欲望，
灭了这个巫师，还会生出十个神棍。

幻化郎说："追杀巫师谈何容易，
这种不择手段的小人最是麻烦。
纵然你有把太阳拉下地的力气，
他拿众多的无辜者垫背你也无可奈何，
屡屡逼得我们在关键时刻收手放弃，
所以每一次交手都是功败垂成。"

流浪汉闻言啐了一口，
心中的憋闷无处发泄，
于是他扑通一声坐在了地上，
鼓着腮帮子一脸愤然。
幻化郎见此状不再理他，
大孩子有情绪过一会就好。

惩恶之路漫漫，任重道远，
他们进行了简单的分工：
幻化郎和胜乐郎处理瘟疫和巫师，
寂天继续打理娑萨朗事务，
流浪汉发挥力大无穷的特点，
将那些粗活重活一肩扛起。

之后，众人便立即行动，
不将一分一秒用于闲谈。这是娑萨朗
创始之初的传统，避免空谈厚德务实，
后来才诞生出许多成就大师。

第 202 曲　迫害

再说众人做好了分工，
胜乐郎和幻化郎便开始施展法力，
他们通过种种方便控制疫情，
还想在乱麻中理出个头绪。

这时便看出两个人的区别——
胜乐郎主张调停两个国王，
让他们缔结和约结束战争。
幻化郎觉得调停毫无希望，
俩国王已被欲望冲昏了头脑。
他说："你难道不见他们被欲望扭曲，
已沦落成它的奴仆囚徒？
纵观两国历史，所谓的和约多如牛毛，
却最终无一不被撕毁。
一张纸怎比一把刀更重？
一句话怎比那一片沃土？
有效之法是在他们发兵之时，
釜底抽薪破坏其战事因缘——你可以
来一场暗无天日的飓风，飞沙走石，
伸手不见五指，让他们睁不开杀人的眼。
你也可以做一场法事，
让一言九鼎的国王们龙体欠安。"

胜乐郎闻言陷入思索，对业障凡夫，
如果不能从根本上消除欲望，
再大的神通也敌不过暴力。
但那旁门左道虽不能救一世，
却可将欲火熄灭于一时。
这世界已像烧开的滚油，
只等人类点燃毁灭火星。
那时便是所谓的世界末日，
纵然有天大的神通也无力将乾坤扭转。
所以，虽然救心才是根本，
但当下也需要借神通来解燃眉之急。

于是，两兄弟决定立刻双管齐下，
形势已到非常时期，哪怕多一秒的迟疑，
都可能有更大的灾难。
胜乐郎德高望重举世公认，
因此由他向两国国王呼吁停战，
幻化郎则通过修改造化系统，抑制着
恶能量的增长。尽管他知道
神通敌不了业力，神通治不了根本，
但生逢乱世，行者该有行者的担当，
明知不可为也要尽力为之。
若是只顾逍遥而不顾众生苦难，
行者岂非成了山洞里的老鼠。

于是，幻化郎开始施法息灾。
很快，娑萨朗便云开日出邪气消散，
瘟疫和病情都得到了抑制。

但这只是凭借压制之法，并不能
从根本上解决问题。只要幻化郎稍有松懈，
那邪气就会浪一样反扑。所有人
都翘首以待，都希望和平能降临人世。

威德郎收到胜乐郎的劝和信，很快
便回书一封，表示愿意停战谈判。
他早已觉得力不从心，
劝和信无疑是救亡的小船。
自从上次泄洪，威德国元气大伤，
更多土地被欢喜军侵占，百姓流离失所，
欢喜军兵临城下虎视眈眈，
威德国大厦将倾。
这时候胜乐郎呼吁和平，
真是苍天有眼菩萨有情。

欢喜郎手握信笺却犹疑不定——
胜利就在眼前，为了这一刻，
他提着自己的脑袋，东征西伐，
在炸药上跳舞在刀尖上游戏，
他跨越无数艰难险阻，克服无数困境死局，
经历了无数次死里逃生，
才迎来这即将胜利的光明。现如今，
天下大统就要实现，
却收到了胜乐郎的来信，
说整个世界都面临着瘟疫和灾难，
那灾难将导致世界末日。

欢喜郎相信胜乐郎不会造谣生事，
可要停战，他多么不甘心啊！他不甘心！
为了现在这个局面，他吃的苦比脚下的土
还要多。
如今，凭什么让一页纸决定乾坤？
更何况现在有巫师助力于他，
他的雄心壮志、他不共戴天的仇恨，
早已被巫师激情地点燃……
他的内心早没了良善，
那屡屡的血腥已麻木了心灵。
是啊，无论再多愁善感的柔软善心，
也会在不断的杀伐中变成铁石。
尽管他知道，连番征战，
欢喜国的百姓已不堪重负，
但为了重负之后的不再重负，
他没有退路，他只有一往无前。
更何况，那些曾经付出的惨重代价，
怎可以因停战而尽数沉没？

于是，他拿着书信去询问巫师末日的真假。
巫师一看，顿时脸色大变——
"该死的胜乐郎！我与你不共戴天！"
他发出了一声声诅咒。

那巫师称呼吁和平是一个阴谋，
胜乐郎定然与威德郎合谋，
使出了这个缓兵之计。
他没有看到什么末日征兆，

反而是威德国气数已尽。

他还乘机煽动欢喜郎的仇恨，
说："胜乐郎上一次便临阵裹胁了大王，
将威德郎放虎归山。
这一次，我们牺牲了无数士兵，
历经千难万险才有了今日。
如今那胜乐郎又故技重演，
圣王啊别被妖人迷了心智，
别让威德郎再得到喘息之机。
应该指挥雄师一鼓作气，
顺应那天命踏平威德国，
为天下百姓开创太平盛世。"

巫师说得义愤填膺情绪激昂，
欢喜郎却听得半信半疑。
他早已不会轻信任何人，何况，
那巫师和胜乐郎还水火不容。
他觉得巫师的观点也未必正确，
有可能掺杂了自身的立场。

于是他一时间烦恼丛生，
一会害怕末日想要休战，
一会想趁热打铁长驱直入。
然而进攻也不是容易之事，
灾难和长征久战已影响了士气，
粮草频频告急也是那心腹大患。
如今他虽有巫师相助胜利在望，

却也早已是强弩之末疲惫不堪。
因此，他总是时不时就想起
胜乐郎的话，心始终不能安定。

他后悔自己没好好修慧，看不到未来
也参不破玄机，像暗夜蒙了眼的驴子。
否则他就会知道，那末日之说
到底是真实不虚还是一派胡言。
此刻，他沉陷于不确定带来的恐慌，
想想自己这一路来，披星戴月呕心沥血，
起心与动念无非是国家利益，
若是末日来临，国将不国，人将不人，
自己所做的一切还有什么意义？
在末日面前，那所谓的国王
也不过是与同类争抢食物的猪猡，
即使吃成天下第一，也只是个挨刀的货。
那么，自己、百姓还有那么多士兵，
到底是为了什么而承受这么多苦难？
如果征战不能带来长治久安，只能带来
更深的灾难甚至毁灭，他为什么要放弃
那牧马南山的梦，做这个狗屁扯淡的国王，
过这种狗屁扯淡的生活？

一个念头忽然在他脑海中闪过——
不如借机讲和？
但这念头只是浮光掠影，
很快就被其他念头给取代了。
国王的程序早已植入他的生命，

成了他的血液、他的潜意识。
用征伐来争夺江山与稳定也成了
他的本能，他很难接受另一种思维。

然而这一日，欢喜郎在视察军营时发现
军粮越来越少，暴毙的士兵越来越多。
瘟疫和灾荒果然开始横行，
非常像胜乐郎说的末日前奏。
欢喜郎因此更加惶恐不安，
对那末日之说也更是相信和忌惮。
他明白一旦末日降临，即使大胜，
也不过是一缕烟尘，没有任何意义。
于是他终于下定决心，参加三方会议。
他想看看那因缘，如果可能
就签订合约，与威德郎罢战休兵。

欢喜郎并不知道，这一切灾祸其实是自己
信任的巫师在作祟——
巫师的目标已不再是国师，
他的野心已膨胀到了极点，
他想要击败一切敌手，做那法界之王。
而欢喜国王，不过是他的一颗棋子，
他用完就会立刻丢弃，甚至会
将其命气吸个干干净净，
用那国王至尊的精气，来滋养
自己贪婪的命魂。
所以，知道国王决定休战时，
巫师顿时急如热锅上的蚂蚁。

巫师启动魔阵并不是为了欢喜郎，
相反，巫师之所以怂恿欢喜郎征战，
就是为了开启和滋养魔阵。
魔阵就像一台巨大的吞噬机器，
每天都会吸纳诸多的恶能。
战争等灾难能制造无数的冤魂厉鬼，
是魔阵最强大的生命之源。
所以，魔阵离不开罪恶，
就像人类离不开水源。
而魔阵产生的能量，又会融入巫师的生命，
成为他的势能。因此，人间的罪恶越多，
魔王的能量就越大。大到一定程度，
满天神佛都不是他的对手。
如今，法界魔阵已到了关键时期，
假如终极大战爆发，成千上万的生命
被绞成肉泥，魔阵就会产生不可思议的能量，
巫师的力量也会空前强大所向披靡，
他怎么可能接受休战？
况且战争一旦停止，恶能减弱甚至消失，
魔阵机器就会失去动力，减速甚至停转，
邪恶能量就会反噬巫师，
巫师怎么能让那魔阵机器停止运转？

但末日景象已经非常明显，
挑拨和刺激都不可能再奏效。
于是，巫师决定一不做二不休，
直接启动迷魂大阵，

把欢喜郎硬生生困在阵中，
让他在幻觉里进入了过去，
让难忘的情景一次次浮现，
让他忘掉自己的责任和使命。
虽然这样做实在冒险，
欢喜郎一旦走出迷阵，
就会明白巫师在暗算自己，
但非常时期只能用非常手段，为了终极目标，
他已顾不上伪装。

欢喜郎被困的过程好个奇怪，
那一日他走入自家帐篷，
忽感到脑中刺啦啦作响，
便一阵头痛昏倒在地，
睁开眼时已不在军营之中。
在如梦如幻里他变成了孩童，
那孩童又飞快地长成少年。
都是记忆里的景象拼接，
他失去主体意识沉迷于幻境。
那感觉就像是普通人在做梦，
无论梦境多荒谬也会深陷其中，
根本无法保有清醒的梦中知梦，
只会随着梦境变幻而浮浮沉沉。

他看到小时候的自己在舞枪弄棒，
再看到青年时的自己吟咏歌赋，
那若兰女的陪伴柔情似水，
让心中又荡起一波波涟漪。

忽然那场景一转他又看到战场，
单薄瘦弱的他在呼吁和平。
但四周杀伐的马蹄声裹天动地，
像飓风一般盖过了他微弱的声音。
这一幕让欢喜郎热泪盈眶，
那是怎样的美好梦想。

只是突然之间画风逆转，
接下来他又看到一片鲜红。
红的烛台，红的窗棂，
红的被褥，红的玫瑰……
那一个晚上他品尝了红烛之喜，
和心爱的若兰女结成了夫妻。
紧接着又经历了击碎灵魂的打击，
母后递上刀子让妻子自尽，
然后他亲手杀死了父王。

梦中的场景满是猩红，
红艳艳的婚房和红艳艳的烛火，
红艳艳的伤口和红艳艳的血迹。
那红色变成疾速旋转的旋涡，
将他的灵魂吸了进去，
于是他感到天旋地转，
传来撕扯中灵魂的剧痛，
他眼中的世界成了血腥，
这是他不忍触动的伤痛。
之前，他是天下最幸福的男子；
之后，他是世上最孤独的寡人。

他还会在梦中尖叫，
那种烈焰里的灼烧感，让他手脚痉挛，
让他抽搐，让他战栗，也让他沉睡不醒。
他明明在观望别人的故事，但在心里，
却认为那些人物都是自己。
他随着人物变化产生真实感受，
那剧情的拼接无论如何荒谬，
他也毫无察觉一味深陷其中。
他在梦境中一遍遍播放记忆，
却忘记了现实中欢喜国王的存在。
再说巫师自从启用迷魂大阵，
将欢喜郎困在了梦境中无法自拔，
他的野心也在那瞬间膨胀，
甚至想干脆控制了整个王国。
本来他还想杀掉欢喜郎以绝后患，
却因为还要借欢喜郎的王者之福，
便复制出了一个傀儡，
代替欢喜郎掌控局面。

只见那傀儡活灵活现，巫师好个得意。
他让傀儡将自己封为国师，
又赐给他如山的金银和如水的美人。
更准许他对整个国家的生杀予夺，
他多年的愿望终于实现。

巫师就在这美梦里急剧膨胀，
后悔没早对欢喜郎下手。

因为心慈手软，
白白看了他这么多年的脸色。
如今自己掌握了政权翻云覆雨，
就想把那胜乐郎钉上历史的耻辱柱。
于是他开动宣传机器大肆宣传，
他炮制罪名捏造各种证据，
他用尽自己所有的想象力，
试图将胜乐郎彻底搞臭——
说他大战在即，挟持国王放虎归山；
说他三观不正，宣导双修破坏戒律；
说他组织僧团，借势搜刮民脂民膏；
说他生活腐化，与众多女子关系暧昧；
说他沽名钓誉，不杀不足以平民愤……
随着政治宣传的展开，
他顺理成章地派遣刺客，
要斩草除根不留后患。

以上罪名巫师花了诸多心思，
件件都是枳句来巢空穴来风，
正好用来栽赃陷害。
加上从官方的立场一宣传，
民众就自然而然地信以为真，
随之发出了愤怒的吼声。
都说他欺骗了民众的信任，
都说他是行者败类欺世盗名，
都说他的财富比国库丰厚，
都说他每天换一个女人，
都说他酒池肉林生活穷奢极欲，

都说他修邪法勾他人性命。
就在这你来我往的"都说"里，
民众们咂巴着兴奋的嘴巴，
朝胜乐郎的画像吐起了口水。

就连昔日对他顶礼膜拜的人，
也站在宣讲台上痛哭流涕，
控诉他收受供养进行精神控制。
那一声声的辱骂义愤填膺，
恨不得将胜乐郎打翻在地再踏上一只脚。
这些人中有些是受到了蛊惑，
真的以为自己被欺骗和利用，
但也有一些人是受到了逼迫——
他们若不及时划清界限，
就会被巫师关进大牢，
有种种酷刑等着他们，
让他们穷其一生也无法翻身。
因此，他们签下了与胜乐郎断绝关系的保证书，
还以实际行动证明自己的立场。
于是欢喜国一时间民运轰轰烈烈，
全民反对胜乐郎和他的传承。

千年后笔者问胜乐郎：
"你可看清他们的嘴脸？
你可曾后悔了当初的选择？"
他笑了笑望向远方，没有回答，
但我知道他的答案。

我说:"你早就知道有为招忌,
但你不后悔所有的选择,
因你在奶格玛座前发下大愿,
利他已成了你活着的理由。

"当初魔王也劝你别出山传法,
只管守着觉悟逍遥快活。
当初卢伊巴也让你舍下华曼独善其身,
做一个戒律清净名声无损的大德。
只是你对这些劝说一笑而过,
毅然举着火把走入暗夜。
你不信群众就真的是群氓,
真的是蒙上眼睛张着大口的兽类。
你的悲心让你不忍坐视众生苦难,
就算是刀山火海你也要奋勇而入。
可是那些世俗的眼睛却看不到这些。
你总是笑一笑说由他们去吧,
只要你的行为对得起良心就好。
于是你的美名和污名同时流长,
你的影响力和危险同时剧增。
那巫师早把你视为眼中之钉,
如今终于逮到机会对你痛下杀手。

"胜乐郎啊胜乐郎,
你说你习惯了被世人诟病,
你说你不在乎小人的诋毁。
那惨绝人寰的狱中迫害,
也无法让你放下心中慈悲。

只是你苍老的皱纹总让我心痛，
你忧国忧民的眉头总是这般紧锁。
你可知你再怎样喊破嗓门，
也无法叫醒在欲望里沉睡的众生。
于是你只好流泪，心痛，叹息，
你在别人的病里疼痛着自己。

"你将自己的一生化为光明之烛，
燃烧自己给世界带来光明。
你知道就算这一世终结，
你还有那生生世世的许诺。
你早已将自己全部地奉献，
不离这梦幻泡影的轮回。
你选择了这种剧情就要接受命运，
任何人都要为自己的选择付出代价。"

胜乐郎选择了圣人的剧情，
那巫师则选择了反面的角色。
他一边对胜乐郎大肆迫害，
一边让傀儡假扮欢喜郎，
操控着欢喜军发动攻击。
因傀儡不懂兵法没有经验，
犯了众多低级的错误，
欢喜军连吃了几场败仗，
反而振奋了威德军的士气。

第 203 曲　魔境

趁着欢喜军粮草不济又连出昏招，
威德郎一鼓作气收复了失地。
他听说欢喜郎精神失常，发作起来
比疯子还疯比呆子还呆，只是没想到，
他会犯那么低级的错误。
真是苍天有眼，让他威德郎成功逆袭。

此刻，他正一个劲地庆幸，
幸好那和约没有缔结。
现在的他，
不再被欢喜郎打得奄奄一息，
因此他要积极谋划乘胜反击，还要
直取欢喜郎的项上人头。
于是他积极筹备作战部署，
把和平会谈的文案束之高阁。

胜乐郎见状却夜不能眠，
他知道这样打下去，
会有更多的生灵涂炭。
让他感到不解的是欢喜军的作战状态。
以前的虎狼之师，
现在却八花九裂不堪一击。
欢喜郎素来足智多谋，不论是军事理论

还是实战经验，都是一等一的水准，
不可能犯如此低级的错误。即使发病
他也会做好预案，不可能蠢到
拿将士的性命开玩笑的地步。

胜乐郎越想越疑惑，
他担心欢喜郎遭遇意外变故，
若是这样，那将是不可挽回的损失。
只要五大力士的转世有一个遭遇不测，
奶格玛的拯救计划，
就会因那缺失的一环泡汤。
于是他决定去欢喜军营探察，
看欢喜郎到底遭遇了怎样的变故。

胜乐郎把想法告诉幻化郎，
幻化郎闻言胸有成竹嘿嘿一笑——
他的看家本领是启用幻身，
用来潜入或侦察最是便捷安全，无论是黑城堡
还是那王宫大牢都如入无人之境，
留下了许多让他引以为傲的战绩。
如今需要深入欢喜军营探察，
有谁能比久经阵仗的他更适合？
他的幻身非修行成就者不可见，
他与巫师曾交过手，他确信
巫师没有察觉他幻身的修为。泱泱欢喜国，
大概只有造化仙人能识得他的幻身，
而老仙人又因密集郎的牵连被罢黜他乡。
因此幻化郎觉得探营轻而易举，

根本无须用真身去冒险。
于是他对胜乐郎说：
"师兄你烫一壶好酒，我去去就回，
回来再与你畅饮。"

胜乐郎却说不可大意，
他一再交代幻化郎要谨慎小心。
多次交手，他深知巫师诡计多端，
尤其后来，随着他们追杀力度的加大，
巫师的反侦察能力也极速提高。
更有那法界的魔阵还不明底细，
因此，纵然那清净幻身来去无影，
也要小心行事确保万无一失。
幻化郎很感动师兄的关心，
却也嫌他像妈妈一样烦腻。
他不再多说，找了个僻静的地方，
请胜乐郎师兄为他守护身体，
而后深入禅定生起幻身。

只见他一闪念便来到欢喜军营，
这就是清净幻身的超能，
它没有时空的局限，
也不受五行的制约，
哪怕万里之遥，
也会在一念之间抵达。

幻化郎表面上虽大大咧咧，
入了敌营却小心翼翼。

他大小阵仗经历了无数，
也无数次与死神擦肩而过。
战场经验极为丰富，
已俨然是一员老将。
此时，他更是调集了脑中所有的警卫兵，
有的替他侦察敌情，
有的护持幻身安全。所以，
那幻身一路绿灯，穿过了许多警戒，
就连巫师与他擦肩而过时，
也是如同对着虚无的空气，
丝毫没有察觉的迹象。
于是他便放开了手脚，
径直进入中军大帐。

幻化郎具有慧眼能直窥真相，
他一进中军帐就吃惊不小：
原来那气派非凡的龙椅上，
端坐的竟是个空心人。他空有人形，
却无人的思维和意识；他看起来像欢喜郎，
却没有欢喜郎的灵魂标识。
倒有信息的光束从体内射出，
穿越空间，九曲十八弯之后
与另一处的巫师连接在一起。

幻化郎忍不住捶胸顿足——
这龙椅上坐的竟是个傀儡！
那真正的欢喜郎，又在何方？
会不会遭遇了巫师毒手一命归阴，

或是被勾摄意识变成了植物人？
想到此幻化郎头皮一阵发麻，
他已从胜乐郎处得知欢喜郎身份，
此时不由得担心起那拯救计划，
暗暗祈祷欢喜郎别出岔子。

幻化郎凝神聚气仔细观察，想要通过
这个空心人，找到自己需要的一切答案。
看着眼前的傀儡，幻化郎又生一念：
你看他无念无执的样子，多像成就者，
而且，还与另一个存在达成了联网。
只是这联网对象是邪恶的巫师，
傀儡便成为了邪恶的载体。
若是他联上了胜乐郎大德，
就成了大善的载体。
不过，傀儡们没有鲜活的生命，
犹如那木头人并无生命可承载。
哪像成就者有鲜活的灵魂，
更有无穷的妙用智慧度化众生。

幻化郎就这样一边胡思乱想，
一边寻找那欢喜郎的下落。
他继续在空心人的身上搜索，
直观地认为它身上有端倪。
他从头看到脚，从左看到右，再从内看到外，
只见他观察得一丝不苟，
连一根头发丝都不放过，
还有那衣角的皱褶处也不放过。终于，

他发现在那浓密的卷发下面，
有一线隐光通往另一条通道，那里
竟透出欢喜郎若有若无的气息。
只是这气息并非是肉眼可见，
只有在明空之心的观照下，
安住于智慧明镜才能洞悉。
因时空仅仅是一个造作的幻觉，
成就者能突破一切局限，
其法身才能无处不在处处在，
同时遍布每一个角落。
幻化郎继续安住明空仔细观察，
研究傀儡的构造并进一步寻找欢喜郎的线索。
他发现傀儡的构造十分简单，
它虽有人的外形却没有人的意识，
那身体也仅仅是聚合的五大之精，
不像人类那样充满了生命力，
仿佛是一个被牵线的木偶。
倒是那条信息通道十分有趣，
欢喜郎的气息隐藏在其中。
于是幻化郎开动了化学脑袋，
终于搞懂了傀儡的原理——
原来那复制的傀儡不仅有五大聚合，
还要有命主本人的信息作为基础。

他沿着欢喜郎的信息顺藤摸瓜，
清晰地洞悉了欢喜郎的魔境。
那欢喜郎的肉身虽昏迷不醒，
其意识却在迷阵中活动，

沉浸于迷幻而无法自拔，
在快乐与痛苦之间纠缠。

幻化郎非常想帮助欢喜郎，
只是不知该如何破阵。
虽然他可以出入造化系统，
却无法对治这意识的魔境。
于是他记下了欢喜郎的症状，
一闪念便回到了真身之内。
见胜乐郎双目圆瞪高度警惕，
正坐在一旁保护着自己，
幻化郎不由得鼻子一酸，
情不自禁地叫了声师兄。

看到幻化郎安全回来，
胜乐郎才安了心。
他听到那一声招呼好个亲切，
心上的石头也随之落地。
再一看一炷香还没燃完，
果然只用了片刻工夫。

幻化郎把所见景象告诉了师兄，
胜乐郎也是一筹莫展，
有心想祈请奶格玛指点迷津，
可是祈请之后却没有回应。
于是他想还是自己解决吧，
师尊是灵魂的导师，不是弟子的打工仔，
不能时时处处都依赖师尊。

可是任他们师兄俩想破脑袋，
也找不到可行的思路破那迷阵，
而欢喜郎的状况又危在旦夕，
他们的心中难免焦急万分。
突然，树上传来几声嘎嘎声，
一只漆黑的乌鸦正在冲着他们鸣叫。
这一阵涩涩的鸟叫声，
揭开了胜乐郎思维的幕布。虽然不确定
是否有效，但胜乐郎已窥出一种命运的玄机——
他决定孤注一掷冒险尝试。
他想祈请玛哈嘎拉相助，
那神威盖世的六臂护法，
定能驱散迷幻的毒雾。
而且，这也是没有办法中的办法，
欢喜郎已到了危急时刻。
若是不让他尽快醒来，
他可能会变成植物人。

于是胜乐郎虔诚地祈请：
"神威无比的六臂怙主啊，
你拥有无上的智慧和愿力，
也有那生生世世护持正法的誓约，
更有无边的大能摧毁一切邪法，
护持正法火炬永不熄灭。
我用最真诚的心灵呼唤你的相助，
将我带入欢喜郎的意识，
让我帮助他解脱邪法。
嗡玛哈嘎拉嗦哈！

嗡玛哈嘎拉嗦哈！
嗡玛哈嘎拉嗦哈……"

经过这一番虔诚祈请，
明空中出现了相应的瑞象。
先是涌出了各种珍宝，
随后出现八吉祥和法器。
那些珍宝法器都异常清晰，
却海市蜃楼般没有实质。
它们转出一晕晕彩光，
玛哈嘎拉的天身于彩光中出现。
他浑身乌黑长有六臂，
于青面獠牙中示现慈悲，
那铜铃大的眼睛能震慑一切邪魔。
他大笑着进入胜乐郎的中脉，
二者在光明境中融为一体，
再一起进入欢喜郎的魔境。

原来胜乐郎虽不曾专修玛哈嘎拉法，
却因为虔诚和证量而与他达成相应。
可见咒语的本质只是一种媒介，
最重要的是行者那虔诚之心。
有了它，具德行者都可以感召到
本尊护法的现身。所以，修行的人们啊，
尽管虔诚地祈请吧，抛却一切妄念和机心，
融入那份智慧的光明。
无论你能不能看见本尊护法，
他们的加持都会如影随形。

第七十八乐章

可怜的国王，陷入了意识的魔境，他就要变成植物人了呀！那黑胖子和乌鸦大军，能把他从深渊里拉回来吗？那深渊里可有好些他不能割舍的东西呢！他的爱情、他的亲情，还有他的权力欲望……

第 204 曲　沉堕

胜乐郎在玛哈嘎拉的加持下，
进入了欢喜郎的魔境——

只见欢喜郎的状态每况愈下，
已经由多梦发展到精神错乱。
他觉得自己处在异度空间，
总是在梦与非梦间游走。
随着眼前世界的不断变幻，
他走过了童年的天真烂漫，
也走过了青年的挥斥方遒；
他走过与若兰女的抵死缠绵，
突然之间，又被命运拖向了深渊。
紧接着，在一片红艳艳的幸福中，
他与他爱着的人们又一起登场，
在愿意与否决之间，上演了一出
惊心动魄的血色浪漫。
红艳艳的颜色总晃动在眼前，
那鲜红里有浓稠的血腥味，
他从灵魂到肉体都感到窒息，
一阵阵撕扯又一阵阵割离。
从此，他是弑父者，
是十恶不赦的罪人。
看着那柄亲手刺向父王的刀，

他还来不及恐慌，甚至来不及忏悔，
就成了新一代帝王。于是，
他君临天下九五至尊，
接受了欢喜国百姓的三跪九叩。
从此，欢喜国也迎来了崭新的纪元。

他带领他的将士开疆拓土攻城拔寨，
也指导他的臣民垦荒种田打鱼养蚕。
他为了欢喜国的子民们鞠躬尽瘁克己忘我，
然而，他们却把他推上了历史的审判台。
他还来不及思考到底发生了什么事，
众人就开始审判他这丧尽天良的杀父之贼。
于是，刹那之间乾坤颠倒——
那些歌颂过丰功伟绩的，
统统成了声讨罪行者；
那些曾经卑躬屈膝的，
居然成了落井下石者；
那些发愿要誓死追随的，
个个树倒猢狲散。
他们翻脸比翻书还快，
方才还是至诚恭敬一颗红心，
眨眼间便成千夫所指一片唾星。
终于，在众口铄金下，他成了死刑犯。
他有口难辩，也来不及申辩，
一柄锋利的大刀便挥向了他的后颈。

类似的场景一次次重复，
他总在经历死刑时的痛苦。

或在生不如死中被千刀万剐，
或被吊在绞刑架上好个窒闷，
或受火烧之刑把皮肉全部烤烂……
一次次，一轮轮，就像陷入了死循环，
也像明知在噩梦中就是无法醒来。
他用尽了各种办法想要让自己解脱，
可无论他乖乖受刑还是奋力反抗，或是
发出震耳欲聋的痛苦狂吼，都只会进入
极其短暂的黑暗，然后噩梦又会从头开始。
更要命的是，那痛苦一次比一次剧烈，
杀父和审判的剧情也一遍遍重演，
那种精神和肉体的双重苦役简直是
绵延不断的长江后浪在推着前浪。
就是在这种接连不断的折磨中，
欢喜郎的意识濒临崩溃。

在这种真实和幻境交替出现之下，
欢喜郎感到了无尽的恐惧。
恐惧的世界里有无量的黑影，
连那恐惧的意识也被吞噬，
于是他心灵的空间开始崩塌，
灵魂变成了风中的柳絮。
他出现了精神错乱的征兆，
明明大睁着眼睛却看不见多彩的世界——
他的瞳孔开始涣散，眼神呆滞；
他的手脚开始颤抖，身不由己；
他的意识开始颠倒，不分黑白；
他的思维开始模糊，每况愈下；

他像植物人般没了觉知。
若是再持续几天，他的脑部细胞
就会产生永远也无法逆转的损伤。
那时，巫师的阴谋就可能完全得逞，
他会操纵傀儡搅乱这个世界，
更会成为统领一切的法界之王。

这一日，巫师来到密室，
他看着欢喜郎志得意满喜气洋洋，
仿佛在看一样自己亲手打磨的武器，
就等那画龙点睛的一笔后所向无敌。
他从不在乎欢喜国的兴衰荣辱，
也不在乎一场战争的胜败存亡，
他只是一味地掀起那
一场又一场的血雨腥风后隔岸观火，
让那毁灭世界的魔阵能飞速运转。

随着魔阵的持续运转，
欢喜郎险象环生万分危急。
他的肉体呆滞迟缓，他的意识
还在那异度空间。他看到的世界
也支离破碎毫无逻辑可言，
就像一部电影，却被剪辑成了无数个片断，
这些片断被彻底打乱随机播放。
而且那放映的内容到处都是血腥，
恐怖的场景也一次次地出现，
反复折磨着他紧张又脆弱的神经。

然而就在这一天，那空间突然发生了变化，
当欢喜郎再一次被拉上死刑台时，
飞来了铺天盖地的乌鸦，
它们发出刺耳的尖叫，
袭击那些困住了欢喜郎的黑影。
那诸多黑影遇到乌鸦的翅膀，
便落得破布遇上剪刀的命运。
只见它们无声地裂开，
吐出他那被吞噬的意识。

于是欢喜郎的世界又趋于完整。
他也恢复了一些逻辑思考的能力。
他知道吞噬黑影的乌鸦是他的朋友，
这些陌生的朋友是来救他的。
在乌鸦起飞的瞬间，他的心里
响起了一个声音："跟着它们！"
虽然不知道它们会把自己带向何方，
但他不愿留在这里被黑影摧残。

只是这时他的意识空间又发生了异常，
眼前的世界变化得更加剧烈。
那乌鸦的身影也开始忽隐忽现，与此同时
干扰的电波开始袭击他的大脑，
他感到脑海里刺刺啦啦不断作响。
他的身体沉重不堪，已不能迈步。
他眼睁睁地看着乌鸦的身影逐渐消失，
而自己却在痛苦的干扰中止步不前。

他的心仿佛沉到了地狱，他感到绝望，
像是失去了救星一般，灵魂也被抽空，
但他仍在潜意识里呼救，潜意识中
追赶着那群渐趋模糊的乌鸦……

而另一个阴暗的角落，巫师也发觉
困住欢喜郎的迷魂魔阵出现了异常。
胜乐郎进入了欢喜郎的意识空间，
意欲引导他出来。
这还了得？！巫师大惊失色，
他顿时产生了强烈的愤怒，
在他每次将要大功告成时，
胜乐郎总会出现破坏他的好事。
真是讨厌！不可容忍！
如今这迷魂大阵已经到了收尾阶段，
那法界之王的王冠在向他招手，
胜乐郎却又想硬生生插入一杠子，
使他唾手可得的胜利横生波折。
随着一声脆响，一盏茶杯光荣殉职。
那烦躁的情绪如挂满倒刺的渔网，
裹住了五脏六腑让巫师焦躁不安。

但事已至此，巫师只好强抑情绪思考对策。
他绝不容许任何人破坏他的法阵，
他宁愿与胜乐郎殊死一搏，
也不能坐等欢喜郎将他碎尸。
他已经看到地狱之火正在熊熊，
此行一旦败露，他将万劫不复。

于是他立即摆起阵法，
在欢喜郎的意识空间里，
和胜乐郎进行殊死决斗。
仿佛这是最后的决战，
不是你死就是我亡。

于是，欢喜郎在魔境中看到乌鸦救星，
却很快遭到更强烈的干扰，
但他的意识没立刻被吞噬，
还保存了一点警觉之能。
身体虽沉重，他还是走出了
那墨水般的绝望。
他看到解脱的可能，
那是一个小小的火苗，在黑暗中摇曳，
它慢慢扩大，变成火把，
他咬紧牙关抵抗那干扰，
在意识逐渐变得碎裂的同时，
努力抓住最后的一点心灵主权。

许久之后，他终于能迈开双脚。
虽然此时已没有乌鸦引路，但他仍在奔跑。
他像无头的苍蝇，
乱冲乱撞，虽没有方向，
但他还是在竭尽全力地奔跑。
他觉得，与其躺在地上，
等待可怕的幻影将他吞噬，
与其一次次走上死刑台，
一次次地经受踩蹭和折磨，

他不如奔跑，无论跑向何方，他总是在努力。
不管他能否逃过酷刑，
不论他能否逃开幻影，
他已厌倦了坐以待毙。
既然希望的曙光已经闪现，
既然上帝还没有放弃
他这个可怜的罪人，那么就努力一把，
即使努力之后，仍然会被抛入深渊，
被罪恶的黏液腐蚀，
变成异度空间的一缕泡沫，也好过
像个懦夫似的，缩在一处瑟瑟发抖，
被动着承受命运赐予的一切——
不，他是高贵的欢喜国王，他可以接受命运，
但他会昂起头颅，他会积极奋战，
他绝不做那被糊到墙上的软泥。

于是他跑啊，跑啊，
拖着那沉重的身躯，
强打着疲惫的精神，
在那瞬息万变的空间里疯狂奔逃。
只是无论他跑向哪里，
都会回到父亲的身边。
父亲在血泊中向着他微笑呢，
那一双眼睛好个慈祥。
伴随着那殷殷目光的，还有他的声声召唤——
"欢喜郎啊，我的儿子，我的好儿子，
尽管你亲手结束了我的生命，
我依旧对你感到异常欣慰。

你终于从那懦弱无能的小儿，
成长为一代有为的英明君主。
来吧来吧我的孩子，
眼下的欢喜国已经高枕无忧了，
让我们父子两人享受这难得的团聚吧。
你那徒劳的奔跑只会耗尽你的心力，
你要相信你的父王始终都疼爱着你。
所以，到我的身边来，享受这亲情的相遇吧，
我们始终是血浓于水的父子。"

看到父亲慈悲又疼爱的面孔，
还有那插着鲜血淋漓的刀子的胸口，
听着那魔音一般不断发出的呼唤，
欢喜郎再一次陷入彷徨和绝望，
在心痛之余他感到天旋地转。
这是他内心深处最不可触碰的伤口啊，
就这样赤裸裸地一次又一次展现在眼前。

在那一次又一次的痛苦拉锯下，
欢喜郎的意识空间终于塌陷，
他感觉到灵魂下坠到无尽的深渊，
仿佛那纵身一跃跳下了悬崖。
身体在半虚空中疾速地下坠，
欢喜郎却感觉到一种轻松，
他没有面临死亡的恐惧和慌乱，
只因这对他来说是一种解脱。
与其无休止地承受那惨痛的折磨，
能在噩梦中死去也是一种幸福。

于是他安详地闭上了眼，
在那无着无落中伸出手，
倾尽最后一丝力气呼唤母亲，
觉得自己就要回到母亲的怀抱。
仿佛那失散的孩子终于回到了家园，
终于不用再无助地惶恐和哭泣。
再委屈和恐惧他也不会成为魔鬼，
只因那心底里始终有母亲的气息。

异度空间的欢喜郎意识崩溃，
现实世界的欢喜郎也瞳孔散开。
他的手脚不再紧绷着颤抖，
口中流出了一线涎液。
他就要成为植物人了，
从此这世上多了个无意识的躯壳。
再也没有英明的欢喜国王，
那江山也落入别人手中。
原来那无常竟离他如此之近，
任何一个意外都会让他失魂。
曾以为自己会死在战场上，
哪料到会遭了巫师的毒手？
总以为他聪明的脑袋能掌控一切，
到头来才发现有心无力。
他发现命运如黑暗中奔驰的野马，
他徒有那驾驭的幻觉却不知前方的路况。
他掌控不了那一颗颗罪恶的人心，
他埋下的欲望种子如今发芽结果，
然后像火山喷发一样，

不可抑制地席卷了一切。
他只好在那火焰中焚烧啊，撕裂啊，
在一次次绝望和痛苦中承受煎熬。

只是这欢喜郎已经来不及思考，
他再也没有了思考人生的机会。
在意识的世界里他堕入深渊，
那现实的世界里他精神错乱。
他被那黑洞吸去了最后的灵性，
眼看要变成木然无觉的躯壳。
他既不会感到痛苦也无法忏悔，
在毫无觉知的状态下走入灵魂的毁灭。

这时胜乐郎和巫师的斗法也进入了白热化阶段，
他们在各自的境界里，
同时也在欢喜郎的意识里，
都发出自己的力量去唤醒或是摧毁。
胜乐郎拼尽全力地祈请，为了欢喜郎，
他愿意粉身碎骨代他堕入深渊；为了众生，
他愿意将自己放入烈焰。
他拼命祈请奶格玛和玛哈嘎拉，
祈请三宝赐以吉祥，
用正法的力量救赎那灵魂，
勿使他堕入那无底深渊。
若是正能消散一空而恶能在法界称王，
那将是无边的地狱与黑暗。
于是胜乐郎拼尽了全部的心力，
发出一声声撕心裂肺的祈请——

愿那和平的春风拂过大地，
愿那善良的心灵照耀人间，
为此他便是被恶能碎尸万段，
心中也不会有任何犹豫。

随着胜乐郎至诚至真的殷切祈请，
那正邪斗法的局面又出现了变化。
意识空间里的欢喜郎仍在飞速下坠，
那些乌鸦却突然原路返回，
它们紧紧相依，汇成一只大手，
托住了正在下坠的欢喜郎。

第 205 曲　希望的羽翼

就在欢喜郎准备接受死亡的时候,
感到自己落在一团羽毛上,
舒适, 轻柔, 温暖,
仿若小时候依偎在母亲的怀抱。
莫非是母亲听到了他的呼唤?
小时候, 每每遇到顽皮孩子的欺负,
只要他喊"妈妈", 母亲就会像
救苦救难的菩萨一样出现。
此刻, 他很想睁开眼看看,
可是上下眼皮却亲密无间,
它们牢不可破的关系让他束手无策。
于是, 他不再做无谓的挣扎,
索性就由了它们去吧。他只想
在这份温暖里好好地睡上一觉。

想到母亲, 欢喜郎的眼角又流下一滴泪。
从那个梦魇般的夜晚开始,
母亲便成了最熟悉的陌生人。
她亲手造就了他一生的悲剧,
使他情不自禁地疏远她,
直到刚才那一声临死时的呼唤,
他才发觉, 自己还深深地爱着她。
他想, 如果还有机会见到母亲,

他一定会请求她的原谅。
他会抚平她额前的皱纹，
他会驱走她心头的沧桑，
他会以儿子的赤子之心告诉她：
"妈妈，我爱您！我永远都爱您！"

就在欢喜郎沉浸在那份久违的温暖中时，
巫师和胜乐郎却在他的精神世界里，
斗得不可开交难分难解。他们
忽而这个占了上风，忽而那个得了优势，
绞杀的场面惊心动魄，连彼此面前的法器
也震得地动山摇，仿佛被强大的能量所撕裂。
那巫师除了在意识世界里对胜乐郎展开攻击，
还放出了豢养多年的一条巨龙。
它有着墨色的身子，
还有那愤怒与怨恨造就的骨血，
它的邪恶大力可以突破一切坚固的金刚火帐，
它能将强大的对手在关键时刻一招毙命。
他饲养了它多年也隐藏了它多年，
养兵千日，如今，
已到用兵之时，他要巨龙倾尽所有的恶能，
使胜乐郎的注意力稍微分散一个间隙，
好让那欢喜郎的意识世界彻底粉碎。

只见那巨龙浑身腾着烈焰，包裹着霹雳闪电，
发出排山倒海的吼声径直扑向胜乐郎。
只要胜乐郎的心神稍有动摇，
巫师就能将欢喜郎的神识彻底摧毁。

那时，纵使胜乐郎有天大的神通也无力回天，
因为那法界的恶魔大阵一旦完成，
就能吞噬一切。
那将是人类世界真正意义上的末日，
从此以后，光明不再，人类的世界将变成
魔子魔孙的天堂。
所以巫师才会不顾个人安危，
使出那雷霆手段作最后一搏。
只是他没想到胜乐郎的周围也突然生起大能，
于瞬息间将恶龙炸裂成碎片，
继而如烟花般寂灭。
那能量的强度超过了平常的金刚火帐，
携带着上古的洪荒之力。
而胜乐郎安住明空没有一丝动摇，
专心致志地拯救欢喜郎的灵魂。

这使巫师惊愕万分，他不知道
那神秘力量从何而来，
竟能把自己的终极武器瞬间摧毁。
终于，他看到一个长六臂的黑胖子，
他认出那是玛哈嘎拉，
是所有邪魔外道的克星。
其力量强劲刚猛无比，再大的恶魔
在他面前也如同黄口小儿。

再说欢喜郎沉浸在轻柔之中，
过了片刻总算恢复了力气。
他感觉身体就像风中的羽毛，

不知道要荡向何方。
但他却有一种巨大的安全感，
像迷途的孩子重回母亲怀中。
于是他鼓足力气，再次睁眼，
却不料扑入眼眸的是一群乌鸦。
它们像渡河的舟楫一样载了他，
正在虚空中航行。
他想那乌鸦怎能托得住自己？
又见身子底下是无底深渊，
万一摔下去将粉身碎骨，
于是他的心又开始动摇，
那空间也随之扭曲晃动。
他仿佛要从鸦群的缝隙里摔入深渊，
胜乐郎的声音却突然传来：
"放下恐惧之心，不要恐慌，不要紧张，
安住在这一片轻柔里祈请，
奶格玛定能将你救出危境。"

多么熟悉的声音啊，
多么振奋人心的声音。
那是稀有大德胜乐郎的声音。
它既像山呼海啸中驶来的一艘大船，
又像狂风暴雨中躲入的一个避风港，
就像定海神针一样，
给欢喜郎带来了前所未有的安全感，
使欢喜郎顿生振作之心。
更有那一波波善能量的加持，
驱散了他浑身的恐惧与慌乱，

那种波动好个殊胜好个清凉啊，
欢喜郎再次体会到了那种内证功德。
于是他明白了乌鸦不是乌鸦，
而是成就者的化现。想起胜乐郎
屡次搭救自己，自己却屡次迫害他，
欢喜郎有些无地自容愧悔难当。
自己在备受折磨生死一线的时候，
也没有想到祈请他，说明自己罪孽深重，
大德的仁善光明还没有在心里生根。

就这样，在胜乐郎的加持下，
欢喜郎的异度空间渐渐完整，
胜乐郎的力量也盖过了巫师。
毕竟他是证悟了空性的大德，
如那虚空一般浩瀚又具有大海之力。
他的心性是整个法界的示现，
不像那巫师还有二元对立。
巫师急出一身虚汗，面如土色浑身颤抖，
更有对胜乐郎的咬牙切齿。于是，
他再一次调动恶能袭向胜乐郎，
又咬出舌尖之血作最后的顽抗，
煽起那恶能量袭向欢喜郎。
此时欢喜郎的灵魂已趋于稳定，
脚下出现了一条神秘的路径。
它横在半虚空中如一道彩虹。
沿着那彩虹铺就的光道，
他缓缓地来到一座神秘的城堡。
此时却忽然有干扰波传来，

他眼前又出现了幻影。
这干扰波并不使他痛苦，
眼中的图像也渐渐清晰。
城堡中出现了父亲的容颜，
依旧是原来的国王装扮，
但那胸口没有鲜血淋漓的刀子，
一身洁白像升华了的天使。

父亲慈爱地望着欢喜郎，
说这里是真正的天堂，
是一个无比美好的世界，
远好过那些人间的宫殿。
这里有无数的珍宝和美女，
没有烦恼也没有苦难。
在这天堂里好个快活啊，
他再也不想回到肮脏的人间。
不过他虽然爱珍宝和美女，
但心中一直更爱儿子。
他日夜都期盼和儿子团聚，
在这完美的世界里共享天伦之乐。
说着老国王流出了激动的泪水，
在饱经风霜的皱纹里汇成清泉。
更有满头的银发和期待的眼神，
溢满了慈爱明亮了星空，
也温暖着欢喜郎那颗
思念与愧疚相交杂的心。
然后，父亲用真诚而颤抖的声音，
恳请欢喜郎留下来陪伴自己，

别再回人间去承受苦难。

欢喜郎见此状热泪汪洋，
他嗵一声跪下，抱着父亲的双脚放声大哭，
直想把心里所有的悔恨，都化为
眼泪和鲜花献给父亲。
长久以来那柄插在父亲胸口的刀，
始终是刺在他心头的长矛。不动时，
它隐隐作痛，抽动时便撕心裂肺。
他曾在梦中无数次地祈求父亲原谅，
可父亲不言，他满脸悲伤。如今，
父亲在天堂居然不恨他。
天地之大，这份爱却完美无瑕。他多想赎罪！
他想用自己今后的孝行永远侍奉父亲。

这时胜乐郎的声音又传了来：
"不要被欺骗，更不要动摇，
这只是巫师的垂死挣扎，
利用你心中最脆弱的死穴，
变出种种幻境来迷惑你的神识。
无论是恐怖的诱惑的还是美好的，
都不能心生恐惧或是贪恋。
那祈请的声音更不能中断，
唯有如此，才能在幻境中打破一切魔障。"

欢喜郎闻言打了一个激灵，
恢复了一丝警觉提醒自己。
再看向父亲，还是于心不忍：

父亲已老，纵使他打下无限的疆域，
也无法抚平满脸的沟壑；
纵使他拥有无量的财富，
也无法染黑满头的银丝。
命运的一次捉弄，使他们阴阳相隔，
如今，上天厚德，又让他们团聚，
这日日夜夜的期盼终于实现，
让他如何轻易离去？

只是那巫师的计划歹毒无比，
更有那灵魂碎裂后的恐惧。
于是，在泪眼蒙眬中，
他恋恋地挥手决绝地转身，
心中满是灵魂被剥离的痛楚。
明知道是幻影还是如亲历骨肉分离，
好几次他都想把一切都放弃。
他多希望能永远留在这个世界，
哪怕是幻觉也想和父亲厮守。
他多么怀念父亲爽朗的笑声，
他多么怀念父亲教他武术骑射，
多希望父亲的大手能抚摸他的脑袋，
多希望幼稚单纯的自己永远不要长大，
多希望骑在父亲的肩头，
迎着那风儿开心地笑。

只是这时光如流水一去不复返，
只是这因缘像海浪一样无常。
他已长成了墙头高的汉子，

还在命运的逼迫下杀死了父亲。

如今，他只能默默地吞下眼泪；

如今，他的灵魂再也没有靠依；

如今，他的痛苦没人能够诉说；

如今，他只能无言地承受灵魂煎熬；

如今，他总会在噩梦里呼唤父亲——

"强大的父亲啊，您能否扭转时间？

您能否不要让那把刀插入您的胸口？

您能否原谅这不孝的孩子，他竟

亲手夺走了您的生命！

您能否永远留在我的身边，让我做您

永远长不大的孩子？不要战争，不要

铸就，不要风雨，不要您的哀愁，

不要母亲的眼泪，也不要鲜血。

就让我做您永远长不大的孩子吧，

不要把我推上战场。

您看，人前的我，

是尊贵的帝王，手握生死大权，

人后的我，

只是一个想让父亲回来的孩子。

父亲啊，回来吧，或是让我留在您的身边。

或者，让我醉死在这幻觉里，醉死在

这不眠的梦里，只要能永远陪着您。"

然而他没有选择，他只能离开。

他要回到自己的躯体，打碎巫师的阴谋。

整个世界都在等他，他总是身不由己。

这就是他欢喜郎的命运，这命运

已主宰了他身为国王的意识和灵魂。
于是他念动了祈请的咒语，
父亲的形象刹那间消失，
宫殿也成了虚空中的幻影，
像风中的灰烬一样散去。
慈爱的父亲化作了梦幻泡影，
只留下孤独的欢喜郎黯然神伤。
巨大的悲伤造成了思维真空，
欢喜郎的祈请也暂时中断。
巫师抓住了这个机会，
又造出了幻觉来干扰欢喜郎。
只见欢喜郎来到威德郎军营，
威德郎向他俯首称臣，
尊他为转轮圣王，
请他来统率世界百姓。
并愿将整个威德国全部献出，
以示对圣王的臣服和供养。
全世界的百姓都在高呼他的名字，
举起的手臂如密集的丛林。
众人恭请他坐上那金光闪闪的宝座，
从此便世界大同天下太平。

这一幕让欢喜郎再次动心，
父亲消失的伤感转瞬即逝。
这并非他薄情寡义，
而是在潜意识的世界里，
既没有逻辑能力也不能连续记忆，
只能随着那幻境的流转而转变，

他无法保持独立清醒的思考。
只能在梦中随境像浮浮沉沉,
不能思考判断也不会掩饰。
一切都是内心的真实体现,
都依托直觉而不是逻辑。
所以梦境是内心的真实反映,
通过梦境的修炼可以检视自心。

只见欢喜郎看见了王位,
不由自主地生起了贪恋。
期盼已久的梦想就在眼前,
叫他怎能拒绝这金光闪闪的诱惑?
瞧那天下百姓正振臂高呼,
他不过是顺应了广大的民意。
他三步并作两步就要坐上王位,
成为一统江山英明盖世的君主,
可忽然间生起了柔和的力量,
无形无相如涌动的气浪,
欢喜郎成了风中的落叶,
被那轻柔之力弹开了身躯。

欢喜郎感到十分诧异,
小心翼翼地再试了一次,
然而那王位前似乎有一堵气墙,
欢喜郎每一次接近都会被弹飞。
他在半虚空中飘了许久,
茫然失措不知发生了什么。

胜乐郎的声音再次传来，
如梦如幻中带着一分威严。
他说："好一个欢喜郎执迷不悟，
那宝座依然是巫师的陷阱，
由巫师专门为你量身打造。"
说话间，铺天盖地的乌鸦再次涌来，
柔弱的翅膀扇起不可抗拒的大风，
裹挟了欢喜郎如羽毛般飘荡。
飘过高山，飘过大海，
飘过那茫茫无际的戈壁与沙漠，
在一片澄明之境中缓缓下落。
在那个名叫星宿湖的湖泊上空，
他看到了胜乐郎。
宛如回到久违的家园，
欢喜郎顿时安然如婴儿。
他沐浴着胜乐郎传来的轻柔之波，
心中所有的污垢都刹那间消融，
他身心安泰如沐春风。

他不由得泪流满面，跪下帝王的双膝，
发出灵魂中最真挚的声音——
"哦！我生命中的贵人！我的灵魂依怙！
在那个居心叵测的迷境里，
我做了一个长长的梦，我被扭曲也被折磨，
如今，我终于站在了您的面前。
万物静了，世界也静了。
此刻我不想说话，
我只想静默在您的柔波中，

微笑，甚至痛哭。
我只想融进您温柔的爱里，
复原我饱受摧残的身心！"

巫师的陷阱被一次次摧毁，
他对胜乐郎的智慧毫无对策。
他已耗尽了所有的元气。
胜乐郎的身子显出了圣光，
照亮了欢喜郎碎裂的意识世界。
两人在平静的湖面上默然相对，
湖水在两人脚下荡起涟漪。
那一晕晕波纹荡进了心中，
身体也随着那波纹沉浮，
如同那羽毛在水面上漂荡，
欢喜郎的身心再一次迷醉。
他感受到胜乐郎的内证功德，
他已被深深地震撼和慑服。

胜乐郎微笑地望着他，
那眼神比母亲慈祥，
比爱人温柔。
他的声音如仙乐悠扬，
他告诉了欢喜郎发生的一切。
他每说一句，
那澄蓝之镜就上升一寸，
直到荡起层层涟漪，
淹没他虚空中站立的脚面。
欢喜郎随着水波而上下浮沉，

但他不再恐惧也不再慌乱，
他享受着水波传来的澄明。

这一刻，他多么陶醉呀，他甚至不想睁眼。
他竖起耳朵聆听着梦幻般的声音，
只是那声音也像来自自己的心底。
那声音告诉他此刻他已陷入迷境，
巫师用傀儡取代了他，
正在操纵着他的军队胡作非为。
更有那一次次陷害的歹毒野心，
欲将他的灵魂粉碎在异度空间，
好让自己从此可以为所欲为。

欢喜郎听完忽然一惊，
但这惊吓的感觉也如烟云消散。
那湖水传来的加持太过于殊胜，
把他心中所有的杂念都洗净。
于是他知道了整件事的发生，
也知道了它后果的严重，
内心里却没有丝毫的愤怒，
那一波波明空令他平静和安详。
只是他还有些不敢相信，
一切都已经超越了想象。
他更不敢相信那毕恭毕敬的巫师，
竟然有如此可怕的狼子野心。

胜乐郎知道欢喜郎心中所想，
说："不信你咬咬自己的手臂，

你定然不会感到疼痛，
因为此时你只是神识犹如空气，
你的身上并没有皮肉与神经。
巫师正等着将你困死于阵中，
甚至将你的神识彻底摧毁。
你必须尽快走出这迷阵，
否则那肉身就会严重损伤。
千年后人们叫它'植物人'，
也就是只有肉体而没有灵魂。
所以你此时要完全听我指引，
不可有丝毫的怀疑或犹豫。"

欢喜郎听完似懂非懂，
他的思维能力还没完全恢复。
但他仍然咬了咬手臂，
果然感觉不到一点疼痛。
于是他确信胜乐郎所言非虚，
不由得回忆起这恐怖的经历。
那些折磨和蹂躏还历历在目，
那些血腥和疼痛他也心有余悸。
许多画面如电光石火般闪现，
片刻后他终于彻底恢复清醒。
他看清了巫师的可怕嘴脸，
却也禁不住感到遗憾和悲伤。
因为他又想起了天堂里的父亲，
想到那慈祥的眼神和深情呼唤。
原来这重逢只是巫师的虚构，
但他仍然觉得温馨和美好。

多年的创痛似乎得到了慰藉，
压抑已久的愧疚也终于释放。

但此刻已容不得他多愁善感，
因为巫师正利用傀儡胡作非为。
于是他收起情绪恢复了冷静思考，
表示愿意听从胜乐郎的指引。
他对这位大德生起了无伪的信心，
坚信他能带自己走出这灵魂的困境。

胜乐郎见状感到十分欣慰，
然而此刻他还有另一种忧虑。
只因破阵不只需要那信心，
还需要智慧来窥破幻境。
欢喜郎虽然已具足心力，
却还有执着还会受到牵引。
他很难做到面对诸幻如如不动，
除非他不但有信心还有强大的意志力。
若是信念坚定他也能逆风而行，
只是这种意志力寻常人难有。
但眼前这男子可并非常人，
他是娑萨朗力士的转世，
他还是领导常胜铁军的一代君王，
能冲杀于万军丛中面不改色身不伤。

于是胜乐郎说出了破阵的关窍，
更是对欢喜郎进行另一种开示。
他说世上万法本是心造，

眼前诸象也无非是幻境。
不同的眼中有不同的风景，
其实都是自己心中的倒影。
正因为心中的缺口被巫师利用，
才会受到干扰深陷幻境。
这些幻境中只有乌鸦是实相，
那是玛哈嘎拉大护法的眷属。
要知道所有幻中有幻其形各异，
唯有此红嘴乌鸦不会变幻。
只要在迷梦中瞅定了此鸦，
不惧千山不惧那万水，
不怕悬崖也不怕火风，
不怕陨灭不怕碎骨粉身，
在净信中前进就会走出迷境。

胜乐郎说完后抬手一指，
欢喜郎便看到了那只红嘴乌鸦。
虽然之前也被无数的乌鸦营救，
但唯有这只的红唇像一抹彩霞。
那乌鸦瞪着凛凛然的大眼，
立在树枝上瞅定了两人。
此一刻见两人有了觉性，
便扑棱了几下翅膀嘎嘎着飞远。

欢喜郎仍呆立在原地不知所措，
忽感到一股大力在拽他胳膊，
耳边更响起一声"快追那乌鸦"，
他便条件反射般迈开追赶的脚步。

只见两人的身影如脱枪的兔子，
跟定在乌鸦身后始终没有掉队。
而那意识空间又开始剧烈地晃动，
想来那巫师正拼尽气力垂死挣扎。
此时的景象胜乐郎也曾经历，
当时他与弟子们在追杀巫师。
那巫师针对五人的弱点展开攻击，
权力美女和亲人的呼唤轮番上演。
还有诸多悬崖地狱之类的恐惧场景，
此时也在欢喜郎眼前一一浮现。
但胜乐郎紧紧地拉住了欢喜郎手臂，
用自己的坚定给他输送力量。
因此一路上虽然历尽了艰险，
但两人终究还是走出了迷阵。

密室里的巫师颓然长叹萎倒在地，
他看着眼前的魔坛呆呆出神——
眼见就要大功告成，
却被胜乐郎横加破坏。
而随着欢喜郎的走出魔阵，
他也迎来了自己的末日。
他连对胜乐郎的仇恨也无力生起，
甚至没有心力去感到憾恨。
他在恐慌与失落中大脑一片空白，
仿佛是等待末日审判的囚犯，
在万念俱灰中恭候因果之刀，
连半点求生之力也无心生起。
于是他一把打掉那些铃杵，

嘴角抽搐惨笑几声便昏死过去。

看着这一幕，胜乐郎的声音再度响起——
"巫师干扰脑波的伎俩其实并不神奇，
他只是根据行者内心的欲望而设计。
不过是增盛了外界的干扰，
让行者将自身的执着和习气转换为妄念，
再由妄念创造出一个个幻境，
让他们迷失本性作茧自缚。
所以要修成无漏的智慧，
让心灵没有魔王可利用的缺口。
就像世上的那些大成就者，
他们的心性已经如同虚空，
就算遭遇风雨雷电的变幻，
也了了觉知又如如不动。

"便是陷入幻境妄念也不必惊慌，
因修行路上必然有磨难，
不经过磨难的锤炼难取智慧真经，
所以真行者不要害怕挫折和艰险。
只要你像跟定乌鸦那样跟定师尊，
对善知识的指引不要怀疑和犹豫，
用出离心和意志力驱动你的身躯，
一步步地前行必然会走出迷局。
一旦你重新获得自由之后，
就会发现自己的智慧已增长。"

那巫师虽有谋害的行为和心念，

但他其实也是在成就着欢喜郎。
正是因为精神和意志经过了磨炼，
日后遭遇风刀霜剑才不生退转。
而因为同样的理由，
巫师也在成就着胜乐郎师徒。
那一路追杀中的屡败屡战，
让他们在不断的挑战中升华，
修行的资粮也在行程中增长，
更是完成了对心中巫师的诛杀。
所以别怕违缘也别怕失败，
成就总是在挫折之中实现。
巫师就是那逆行菩萨，
唯有千锤百炼才能出好钢。

所以行者们啊，净信你们的师尊吧。
让他依托于传承的智慧加持，
把你们带出那红尘的泥潭。
愿你们克服违缘和障难，
来到那清净莲花的刹土，
愿你们的内心也绽放出芬芳，
虔诚地与你们的师尊相应。

第七十九乐章

与得来不易的和平一样珍贵的，是巫师终于有了自我表白的机会。牢房真是个好地方，魔者和圣者正面对面地畅谈自己的心声。那圣言圣语和魔说魔论，究竟哪个才是真理？

第 206 曲　和平

欢喜郎终于走出了迷魂大阵，
那巫师不甘心束手就擒，
又派出诸多的魔子魔孙。
魔兵们都朝欢喜郎的肉身奔来，
想直接诛杀欢喜郎的生命。
幸好有幻化郎的幻身守候，
击溃了一拨拨的魔军。

欢喜郎打个呵欠悠悠地醒来，
见自己仍在自家军营。
他浑身疼痛像被挫骨抽筋，
幻境中的记忆仍历历在目，
一时在梦幻中难以回神。
看着眼前的一切，他有些恍惚：
自己到底是在做梦，还是真被巫师所害？

就在他疑惑的时候，
耳边传来一个声音：
"当然是梦境，不过，
这是比真实更真实的梦境。
我和胜乐师兄拼了全力，才将你
从巫师的魔阵中救出。你快快清醒，
赶紧去消灭你的狗头军师

和他操控的傀儡国王。"

欢喜郎猛然打一个激灵，
怀疑自己产生了幻听。于是，
那个声音便再度响起，
告诉他自己是幻化郎的幻身，
这幻身虽没声带却能输出脑波，
再在相应的心中转化成震动而被识别。

幻身说欢喜郎被囚禁已半月有余，
一直是他在守护着。
胜乐郎在幻境中与巫师搏杀，
他也在这里击退魔军。
如今外面已天翻地覆，
胜乐郎也已候在军帐之外，
他希望欢喜国王速速离开密室，
与胜乐大德一同将巫师消灭。

欢喜郎闻听此言直冒冷汗，
诸种梦境千般险境已抛至脑后。
囚禁国王谋权篡位乃头等大罪，
自登基以来未遇过这等大逆不道之事，
种种的凶险令他想起仍会后怕，
心中也顿时生起了一阵恶寒。

于是他调动了国王的意识
想统筹安排认真谋划，
毕竟这政变确实非同寻常，

一个疏忽便会玉石俱焚。
那个幻声又开始响起：
"我打开密室的铜锁你就出去，
守卫的士兵已被我统统迷倒，
门外的士兵又不明就里。
所以，威武的欢喜国王呀，
不要胆怯不要犹疑，
大大方方地走，昂首挺胸地走，
普天之下，都知道你是欢喜国王。"

欢喜郎一听，顿时具足了王的威仪，
只见他故意干咳两声，清清嗓子；
再特意挺起胸，整整衣角；
最后正了正黄金的王冠说道：
"那就有劳师兄施展神通，
助寡人去处置那邪恶之徒。"

他边说边起身，欲向门口走去，
谁知刚一站起，却又被一阵晕眩袭击，
他这才感到浑身上下酸软无力。
原来长时间的昏睡加上意识受尽折磨，
欢喜郎眼下虚弱得像一个纸人。

幻化郎见此状咦呀一声，
他没想到欢喜郎会这般虚弱。
于是他拉起了欢喜郎的双手，
调动五大之精，为他补充命能。

欢喜郎感觉到那柔和的能量，
从幻化郎的手掌缓缓传入。那种感受
与胜乐郎给他的感受有同有不同。
胜乐郎的加持是清凉的波，
无形无相，超越一切语言，
能抚平他心中所有的妄念，让他朗朗清明。
而幻化郎的加持却是种功能性的力量，
十分柔和，绵绵密密，又源源不断，
仿佛深山里的千年老参一般，
给了他无穷的生命之能。
欢喜郎忍不住连连赞叹，这幻化郎
仿佛修炼到登峰造极的武林高手，
内力好个浑厚悠长却又和光同尘。

很快，欢喜郎就如同服用了
灵丹妙药般恢复了体能，
随着幻身的指引走出密室。
外面的士兵见到欢喜郎好个惊骇，
不知国王何时来到这里？他神出鬼没
到这无人密室又有何贵干？
但他们都不敢多问，
只见他们集体下跪，
齐呼着"吾王万岁"。

随后欢喜郎顺利回到军营，
与胜乐郎会合后便赶往中军帐。
此时的欢喜郎已开启国王程序，
梦中的景象也统统成了泡影。

只见他憔悴的脸上鼓起肉棱，
对巫师的胆大妄为怒火滔天。
这是他欢喜郎的莫大耻辱：
如此凶险之事，身为国王，
他居然事先毫无察觉，
还对那叛逆之徒委以重任。
他心中的怒火在剧烈燃烧，
让他看起来活像勾魂的煞神。

欢喜郎一脚踹开帐篷大门。
看到里面果然有个"欢喜郎国王"，
只见他木然端坐在帐篷的上首，
一看到欢喜郎就化成了纸人。
原来傀儡是借助欢喜郎的信息，
再聚合五大之精做成的假人。
真假两个欢喜郎一旦碰面，
假人便立刻会现出原形。

欢喜郎三步并作两步逼近巫师，
想将这罪魁祸首碎尸万段。
那巫师一脸土色跪在当庭，
他早已失去逃跑的力气。
那法界里的魔法大阵一旦被破，
巨大的反噬力会袭击施法者自身。
这是一场引火烧身咎由自取的戏码，
巫师成了一个不堪一击的老头。
此时他像失去意识的植物人一样，
等待着欢喜郎挥来的宝剑。

就在欢喜郎的剑锋即将触到巫师之时，
却见他愣了一下仿佛想到了什么。
那剑刃一偏堪堪错过了巫师的脑袋，
几绺白发便随着宝剑之势飘然落地。
随后他招来两个士兵，
把那巫师关押在了天牢之中。
他不想轻易地让他死去，
不把他凌迟成万片不足以泄愤。
为了对心怀不轨者以儆效尤，
他想在回国后再剐了巫师。
胜乐郎却怕夜长梦多，
希望欢喜郎斩草除根，
但欢喜郎坚持说不能便宜了他，
铁了心要在公审后凌迟。

胜乐郎在心中叹一口气，摇了摇头，
他知道，欢喜郎虽走出了巫师的魔阵，
但心中的巫师却依旧尚存。
它时刻等待着欲望的机缘，一旦触发，
又会掀起风暴继续祸害人间。

胜乐郎对人性看得十分透彻，
明白人的心性智慧达不到一定高度时，
你好心勉力劝导也不起作用，
因此他不再与欢喜郎多费口舌。
好在巫师失去法力成了废人，
短期内也不能再胡作非为。

他打算着力于两国的停战大事，
这是眼下最迫在眉睫的矛盾。
于是他开口提出和谈的倡议，
希望两位国王能休兵罢战迎接和平。
欢喜郎毫不犹豫就点头答应。
魔境中的恐惧让他心有余悸。
一想到自己可能死去，
他就觉得这争来斗去毫无意义。
三日后多方势力汇集一处，
五个力士在地球第一次聚首，
只是他们都有各自的身份，
拯救娑萨朗的机缘还未圆满。
欢喜郎和威德郎身为国王，
他们始终是世界的主角。
胜乐郎和幻化郎作为大德，
功德巍巍令世人心生敬慕。
唯有那假作阳光的密集郎，
仍想利用两个大国的战乱之机，
在鹬蚌相争中坐收渔翁之利。
只见他长袖善舞左右逢源，施展种种巧计，
消耗着欢喜、威德两国的国力。

在绝顶聪明的脑袋运筹帷幄下，
密集郎的实力如滚雪球般壮大。
虽然他表面上听命于威德郎，
私下里却建立了自己的军队，
已有几座城市作为根据地，
只等那机缘合适便自立为王。

一听到和平大会的消息，
他立即腾起一种梦想即将破灭的焦虑。
他希望欢喜、威德两国交战不休，
直到双方被战争消耗得疲惫不堪，
密集帝国便可以横空出世。
而若是此时他们就休兵罢战，
他的苦心经营就可能流产。

他在密室里琢磨了整整一宿，
开动脑筋衡量眼前的局势。
经过缜密的分析和周全的谋划，
他的脸上又绽出了阴险的笑容——
他决心把和平计划给彻底搅黄，
让两个国家继续陷入恶战。

再说五大力士齐聚一堂，
这本是轰动法界的事件，
可法界却并没有异常的瑞象。
只因三个力士还没有觉醒，
这并不算是真正的碰面，
觉者还需要再接再厉。
倒是人间传得沸沸扬扬，
和谈现场也是人山人海。
且不说欢喜、威德是举足轻重的两个大国，
只说那胜乐郎和幻化郎两位成就大德，
主导和平大会并调解双方，
已能吸引整个世界的眼球。

这样的事件盛况空前也事关重大，
两国的百姓都看到了和平希望，
将城市装扮成了鲜花的海洋。

那是一个晴空万里的日子，
欢喜郎和威德郎都盛装出场。
他们满脸的春风与自信，
全世界都觉得此次和平有望。
这前奏虽引来了诸多期望，
可会议的过程却改变了初衷。
只见双方说完了政治套话，
一介入领土问题就有了分歧争端，
都将历史问题拿到当下，
都想证明自己是合法的主人——
欢喜郎说祖上是当地土著，
威德郎说祖上建立了政权；
欢喜郎说父王又实现了独立，
威德郎不承认其独立合法。
类似的争吵已上演了千年，
从古到今都是一个模样。
都为各自的小利找出理由，
都认为自己是合法的主人。
双方都摆出历史证据争夺权益，
政治家和军事家轮番上场，
和平会谈充满钩心斗角，
成了盘盂相击兵戎相见的战场。
更有那密集郎从中作梗，
像搅屎棍一样暗中使劲。

或怂恿威德郎不能丧权辱国，
或逼迫欢喜郎接受过分条件。
他上蹿下跳好个猖狂，
他摇唇鼓舌煽风点火，
他把会场变成了自己的演练场。
在一副忠心耿耿的嘴脸之下，
存心要让两国的谈判就此破裂。
于是会议成了讨价还价的菜市场，
双方都拍桌子打板凳吹胡子瞪眼。

胜乐郎看出密集郎满肚子的阴谋，
要把众生的幸福作为自己野心的陪葬。
为了不让密集郎继续搅局，
胜乐郎也不得不动用计谋。

次日的和平大会照样陷入争论，
密集郎仍在煽风点火。
忽见他捂着那肚子浑身抽搐，
大叫有人向他投毒。
这倒并非是他假装，
只见他脸色苍白满身冷汗，
不多会已直不起腰，
恨不得躺在那地上。
他更被恐惧所笼罩，
生怕自己会命丧于此，
更怕帝王美梦就此落空，
却唯独没在死亡来临时感到后悔，
没想到帝王梦也是镜花水月。

他早已被欲望腌透了身心，
死到临头也不会醒悟。
最后他实在忍受不了腹痛，
苦着一张脸被人扶出了会场，
御医也查不出什么原因，
只说这几天都需要静养。
这下他的如意算盘又要落空，
不得不退出和谈听天由命。

原来密集郎的腹痛并非偶然，
而是胜乐郎想出的妙计。
他让幻化郎用神通向密集郎施咒，
让其腹痛难忍却无性命之忧。
随后胜乐郎提出新的方案：
放下扯不清的历史问题，
现在的国土先维持现状，
争议的地方可共同治理。
又经过三番五次讨价还价，
两国终于达成共识，
欢喜国先一步撤出军队，
威德郎划出争议之地成立中立区，
再由两国派代表组成议会，
在协商中求同存异。
为了答谢寂天胜乐郎他们，
两国协定在中立区之内划块土地，
承认它的主权地位。
这是一个国中之国，就起名叫娑萨朗，
希望能孕育出一代代

大善文化的承载者和传播者。
这世界若是没有信仰的光明，
势必会变成残忍的丛林。

于是和谈大会就此闭幕，
世界暂时恢复了安宁与和平，
两国百姓欢呼雀跃举国同庆，
士兵们也长舒一口气安然入睡，
再也不用担心敌人会突然夜袭。
在安宁与和平的氛围下，
两国都得以恢复自己耗竭的元气。
威德国已支离破碎满目疮痍，
欢喜国也人口锐减民生凋敝。
他们都开始了休养生息，
像伤痕累累的野兽在舔舐伤口。
丈夫卸下了冰冷的铠甲，
重新回到妻子的怀中；
父亲放下了尖锐的武器，
抱着孩儿洒下一路笑声；
一家人坐在一起共进三餐，
享受着温馨的天伦之乐。
和谈大会成为历史事件，
那短暂的休战期，
也被后世称为"胜乐时期"。

只是那些战死的冤魂们依旧漂泊，
在阴风中拖着残肢断臂，
透露着羡慕嫉妒恨的怨气，
不时煽起了一股股的阴风。

第 207 曲　审讯

新的中立区成立之后，
双方投入了人力物力，
他们和睦融洽共同治理，
要把它建成和平的乐园。
百姓对此充满期待，
中立区也一派欣欣向荣的景象。
但随着合约蜜月期的结束，
两国代表开始有了分歧。

威德国议员主张藏富于民，
欢喜国议员主张聚沙成塔，
合作时便难免产生摩擦，
两国人马开始唇枪舌剑，
同时也在民间宣传主张，
都想让百姓拥护自家。
他们各据其理，争得面红耳赤，
那潜伏的阴暗力量也暗暗涌动，
煽起一波波的阴风暗火。
两国的关系非但没有缓解，
那敌对情绪分明愈演愈烈。

胜乐郎的调停也不再起作用，
每个人都在争夺利益。

那流言蜚语也渐渐四起，
散播欢喜郎弑父的旧事。
看得出有人在搞小动作，
想从政治上搞臭对方。
他利用了国人的习惯，
用道德审判来代替理性。
人们不管事情的原委，
只想喷出一口口唾沫。
他们就像一群没有脑子的僵尸，
凭着盲目冲动而胡乱噬咬。
哪怕噬咬的后果是把世界拖入战争，
哪怕噬咬的后果是把自身拖入毁灭，
他们也不愿去管甚至不愿多想，
更看不到这种可怕的结局。
他们的心中只有情绪没有理性，
只懂得一味地义愤填膺。
这是国人一贯的脑残习性，
舆论一煽动就盲目起哄。
那不怀好意的猎奇心理也在作怪，
攻击的对象越高大他们就越有成就感。
于是个个义正词严慷慨激昂，
将辱骂诅咒的词语泼向欢喜郎。

欢喜郎勃然大怒七窍生烟，
认为是威德郎暗中授意，
威德郎却大呼冤枉，
说他决不会如此下作。
只因他也是一代豪杰，

从来都喜欢明刀明枪，

不屑于使用卑鄙伎俩，

平生也最恨那下作的小人。

何况他惯用那帝王之术，

与欢喜郎彼此彼此，

自己不见得比欢喜郎高尚，

如果欢喜郎也发起舆论攻势，

他也有诸多把柄可做文章，

到时一瓢瓢污水也会泼到他头上，

他为何要做这损人损己之事？

但他对此事也感到蹊跷，

想不通谁有这样做的动机。

破坏两国关系对别国并无好处，

反而是平衡局面大家都能受益。

于是他派出探子四处侦察，

最后却徒劳无功没一点头绪。

胜乐郎当然也感到了异常。

这和平来之不易人人向往，

百姓不会有破坏的理由和动机，

难道法界中的邪恶势力尚有残余，

想煽起阴风暗火卷土重来？

于是他启动了慧眼仔细查看，

这一看令他暗暗心惊：

一波波邪气暗流不断涌动，

像地底的静水蓄势而行。

它虽然稀薄但覆盖范围极广，

已烟雾般笼罩了整个星球。

这让胜乐郎百思不得其解——
到底是谁在散布那邪气？
密集郎？他没有如此大的能为。
巫师？他明明已失去法力与凡夫无二。
难道他的功力已经复原？
欢喜国王原打算回国后将巫师凌迟，
是胜乐郎的慈悲劝导让他改变了主意。
因为那巫师今非昔比已没有法力，
再也无法与那世界为敌。
如今的他只是一个平庸老人，
千刀万剐一个老人算不上英雄。
不如暂且将他关押于天牢，
是否处死看他日后的选择。
如果他能诚心悔过，
就不需要再夺走他的性命；
若是他始终执迷不悟，
再将他处死也为时不晚。
这就是成就者的慈悲，
恶人善人都一样悲悯。
只是那巫师如果能恢复功力，
这心软就会种下祸根。
于是胜乐郎决定去会一会巫师，
看看他是否那释放邪气的元凶。

征得欢喜郎的同意后，
胜乐郎手持御牌去牢中审讯巫师。
只见巫师气定神闲泰然自若，

一个人在那天牢里闭目养神。
原来自从他斗法失败，那魔阵的
恶能反噬让他成了废人，
最初他愤怒恐惧懊恼怨恨，
后来终于能坦然接受命运的安排。
他坚信，只要人心有欲有贪有分别，
就有他生存的肥沃土壤，即使死去，
也不过是再换一副皮囊。
所以，放下万缘的他，
才会变得神清气爽日渐矍铄，
像哲学家一样开始思考。

见胜乐郎来天牢，他并不意外，
反而像老朋友那样向胜乐郎问好。
当他得知胜乐郎此行的目的，便轻蔑一笑：
"纵使世界水深火热，已全然与我无关。
我法力尽失，还有何能力再掀风雨？
在这天堂，我吃好睡香乐活逍遥，
哪里还在意那些纷纷扰扰？现在，
我只想在世上多活几日，好看看
想拯救人心的菩萨如何白忙一场。"

说完，他挑衅地看一眼胜乐郎，
却见那普通的脸上有着不普通的宁静，
在这张脸庞面前，他永远都自惭形秽。
发觉自己如此浅薄，
巫师的情绪再度涌起：
自己当初修行也曾立下誓约，

一心希望能拯救众生，
如果沿着那条路坚定走下去，
自己会不会就是另一个胜乐郎？
那时他天分和机遇都不欠缺，
只是人性之陋让他绝望。
他总是看不惯乌七八糟的景象，
也总会想起圣贤们的悲惨遭遇。
那些被钉上十字架或被毒酒款待
的身影总是浮现在心头，
总使他感到悲愤更使他心寒。
于是他一次次告诉自己，众生和世界
都是无可救药，明智者不会自讨苦吃。
所有拯救众生者，必为众生所灭；
所有拯救世界者，必为世界所亡。
这是千古悲剧也是千古遗训。
既然如此他就做一个识时务者，
再也不要为天真的梦想耗费心力。
在与欲望的斗争中，他终于选择了妥协，
从正义行者变成了万恶的巫师。

看着胜乐郎如此坚定的脸色，
巫师感到他有些可怜。于是，
他叹息一声似自言自语：
"这些天，我一直都在思考和观察。
我既思考我的个体命运，
也在观察世界的共同命运。
我的失败也许早已注定，
因为我的对手具有无上的强大力量，

它足以覆盖我代表的邪恶，
因此，无论我如何费尽心机也难逃灭亡。
但胜者也不要高兴得太早，
人间的世道早已坏腐，
所有的拯救都注定是徒劳。
你看那古往今来的圣者，
无一不被排挤和迫害。
就连那光照千古的密勒日巴，
也难逃那最后的一杯毒酒。
这等罪恶的世界与其费力拯救，
还不如彻底地毁坏扫净垃圾。"

说完这番话巫师长叹一声，
他的心情有些复杂，
既有洞悉了世界真相的自负，
也有一种绝望、悲哀和可怜。
他希望胜乐郎能驳倒他的观点，
因为他也厌倦这悲观。
如山的财富他不再贪恋，
娇艳的美女也令他腻味，
他找不到一种存在的价值，
多希望胜乐郎能给他希望。
他像一个悲观却又武功盖世的高手，
虽有众多的追捧目光和无所不能的力量，
内心深处却异常孤独和落寞。
如果能死在另一个高手的剑下，
也算是平生最大的欣慰。
他虽然放下了所有的欲望，

但仍存有被救赎的渴盼之心。
如今，他本性显发。
他宁愿在希望的光明里死去，
也不愿在悲观的绝望中长生。

胜乐郎闻听后，却显得极为平静，
当初自己也面临同样的困境，
但后来他走出了悲观牢笼。
既然选择了圣贤这样的角色，
就坦然接受誓愿带来的一切。
世界怎样那是世界的事，
每个人都在活自己的人生。
只要人生被信仰照亮，
那他便也实现了自己的价值。
信仰的意义在于改变个体之心，
世界能否改变只能随缘。
每个人眼中的世界不同，
相异的风景是因为迥异的心。
有些人看世界充满了苦难，
有些人却将它视作天堂。
虽然成住坏灭是自然规律，
但要尽人力之后再听天命，
而不是面对困难止步不前，
只会躲在那阴暗里怨天尤人。
就算这世界终究会坏灭，
他也要救几个有缘的众生。
能救多少他并不在乎，
那拯救已成为他的本能。

再者圣贤有圣贤的使命，
明知不可为却偏偏为之。
无论现实世界有多么污浊，
人间依旧需要智慧的清凉。
虽然这尘世中充满了血腥，
人类依旧向往和平的光芒，
理想总是要高于现实，
它要成为池溏中的莲花。
为此他不惜粉身碎骨，
也不会退转当初的发心。

更何况就算是重建了世界，
也还是避免不了成住坏空。
如果人类的欲望不除，
那环境的改变又有何用？
真正的重建要重塑心灵，
用大善的光明去朗照众生。

他还纠正了巫师的错误观点，
说这不是一场力量的抗衡，
他的胜利也并非是用力量覆盖邪恶，
而是他证悟空性后的自然而然，
就像大海上翻涌起的巨大旋涡，
能风卷残云般扫清泡沫。
空性智慧虚空般广袤无垠，
任你风雨雷电也无损其分毫。

第 208 曲　魔论

巫师耸着鼻头大笑几声，
说这些理论已是陈词滥调，
什么不管世界只管做好自己，
这分明是一种自欺欺人。
就像明知道有一堆垃圾，
却不去清理反而逃避。

他对胜乐郎的理论嗤之以鼻，
认为大德的智慧也不过如此。
他的心中遂有了深深的失落，
甚至感到了一种彻骨的绝望，
仿佛在这世上，已没有什么
能让他对生活产生热望。
于是，他开始冷嘲热讽：
"早就闻听胜乐大德智慧无碍，
原来是一个只会背诵的呆板书生。
我们的修行路线不同，
对神通空性的理解也不一样。
而且现在我成了废人，
你那些空谈有什么意义！
我修行的初心也是拯救世界，
我并非一开始就想去做魔王。
只是这罪恶的世界无可救药，

污浊横行丑态百出,
与生俱来的欲望和习气更是伺机而动,
我对它大失所望,
才扭曲初心入了魔道。

"我多年前曾游说各国的君王,
但最终也没有看到和平。
我上半生不求什么,
我只想保有一个伟大的理想。
后来才发现手中若是没有权力,
根本无法实现自己的理想。
只有行动才能事业昌盛,
若是空谈便会一事无成。
将一个想法付诸实施,
胜过把一百个想法写在纸上。
拥有军队才能成为人君,
看百姓就像看虫子一样。
出谋划策者就算当官也只是奴才,
不得不时时看主子的脸色。
你虽有能说会道的舌头,
可能抵过将士的刀剑?
迂腐的书生难成君王,
是因为不知道掌握军队。
他们把智慧都耗在写文章上,
至多成为有用的人才。

"君王的宝座由白骨垒成,
君王的盏里盛满了鲜血。

你的鲜血只是他的琼浆,
所以崇尚暴力者才能当王。
但君王也有君王的愚蠢,
总希望他的帝国千秋万代,
然而这只是痴心妄想。
若是财物可以通过打劫得到,
强悍的人们就会效仿;
如果王位可以被抢夺,
英雄豪杰就会纷纷涌上。
权位利益就像市场上的紧俏商品,
那争夺永远没完没了。
今天是你坐在那王位之上,
明天就不知道是谁来做王。

"君王在夺取天下之时,
会声称他是为了百姓,
等追随者日众事业成功,
原先的许诺就成了谎言。
但他会换个合理的口号,
继续让百姓拥他为王。
治理天下者需要愚民,
民众愚蠢国家才稳定,
百姓聪明世道就混乱。
所以才会有秦始皇焚书坑儒。
人们都对周武王赞誉有加,
对殷纣王却总是声讨诅咒,
其实他们是一路货色,
都将国之公器当成了私产。

国王的欲望毫无节制，
想咋胡来就咋胡来，
只要你学会投其所好，
就能玩弄他于股掌之中。

"老百姓当然也是这样，
他们同样是欲望的奴仆。
所以统治国家者要让民穷，
少欲望才会感谢国王。
你给饥饿者一点吃的，
他就会一生赞誉你仁慈；
你若是小礼物送给大户，
连他的用人都瞧不起你。
因此要堵死百姓赚钱的路，
再给些蝇头小利作为甜头，
他们反而感恩戴德称颂君主。

"控制老百姓的方法还有很多，
刑法虽便利却是不得已之举。
控制他们的思想才是上策，
那仁义礼智孝就是典型。
要让男人管住女人，
要让父亲管住子女，
用礼教锁住老百姓的灵魂，
而锁链的钥匙交到君王手里。

"所谓乐就是歌颂君王，
让百姓思念国王像久旱盼雨。

如果让老百姓胡乱发言，
那煽动群众者就会得利；
不要让老百姓胡说八道，
犯上作乱者也无计可施。
不明智的国王多用刀枪，
却不知言论能毁了大堤。
对于用言论煽动百姓的人，
君王一定会格杀勿论。
因为我洞悉了人世的秘密，
才会远离圣贤选择巫师。
而你仍在愚痴的黑夜里，
不知头上正悬着刀剑。

"你说不管世界如何回应只管做好自己，
在我看来不过是自欺欺人。
树欲静而风不止，
明明天地在崩塌、世界在腐坏，
纵使你拼了老命也救不了几人，
可你仍一意孤行死心塌地去救，
这不是愚蠢又是什么？
莫非你为了显示自己不呆不傻，
所以才喊出那样的口号？！
如果你只是在填充人生，
这当然也是无可厚非。
毕竟你也要活过一生啊，
不找点事做岂非太过寂寞？
我不像你总是蒙着双眼逃避现实，
真勇士敢于直面血淋淋的人生。

我清楚地看到世界的黑暗和罪恶，
也十分明白它不可救赎。
所以我才不做无意义的救度，
我不想费力去干那蠢事。
我只想带着魔子魔孙们及时行乐，
这也是一种漏船载酒式的逍遥和洒脱。
真理并不只有你宣导的那种，
每个人都有自己的真理。
你眼里的魔王，就是我眼里的本尊。

"每个人都有个活着的理由，
有了这理由才不会白活一生。
即便我去制造魔子魔孙，
也可算是人类的一种升华。
要知道那魔王也属于天道，
远比奴才和囚徒高超。
让他们在欲望里享受极乐，
远强于在罪恶的人间沉溺于苦海，
所以，我也是在慈悲度化啊。

"虽然你具备了佛陀的智慧，
但你好生幼稚分明是书生。
要知道人是欲望的动物，
没有几个人愿意当圣贤。
人类的天性就爱享受，
为掠夺资源会不顾一切。
文化只是文人的幻想，
或只是后世之人的意淫。

你不见历史上众多的当权者，
有哪一个靠文化达成了目的？
要知道政治就是诈骗和无耻，
心黑脸厚是成功的铁律。
人类历史的书写不过是涂脂抹粉，
它掩盖了无数的黑暗内幕。
所有的政治都是暗箱操作，
涂抹着文化的脂粉在招蜂引蝶。
它的本质就是权力游戏，
只为了满足统治者的欲望。
所谓文化只用于欺骗民众，
文化人掌控不了世事，
除非他的本质也是政客。
这有点像那财富排行榜，
上榜者只是几个展示的标本，
真正的富翁是游戏规则制订者，
他们才是幕后真正的印钞机。

"那诸多的文化大师亦然，
看上去风光无限巧舌如簧，
有着不可一世的话语主权，
他们登高览众一呼百应，说到底
只是政治家的传声筒和喽啰。
需要你时，借你的嗓子吼几声；
不需要你，或是你锋芒太露，
就会毫不留情踩扁你、压碎你。
他们会臭了你的名声让你抬不起头，
会断了你的财路叫你直不起腰，

会夺了你的阵地让你立不住脚。
他们有的是办法将你变成聋子哑子瞎子，
让你言不由衷身不由己，直到一命呜呼。
大不了在你死后，给你来一个
光荣的平反或追认为烈士。

"不信？那就将你的生平也拿到这
黑暗理论的镜子下照照，
看看你和威德、欢喜俩国王是不是如此？
你拥有功德昭著的广大名声，
他们对你的境界也十分首肯。
需要你时，他们毕恭毕敬将你奉若上宾，
当你不配合他们统治百姓，甚至
动摇他们的统治基础，
他们就会将你投入大牢施以酷刑。

"他们不会管你是成就师还是文人，
他们只看你有没有可利用的价值。
要知道，
他们是水，你顺水了，他们就会推你一把，
为你挂一面大师的旗帜，让你扬帆远航；
你要是逆行，他们就会掀起巨浪，
给你贴满欺世盗名的肮脏标签，
直到挤碎你压垮你，
将你打翻在地，永世不得翻身。
胜乐大德啊，无论你的智慧如何超群卓越，
也只是一个工具。
你成不了主流世界的声音，

更无法用你的影响力去改变世界。

"胜乐郎啊胜乐郎,
你是当今公认的大成就者,
具有无碍的神通能洞察过去现在和未来。
请你睁开那双无碍的法眼,
看看人类世界是不是这样?
自古以来,没哪一个世界被文人左右,
盛行的总是权力和阴谋。
政治的本质是欺骗和蒙蔽,
文化只是鸦片,偶尔给百姓止疼。
在他们被欺压和感到痛苦的时候,
给一点麻醉、甜头和希望,
他们就不会拿武器去推翻统治。
那些可怜的百姓总被文化欺骗,
期待救世主的出现能造福苍生。
但现实总是在扇他们耳光,
正如羊群总是等不到善良的狼群。

"所以别觉得自己有多么伟大,
别抱有用文化拯救世界的幻想。
不信?你尽管呼吁和平,
看看和平是否会降临?
要知道政治总是会掠夺,
它一定源于人类的贪欲。
无论是谁掌权都是一样,
别期待为百姓谋福利的明君。
谁要是心慈手软有妇人之仁,

定然会被抛出残酷的权力游戏。
所以你呀你呀天真的文人，
早一点打消这单纯的幻想。
只管抱着你的那份觉悟逍遥快活，
别指望慈悲和智慧能拯救众生。"

那巫师说完了这番话语，
又恢复了那冷漠和失望。
只因他发现胜乐郎也救不了他，
这个世界注定是要崩塌和毁灭。
因此他又缩回悲观的阴影里，
用那种绝望的寒冷冻伤自己。

胜乐郎听完了这番话语，
感到匪夷所思也暗暗心惊。
以往他觉得巫师只是个邪恶之徒，
让人心堕落给世界制造血腥，
留在世界上一天都是祸害，
因此才一心对他赶尽杀绝。
此刻，却发现他的思想如此深刻，
那独到的见解并不逊于哲人，
只是被悲观理论引上了歧路，
才会给世界制造如此多不幸。
他的话语虽十分偏激，
究竟看也不是无中生有。
统治人类者多是暴力和阴谋，
圣者也改变不了现实的血腥。
人类本是贪欲的动物，

世界本是欲望的染缸，
染缸里洗不出洁白的布匹，
就算有圣贤在呼唤和平，
也挡不住搅天的暴力，
谁想拯救狼群定会被狼群撕碎，
无论怎样的拯救都注定无能为力。
巫师眼中的拯救没有了意义，
便索性放飞欲望纵情于享乐。
正是这种扭曲了的价值观，
让巫师的生命产生了异化。
胜乐郎找不到反驳巫师的理由，
但深知这种理论会祸国殃民，
它会阻断人们的向往，让人们
在兽性的泥潭里一味深陷。
人类虽有摆脱不了的原罪，
但人类必须有所向往。
这就像每个人都会死去，
但仍要在活着时追求健康。
别因为最终都要死亡便自暴自弃，
索性吃喝嫖赌破罐子破摔。

何况世界的真相并不唯一，
每个人眼中的世界都不一样。
怎样的心会看到怎样的世界，
污泥里也会有莲花生长。
虽然统治者的权力总是阴暗，
虽然欲望的种子与生俱来，
虽然血腥与暴力覆盖了历史，

虽然黑夜总能淹没白天，
但是能够刺穿黑夜的仍然是光明，
能够拯救人心的也会是仁善。

如同无数人得了绝症一命归阴，
也不能否认名医的存在。
又像那漆黑的夜空再怎么阴森，
也会有一轮明月在高悬。
它不去管那夜空的黑暗，
只随缘向人间洒去清辉。
就算帝王的眼中满是阴谋，
娑萨朗行者仍在播种仁善。
魔王有魔王的逻辑，
圣贤有圣贤的发愿。
那漫长的黑夜虽然可怕，
但灯塔的光明总是希望。

就在这时，胜乐郎发现
巫师的眼神也暴露了他的渴望——
他多么希望在无边的黑暗中得到救赎，
他是那茫茫黑暗中蹒跚的迷路人。
他在悲观和欲望的驱使下上了魔道，
他给这世界制造了无数的罪恶和血腥，
但他却不能活得轻松活得安宁。
他是不知如何活着的迷茫者，
为了总得有事做，也为了不白活一回人生，
才放纵欲望制造魔子魔孙。

所以，善良的人们啊，守住
对光明的那分向往吧，
虽然它不能拯救世界，
但它给了人类一个希望、
一个可以向往的彼岸。
有了它，人类才可以在无边的黑暗中坚强；
有了它，有着兽性的人类才不会沦为兽类。
巫师说文化是政客们的脂粉，但正是因为
这脂粉的存在，才有了另一份希望。
就让他们好好地涂抹吧，那是对
正义善良仁爱的另一种向往。
一如需要遮羞布的人还知道羞耻，
知耻的心灵，才有被拯救的希望。
其实那些政治家也不乏良知，
魔王看到他们用文化
充当罪恶与血腥的遮羞布，
而圣者看到的，
却是他们良知的一息尚存。
更有那一个个追求信仰的行者，
他们从未因为世界的黑暗而消沉。
他们用生命践行着信仰，
不会因世界黑暗就沉溺于欲望。

所以巫师的观点看似十分有理，
也因那丑恶的心灵而有失偏颇。
要知道光明与黑暗总是共存，
不同的选择决定了不同的命运。
选择了欲望就会沉浮于黑暗，

他眼中便充满了血腥与欺骗；
选择了善良就向往光明，
他心中的世界便阳光灿烂。
历史上既充满了权力遮天的帝王，
同时圣贤的光明也总能刺穿黑暗。

这样的辩论已延续了千年，
再争论下去也注定没有结果。
每个人眼中都是自己的世界，
不同的眼睛有不同的人生。
既然是清者自清浊者自浊，
那就各随其因缘去影响众生。

胜乐郎想通了这一点理清了思路，
恢复了温和的笑容告诉巫师：
"其实你不该如此绝望，
你看到那光明消失于黑暗，
而我却看到黑暗之后，又是光明历历。
如长夜漫漫终会迎来黎明，
人性中也总是善恶皆存。
你关注那恶，自然多阴谋诡计；
我关注这善，自然是光明无尽。
历史之水滔滔，充满了血腥与罪恶，
可圣贤的声音却没被黑暗吞噬。
多少帝王都化为尘土，
圣者的声音却风雅了千年……
这不是自我安慰的片面选择，
世界上的风景也并非只是一种，

即使同一片蓝天下，
人们看到的风景也各不相同。
你眼中的世界是阴谋诡计是血腥暴力，
它才冻伤你的灵魂，使你悲观绝望；
我眼中的世界是光明和希望，
我才心甘情愿去撒播仁爱的种子。

"不仅人们眼中的世界不一样，
就是对成功的理解也不会一样。
你说成为万人之上的帝王，才是成功，
我说能点亮一盏心灯，就是成功；
你说有江山美人豪宅靓车，才是成功，
我说能主宰自己的心灵，就是成功；
你说有锦衣玉食荣华富贵，才是成功，
我说世界因我而更美，就是成功。

"既然成功的标准各不相同，
那获得幸福和快乐的途径也不会相同。
有的人满足自己的欲望，就会快乐；
有的人帮助别人，才更幸福。
前者必然会不断索取，
成为那贪者甚至过度掠夺；
后者却会用他的善心给世界带来光明。
他们的行为造就了他们的命运啊，
苦或者乐都是自己的选择。
有的人在冰窖里熬过一生，
而有的人却在光明里畅快一世。
就像那向日葵总是向着太阳，

它眼中的世界必然五彩斑斓；
而苔藓喜欢在阴暗里生长，
它的世界就到处是潮湿阴冷。
因此我宁愿众生在光明里做梦，
也不要在黑暗里清醒一生。

"我对人类的命运充满信心，
坚信它会越来越好。
历史定然会向前发展，
只因那光明从未消散。
虽然乌云总会遮蔽太阳，
但没一朵乌云能够永恒。
有光明必然会有阴影，
有阴影也必然会有光明。
光明和阴影永远会相伴，
魔王总是看到阴影，
圣贤总是看到光明。
君子坦荡荡小人常戚戚，
也因为其心不同所以其世界不同。

"我选择了圣贤提倡仁善，
你说我是只往好处看是自欺欺人，
这就像井底之蛙谈论大海般可笑。
你明明感受到了痛苦和绝望，
也明明看到了信仰的光明，
却依旧躲入黑暗不肯迈出脚步。
你总找出各种理由怀疑光明，
固执己见地认为那黑暗才是真相，

其实是对光明的存在一味地逃避。

"我早已超越了善恶和二元，
我的智慧明明朗朗又包容一切。
宣导大善是我人生的愿力和剧情，
对这场戏，我只管自己认真地演，
投入地演，全力以赴地演。
即使我知道一切皆是梦幻泡影，
我也不会随便地糊弄。
只因演好这出戏是我的本分，
发出自己的光，也是我的本能。

"你我争论善恶好个可笑啊，
善者恶者在圣者心中都属于众生。
众生是一个个等待着疼爱的孩子，
圣者会用一生去温暖一个个孩子的心。
但他对结果毫不执着，
他知道众生仅仅是一堆念头。
万物皆是无常幻化而并无实体，
度众在本质上是无众可度。
那水泡从未脱离过大海，
众生也从未脱离过法界。
其心性与法界融为一体时，
就打破了执着超越了对立。
他毫无挂碍地滋养万物，
那清净之乐才是大乐。
快快放下你装满尿液的瓶子，
来承接至高无上的智慧甘露吧。"

说完此番话，胜乐郎便开始闭目养神。
他知道，巫师还不懂圣者心。
那些喜欢在黑暗中生活的人，
当你把火炬放到他面前的时候，
他反而会埋怨你责怪你，甚至咒骂你，
认为你刺伤了他的眼睛。
那巫师的现状正是如此，
久处黑暗，无边的欲海早淹没了他，
深厚的所知障也让他难明圣者之心。

因此胜乐郎不再理会巫师的反应，
只是看他的眼神流露出悲悯。
他只想给巫师种下解脱的种子，
不愿意看到巫师在欲望中浮沉。
明知道这种救赎也只是徒劳，
他依旧会用真善去感染众生。

随后，他便起身离开了天牢，
只见头顶的乌云像逐鹿的群雄，
它们争先恐后地涌去一处，
那法界中的恶能更是汹涌不已。
巫师的法力已消散一空，
却不知还有谁能调动这暗能？
胜乐郎长叹一声锁紧了眉头，
这和平之路茫茫，道远而任重……

第八十乐章

看似平静的水面下，暗流开始涌动，和平脆弱得如同美丽的瓷器，只消一个阴谋，就能轻松打碎。但胜乐郎怎么都没想到，幕后黑手竟然是他。

第 209 曲　暗流

当胜乐郎走出天牢，
有人上前禀报，说中立区发生了动乱。
那两国议员本就摩擦不断，
现在连百姓也开始了游行。
中立区本是威德国的属地，
在威德郎的励精图治下，
百姓辛苦耕作丰衣足食，
有深厚的爱国情操。
而如今介入了敌国的官员，
使他们心存芥蒂耿耿于怀。
有人便在暗中煽动，
想把欢喜国议员驱逐出去。

此前有胜乐郎镇守那里，
民愤再大也大不过圣者悲心，
而现在，胜乐郎前脚刚离开中立区，
后脚就有人恣意闹事，
一个欢喜兵被百姓用乱石砸死。

胜乐郎闻听此言，只觉一阵心痛，
那遍天的乌云真是不好的缘起。
此次事件非同小可，
若是处置不当，就会再次引发战争。

于是，胜乐郎边收拾行囊回程，
边在心中寻思：当今世界，
能调动恶能者还会有谁——
造化仙人？他没有破坏的理由；
老术士？他已退出江湖不问世事。
然而胜乐郎百密一疏，竟没想到
要用智慧之眼去观照那密集郎，
所以才没发现那九天玄石，
也低估了密集郎的破坏力。
其实这次危机正是密集郎捣鬼，
他启用了九天玄石方有这种能力。
黑暗能量增盛了百姓的怒气，
需要和平的他们却成了魔鬼。
那怒气就像邪气疯狂蔓延，
让所有人都陷入了疯狂。
他们高扬民族主义的旗帜，
他们慷慨激昂群情鼎沸，
貌似在捍卫正义与伟大，
却只是一枚枚政治的棋子。
只盼他们熄灭心中火焰，
不要再被阴谋诡计利用。

胜乐郎回到中立区才发现，
事态远比想象的严重。
人心再不似以往那样期待和平，
崇尚暴力的火苗又重新燃起。
其他的矛盾也时时出现，
一股股暗流开始涌动。

议会也不再理性地讨论，
两派时时群雄乱战。
他们考虑的不是和平，
也不是如何救助百姓，
而是如何争夺利益，
在冠冕的理由下各存私心。
他们都露出了政客的本色，
尽情耍弄着阴谋和欺骗。
在暴力和欲望的催化下，
民众也不再臣服于信仰，
他们喊着"仁慈就是懦弱"的口号，
将愤怒的拳头举成了丛林。

胜乐郎发觉这股暗流非同小可，
是法界恶能与人间恶行的叠加。
它一路蔓延溅起无数的火星，
像沼气池中不断有气泡在翻动。
那寂天仙翁也早有准备，
已经囤积了大量医疗物资。
再加上娑萨朗附近有一处山岗，
山顶有许多平整的石头，
他便叫人将石头搬来，
为娑萨朗建筑了坚固的城墙，
再造出一道坚固的城门，
建造一些必要的设施，
乌托邦就变成了另一种城堡。
从此娑萨朗成了难民城，
将欢喜、威德赋予的主权运用到极致。

寂天仙翁料想战争很快会爆发，
做好准备才能救助更多的难民伤兵。

胜乐郎见寂天仙翁未雨绸缪，
叹息一声说只好如此。
看来天下大势总是难以平静，
刚安生没几天又要燃起战火。
从前他以为战乱的根源在于国王，
是政治家和野心家弄乱了世界，
如今他觉得百姓也是罪人，
总是掀起没有必要的矛盾。
无论他如何呼吁和平与仁爱，
也改变不了民族主义者的狭隘。
暴力的火焰时时在燃烧，
总想把敌人赶出自家的土地。
他们虽有眼睛，却看不到
战火一起，世界就成了血腥的绞肉机。
他们虽有耳朵，可听不到
战场上那一声声撕心裂肺的惨叫，
听不到妻子的呼唤和孩子的哭号。
战争带来的惨痛还未抚平，
亲人的泪水还未擦干，
和平刚刚实现了不到半年，
人们就忘记了伤痛蠢蠢欲动。
那战火的巨鲨开始苏醒，
将平静的海面搅动出波浪。
看起来众百姓是受害者，
实则也是灾难的推动者，

他们制造了战争的共业。
好了伤疤忘了疼的百姓啊，
总是让胜乐郎恨铁不成钢。

胜乐郎忍不住有些灰心，
记起他修行成就的当初，
也曾用神通拯救过百姓，
可最终却被他们架上了火炉，
被当权者安以十恶的罪名。
行刑途中，百姓都在看热闹，
他们跟了风谩骂和诅咒，
完全忘记了他曾是恩人。
难怪巫师骂百姓是群氓，
是一群记吃不记打的猪猡。
但这样的念头也仅是一闪，
他立刻便提起警觉去观照自心。
这当然不是胜乐大德的慈悲程序，
这是自私悲观的巫师理论。
原来修行人修到一定境界，
无论怎样的交流都会产生量子纠缠。
交谈也好书信也罢甚至只看对方的样子，
都易被他的气息熏染。
所以修行要远离恶友，
面对高压线要步步小心。

那巫师的思想闪过了一瞬，
便立即在观照与警觉中消融，
一切都在电光石火间完成，那速度之快

犹如投石击水水面迅速合拢，
悲心的火焰始终熊熊燃烧，
成为一代大德的本能。
他想继续劝说欢喜郎，
希望他出面让欢喜国的议员包容争端，
让两国在这中立区里和谐共存，
使剑拔弩张的气氛缓上一缓。
他也知道成功的概率很小，
但他仍然想要一试。
哪怕死马当作活马来医，
也强如在一边冷眼旁观。
因此胜乐郎风尘仆仆披星戴月，
再一次来到了欢喜国都城。
他想到了任国师的当年，
浓浓的沧桑感涌上心头。
街头景物仍那么熟悉，
一幕幕的场景又不断浮现。
只是当初那意气风发的俊逸青年，
如今已成了波澜不惊的深沉行者，
岁月的风吹去了他满是遐想的青春，
众生的苦难更让他的心时不时疼痛。
他在无奈的叹息声中老去，
又在满眼慈悲中看着世界新生。
然而这新生也只是昙花一现，
无非是梦中人做梦中事，
你永远也摸不到实质找不到永恒。
所以，还是放下心中的沉重包袱吧，
去沙漠里草原上感受一缕清风。

不知不觉间，竟然有一滴泪水滑落，
他分不清是为自己还是为众生，
只知道命运若让他重活一次，
他还是会选择这样的道路。
尽管他知道前方是暗夜，
他依旧愿意做一盏明灯，
把一生的行为化作清油，
来践行他对信仰的发心。

胜乐郎就这样一边感叹，
一边前往那欢喜郎的王宫。
一路上看到百姓的面容，
不再有战时的焦虑和恐慌，
恢复了以往的安详和平静，
已不复见战争带来的哀痛。

是啊，死去的人们已经死去，
活着的人总是要继续前行。
他们重又为了生计而忙碌，
街头充满了百姓的叫卖声，
还有那熙熙攘攘的人群。
见到这一幕他十分欣慰，
看来自己的努力并没有白费。
只要能让众生脱离战乱，
他甘愿让自己碎骨粉身。

第 210 曲　破裂

胜乐郎径直来到王宫面见欢喜郎，
结果正如他的期望，欢喜郎愿意退让。
只因没了巫师的蛊惑，
他心中的良知渐次显发，
和平更让他放下了重压，
一股冲淡之气代替了疲惫。

欢喜郎也发现了胜乐郎的变化，
虽然他神气清明精神饱满，
但脸上还是有时光的刻痕。
那红尘的苦难稳如泰山，
任凭他如何费心劳力，也不能
将它撼动半分。但他永远不会放弃，
在这无边的操劳与慈悲中，
他心甘情愿地燃烧自己，
就像那移山的愚公一样。
他高大的身躯有了些佝偻，
沧桑的脸庞添了些皱纹，
泛白的鬓角又多了霜花，
宽厚的肩膀更日渐单薄，
只是那愿力依旧如明月朗照夜空。
所以，他不在乎额头皱纹又添了几道，
颀长的背影还是不是挺拔，

那轻快的脚步还会不会矫健，
他只是不时地感到一种紧迫，
不知这一生，还有多少时间可以做事？
他虽然看破了生死，
但他的目标还没有实现。
你看这人心腐化祸乱频发，
他也只好感叹一句：
"金乌不坠，晖映苍生。"
再坦然地挑起那如来家业。

欢喜郎忍不住唏嘘一声，
说这时光如白驹过隙，
以前每次见胜乐郎，
总是因为有大事当道，
彼此皆是匆匆一面旋又别过。
如今，当他放下了纷争和厮杀，
便希望胜乐郎多留些时日，
他想多听听他的智慧法语，
再跟着他修习奶格玛瑜伽。

然而胜乐郎却并没有这样逍遥，
中立区的争端迫在眉睫，
虽然目前看起来只是星火，
但背后的力量却不容小觑。
那法界的恶能正在蓄势，
谁是幕后黑手他却茫无头绪。
再加上中立区百姓的心中，
暴力和火苗也在蠢蠢欲动，

那乱战一旦爆发，势必会不可收拾。
因此胜乐郎婉拒了欢喜王的盛情，
但再次给他传授了虔信瑜伽。

再说那欢喜郎被胜乐郎说服，
让属下缓和与威德国的关系，
并且包容威德国百姓的挑衅，
让欢喜军和威德军共救灾民。
因他也发现了和平共处的好处——
这个世界早已千疮百孔，
最好的方式就是休养生息。
自家的国力也十分衰弱，
不适宜再发动一场战争。
因此他任命胜乐郎为特使，
专门协调同威德国的关系。
胜乐郎回到中立区果然不辱使命，
三下五除二恩威并施，
很快就调停了双方的争端，
你敬我一尺我还你一丈，
双方不再针锋相对各不相让。
这让胜乐郎终于稍稍松了口气，
可以腾出精力去建设娑萨朗了。
连日来他为此事呕心沥血食不知味，
鬓角的白发也多了几缕。

所有人都感到松了口气，
唯独密集将军惶恐不安。
眼看中立区百姓和睦团结，

自己的帝王美梦则濒于流产，
他不能不急。
虽然九天玄石在卖力地效劳，
但人间的事务还需要他操办。
他知道炸毁和平的导火索就在中立区，
虽然看起来恢复了和睦共处，
但随时可以轻易搅浑这汪水。
于是，他召集了几个效忠他的爪牙，
在他们的精心策划下，
一个重燃战火的阴谋横空出世。

话说胜乐郎虽忙于建设，
但心中始终萦绕着一分隐忧，
它就像笼罩在山头的乌云，
并没有因为一时的和风而散去。
那暂时的和平总显得分外脆弱，
若是不小心维护瞬间就会崩坏。
那法界的暗能量也一波波袭来，
像风一样无孔不入。
胜乐郎不能确定它来自何方，
只能提高了警觉时刻提防。

果然，风平浪静了没有多久，
几个欢喜兵又被灾民杀害。
一时间，中立区再次被恐怖气氛所笼罩，
新仇与旧恨在欢喜军中爆燃。
他们亮起了刀斧吼声震天，
他们歃血盟誓，定要让那帮

狂妄的灾民碎尸万段血债血偿。
他们要用那一个个贱民的脑袋，
祭奠自己亲爱的战友。
于是，他们的刀枪闪出凛凛寒光，
只等着指挥官一声令下。

这对胜乐郎又是一声炸雷，
真是怕什么来什么毫不商量。
情势紧急他顾不上梳理思路，
便一口气赶到欢喜军营。
他想以国王特使的身份，
阻止这场名正言顺的复仇之战。

只见众士兵个个怒火中烧，
仿佛是一群暴怒的狮子。
他们的脸上都写满了仇恨，
他们紧握武器青筋暴起。
他们的内心如岩浆沸腾，
空气中也弥漫着火山喷发的气息。
胜乐郎苦口婆心地相劝，
希望大家能冷静面对。
他还以新身份命令军长平息此事，
不管心中有多么愤怒，
都先放下手中的武器。
只因和平比恩怨更加重要，
没有和平也就没有了一切。
他还提醒军长大战时的惨景，
和平来之不易却太容易失去。

经过多方努力，胜乐郎才硬生生
勒住了这头即将失控的雄狮。
但他也明白，表面上此事虽已平息，
士兵们内心却仍然充满仇恨，
如果那安抚工作不能贯彻到底，
这座火山迟早还会爆发。

胜乐郎一边继续做思想安抚，
一边调查这事件的因由和疑点。
最后他得知死者在遭遇袭击时，
曾向附近的威德军求助，
却并没有得到对方的帮助。

作为守军这是明显的失职，
就算有仇恨和嫌隙，
也不该对百姓暴乱置之不理。
还有那威德军将领、士兵们
袖手旁观不守职责，
难道他也忘了军队的纪律和使命？
所以威德军的形迹实在可疑，
甚至有一种恶意纵容的味道。
这到底是人性之恶的自然显露，
还是有人在背后暗中授意？
于是他开始了深入调查。

这调查还在迷雾之中，
欢喜郎已是怒不可遏。
自己一再地包容忍让，

对方却变本加厉得寸进尺。
他在摔碎了一盏茶杯之后，
准备让欢喜军去镇压暴民。
可正当他要签发命令，
心中的善念又电光石火般闪过——
战火一起又会有无数百姓丧生，
国库的物资和财政也损耗巨大，
欢喜郎实在不想再发动战争，
但也不能轻而易举了结此事，
他不能让对方蹬鼻子上脸。
于是他大笔一挥，给威德郎写了一封信，
问暴民作乱如何处理？
对受害者家属又如何交代？
他说自己从大局着眼才一味忍让，
叫威德郎休要欺人太甚。
如果威德郎再暗中踢飞脚，
他将率雄师百万将威德国踏平。

威德郎看到信后，心中也升起了一腔怒火，
暂不说他也是丈二和尚摸不着头脑，
光看那腔调、那内容、那说话的逻辑，
都在质问他责备他，甚至威胁他，
让他产生了一种强烈的屈辱感。
于是，他提醒自己不能太天真，
欢喜小儿亡我之心不死，
必须要提高警惕备战备荒。

待他的情绪冷静下来，

对中立区暴乱进行客观分析，
才发现这事件确实不太寻常，
他知道事关重大，弄不好
就会挑起纷争重燃战火。
于是他一边下令暗中训练军队，
一边下令调查事件的真相。

其实威德郎也不愿再发动战争，
自从那意外的泄洪事件后，
威德国已元气大伤。并且他
慈悲的天良也时时显发，
那信仰的火苗一日旺过一日，
他时不时就生起出离的念想。

只是威德郎虽然下令彻查，
那中立区的长官却并不尽心。
因为他已被密集郎收买，
正等着改朝换代后做密集国的宰相。
这事件的缘由他当然知晓，
却找出了各种理由敷衍推托。

欢喜郎迟迟等不到处理结果，
愤怒和猜疑也与日俱增。
他渐渐放弃了对和平的希望，
时时操练兵马准备迎接挑战。
这就是政治家的程序啊，
心中充满了利益和权谋。
从没有过真正的友谊和诚恳，

诸多的误会便在防范中产生。
诸多的大战只因为一次走火，
火药库总是由小火苗引爆。

再说胜乐郎终于调查到真相，
也终于发现了那只黑手。
这个诡计多端的阴谋家野心家，
竟然勾结了诸多的威德国将领，
还派人去假扮灾民煽动百姓，
发动袭击以煽起民族仇恨。
这一切的目的就是叫那鹬蚌相争，
他密集郎好乘机渔翁得利。

胜乐郎不由得惊出了冷汗，
遂用他心通进行了核实，
发现密集郎虽然是娑萨朗力士转世，
这做派和手段竟然像那巫师。
胜乐郎于是感到十分棘手，
他既不能诛杀也不能公开秘密，
他只能想个万全的法子，
在保全对方性命的前提下，
让他停止祸害人间的行为。
可是，纵使世尊在世，
有着无边的神通和智慧，
也难改变人类的贪心。

野心家密集郎完全沉溺于帝王美梦，
慈悲和智慧也照不亮其内心。

他一边阴谋策划着政变，

一边启动着欲望宝石，

那一波波的恶能如海啸一般，

扑向了本就暗流涌动的中立区。

那些不甘被欢喜国统治的灾民们，

又开始了新一轮抗议。

他们原是威德国的国民，

不愿意家乡被敌国占领，

即便是两国协管也让他们恼火。

于是他们在密集郎奸细的煽动下，

自发地组织了抵抗运动。

平时他们以难民形象生活，

一有机会便会聚众杀人。

还有驻扎在中立区的威德国守军，

他们也不愿与欢喜军合作。

那远去的战火尚有余温，

牺牲的战友也在催促着雪恨。

时不时就有士兵莫名其妙地失踪，

更激发了将士心中的恨意。

诸多因缘的聚合像滚下山的石头，

战争看起来势不可当已成定局。

胜乐郎见此情况也一筹莫展，

他本来想给威德郎写信，

建议将密集郎调离中立区，

并暗中派人监控他的行动，

可一切还没来得及实施，

突如其来的战争就摧毁了和平。

就像那大风起于青蘋之末，
所有大难都源于偶然事件，
这次的灾难也不例外。
然而那偶然中其实也藏着必然，
就像空气中充满了可燃气体，
偶然的一个火花，
就能带来一场灾难。

这一天晚上乌云遮住了月亮，
几个欢喜兵喝得大醉醺醺，
只见他们胡言乱语吹牛了一番，
随后便摇摇晃晃走出军营。
见到一个威德兵正在不远处站岗，
他们逞着酒气就是一顿暴打。
按理说这也是一件小事，
士兵喝醉酒打架再平常不过，
但这次打架的后果却超出了预料。
只因诸多的爆炸因缘早已经聚齐，
就等这一粒横空飞来的火星。

因打人者是曾经的敌军士兵，
威德兵新仇旧恨齐涌心头。
他们绝不允许威德国战士吃亏受辱，
而他们的长官又唯恐天下不乱，
于是一支愤怒的军队迅速集结，
一场血腥报复的大战就要打响。
只见那一个个士兵都充满仇恨，

失去了理智只想冲锋杀敌。
血腥的味道在呼唤着他们，
那久违的感觉让他们热血沸腾。
他们仿佛变成了一头头公牛，
脸红脖子粗还直喘着粗气。
他们的双眼更像是火山喷发口，
可怕的杀气像岩浆般喷涌。

再说那几个欢喜兵正哼着小曲，
却听到轰轰响的脚步声纷至沓来。
黑暗中的大地似乎也在颤抖，
发出了一阵阵惶恐的警报。
他们的魂魄被吓到九霄云外，
却摸不到兵器也找不到躲避之地。
于是几个醉鬼就成了愤怒的祭品，
几乎在顷刻间便死于乱刀之下。

这一下彻底捅了马蜂窝，
战争的因缘已完全具足。
欢喜军闻讯拿起了刀枪，
叫喊着报仇雪耻冲出军营。
和平的中立区掀起血雨腥风，
希望之所终于成了杀戮之地。

双方的士兵都杀红了眼，
到处是血肉横飞的惨状。
那狂飞的武器砍向敌人，
士兵找回了战场上的感觉，

肆意把对方剁成肉泥，
大罗金仙也无法控制。
胜乐郎大喊着放下武器，
喊声如风中的落叶般飘零。
那滔天大祸就此造下，
他徒有慈悲的心肠，
却救不了愤怒的众生。

清晨的太阳升起的时候，
中立区已变成一座血腥之城。
到处都是残肢断臂和尸体，
浓烈的血腥味飘荡在风中。
尸体们都睁着愤怒的眼睛，
怒火并没有随死亡而熄灭。
城市上空飘满的冤魂，
继续以自己的方式厮杀。
他们疯狂地呐喊啊，疯狂地乱砍，
鲜红刺瞎了慈悲的眼睛。
太阳也显得血淋淋地猩红，
城里腥风血雨如人间地狱。
然而这还只是大灾的前奏，
更大的灾难还在后面。
中立区的血腥覆盖了天地，
随着那狂风暴雨传到了欢喜国都城。
冤魂们狰狞着嘶喊着要报仇雪恨，
怒火化成了一道道岩浆，
巨浪般涌进欢喜国王的胸膛。
于是那欢喜郎雷霆震怒，

一把撕碎了呈报的书信，
猛地一掌拍碎了龙椅的扶手，
只感到每一个毛孔都住着一头
愤怒的狮子——
这威德郎小儿简直欺人太甚！
自己一而再再而三地为了大局退让，
他却是一而再再而三地步步紧逼。
如今竟让军队袭击欢喜军，
这分明就是赤裸裸的挑衅！
看来如果不彻底消灭这祸患，
世界就不会有终极的和平！

因此他重新穿上了征战的盔甲，
彻底撕碎了与威德郎的和约。
点起那全国的兵马集结总动员，
发誓要为牺牲的将士报仇。
欢喜国正式向威德国宣战，
维持了一年的合作也宣告破裂。
欢喜郎以举国之力进攻威德国，
气势汹汹如同暴怒的虎狼。
威德郎也彻底放下了幻想，
组织全国之力迎击侵略者。
保家卫国的口号喊得地动山摇，
那金戈铁马声再次踏碎了河山。

第八十一乐章

口边的那一丝涎液，宣告了巫师的灭亡。可片刻之后，这具身体又成为一个不速之客，闯入国王的军帐，要和欢喜郎做一个好交易……

第 211 曲　还魂

再说那巫师被囚禁在牢狱之中，
一日日等待着死亡的降临。
虽然他还未被欢喜郎处死，
但恶能的反噬早晚会要他的命。
他在天牢之中迅速衰老，
沧桑的脸上黑气笼罩沟壑丛生，
沾满稻草的白发也乱似鸡窝，
仿佛街边一个寻常的乞丐。
他的命气也在飞速损耗，
那黑暗的能量正一点点
吞噬着他微弱的命能。

眼见死亡渐渐逼近，
巫师也开始了对人生的思考：
如山的财富挥霍过了，
娇艳的美女享用过了，
一人之下万人之上的尊荣也体验过了，
在欲海中，他已达到穷奢极欲的顶峰。
进入大牢之前，为了这一切他拼命地争夺；
进入大牢之后，再回想那段呼风唤雨的日子，
他却不再觉得眷恋，反而觉得非常遥远，
甚至产生了一种浓浓的厌倦，仿佛这世上
已没了他想要得到的东西。

然而这一刻，他却突然感到落寞——
这种感觉时不时就会出现，
每到这个时候，他就会追问自己活着的意义，
追问自己，这辈子
是否还有什么未了的心愿？

他想到和胜乐郎的那场对话。
那位人人都敬重的圣贤相信人类的未来，
所以他至今仍在为那未来而努力，
但巫师却不相信，他看到的都是黑暗和堕落，
都是崩坏和绝望。他觉得所谓的美好未来，
只不过是圣者的一种自我安慰。
于是，他们进行了剧烈的思想交锋，
却谁都没能说服谁。
他至今仍不明白，胜乐郎明知不可为而为之，
究竟是一种智慧还是一种愚蠢？
还有那空性的五种智慧又是怎样的境界？
那光明之路是否能真的救赎灵魂？
……
越是接近死亡，
这些问题越是盘根错节，挥之不去，
如同蜇人的马蜂一般，不停地嗡嗡着。

蜷缩在天牢的墙旮旯里，
巫师就这样胡思乱想着——
一会儿是胜乐郎温和宽厚的声音，
一会儿是自己波澜壮阔的一生；
一会儿是法界之王的深情召唤，

一会儿又是黑暗能量的虎噬狼吞。
无数个念头在他的脑海中呼啸，
他的生命却如风中烛火般奄奄一息。
也罢，也罢，就让那所有的是非都随风去吧，
他已懒得去想过去更不愿去管未来。
他只感觉这浑身的肌肉是钢铁铸成，
总想拖着他沉到比地心还深的地方。
随后，又突然之间开始松弛，
直到成为一堆稀泥。于是，
他心里所有的疙瘩都随之解开，
他彻底放下了一切念头隐入那片黑暗。

霎时，他好像成了一缕烟雾，
没有了记忆也没有了思维，
只是随着风轻轻袅袅飘来荡去。
他的世界里是电光石火般的斑斓画面，
前世的际遇、今生的造化统统浮现。
紧接着，所有的画面又于刹那之间凝聚，
聚为一线刺眼的亮光，
那亮光如投石击水一般，
终于也没入那片黑暗。

只见这时，他的嘴角流出一线涎液，
他的脑袋也失去了仅有的支撑垂到一边。
那软塌塌的身子像是扔在地上的破布，
那游丝一样的呼吸也时断时续。
黄昏最后的阳光，慈悲地从窗棂射入，
给瘦小单薄的老头盖上一床梦幻的薄被。

所有的荣华富贵和邪恶正义都已经过去，
只有那具尸体孤零零地仆在地上，
诉说着无尽的落寞与凄凉。

巫师如果能看到自己此时的惨状，
看到自己像一条老狗那样毫无尊严，
那曾经千般呵护万般疼爱的身体
也成了瘦骨嶙峋的一堆垃圾，
只有几只虱子在陪伴着他，
还有一群围绕的苍蝇，
他会不会为自己的当初后悔？

就在此刻，突然有阴风呼啸，
它裹挟了巫师身边的茅草四处乱飞，
巫师的尸骸也开始抽搐，
仿佛受到了惊吓一般抖动不已。
他的皮肤仿佛风中的水面一般，
随着那抖动的节奏而激烈争执。
同时他的内脏也开始膨胀，
仿佛有无穷的大力冲进他的身体。
每一根血管都在急剧扩张，
每一个细胞都充满大能。
他身体里奏响天地的交响乐，
器官与血管也成了江河湖泊，
一阵阵电流从大脑传到脚底，
一波波能量从小腹荡向四肢。
他被一种阴暗的大力所充满，
那强大的力量想启动他死亡的身躯。

巫师一阵阵抽搐一阵阵痉挛，
骨节在爆响牙齿在打战……

这种剧烈的反应持续了半个时辰，
终于在一阵几乎要把他弹起的抽搐之后，
那晃动不已的身体渐趋平静，
此时那身躯已经不再死气沉沉，
而是充满了邪恶力量和全新的生命。
只见巫师缓缓睁开布满皱纹的眼睛，
眼神中射出的凌厉光芒鬼怕神惊。
随后他的嘴角扯出了阴恻恻的一笑，
身上的锁链和镣铐便纷纷脱落。

只见他站起后活动了几下手脚，
仿佛主人在调试新购置的机器。
他扭动着全身的关节咔嚓作响，
看看手臂，再看看腿脚，
脸上充满了得意忘形的笑。
只是那表情已经不似原来的巫师，
在阴狠毒辣之中还透出王者之气。
原来那宇宙里亘古以来无恶不作的大魔王，
带着那邪恶的洪荒之力进入了巫师的肉身。
他的灵魂和意识被黑暗吞噬之后，
与那法界中的黑暗大能达成共振，
被赋予了更加强大的邪恶和意识，
而他的死亡，也成了一种重生。
这好比原来的巫师只是滴恶水，
此刻已融入巨大的恶湖。

他不仅拥有原来的记忆，
还能调动法界中的黑暗大能。
皮囊仍是那副皮囊，
内里的人格却已改天换地，
就像子母光明会一样，他达成了子母黑暗会，
与法界中的黑暗融为一体。从此，
他不再是单独的个体，
他是法界黑暗的出口。
他的一举一动都是黑暗势能在人间的呈现，
这就像是法界的终极魔王显露了真身，
借助巫师的肉体到人间兴风作浪。
这也像强大病毒在彻底摧毁了操作系统后，
又给电脑安装了新的程序，
外形和硬件都没有改变，
却有了另一种全新的功能。
重装系统后的巫师，也终于
成了另一种意义上的傀儡，
他没有独立的思想和意识，
仅仅是听命于大魔王的指令。
你可以说他已死去，也可以说他又重生，
要在人间上演惊涛骇浪的剧情。

只见他堂而皇之地走出牢门，
所过之处，狱卒倒地飞鸟坠亡，
一切生灵的命能都被他吸食一空。
现在，他不再需要持咒和对方的虔信，
他只要看对方一眼，
就会完成这生命能量的流转。

他就像那黑暗的旋涡，
能吸走视野内的一切生命之精。

等到加强版的巫师吸饱喝足了，
他苍老的身体重新容光焕发。
仿佛森林中的狮王在巡视疆土，
他迈着缓慢又稳健的脚步，
带着强大的法界魔王的浩荡王气，
一步步走向欢喜郎的王宫。

第 212 曲　操控

欢喜郎正在王宫里运筹帷幄，
众将领齐聚一堂为他出谋划策，
忽然巫师强悍地闯入，
大家目瞪口呆都感到匪夷所思，
不知他如何从天牢来到这里。
更有人暗中握紧了手中的宝剑——
他们都知道巫师那光辉的过去，
为了防止巫师对国王再次不轨，
他们都在心中提高了警惕。

巫师轻蔑地环视一周，
目光转向欢喜郎与他对视，
然后露出阴鸷的笑容，又很快收敛。
他说：“上次一别，转眼就是一年，
尊敬的国王别来无恙？”

这一来满殿堂的将领无不惊诧，
更有人暴喝一声要去捉拿，
欢喜郎却摆摆手予以阻止。
他看这巫师如此张狂，
定然是有备而来有恃无恐，
那阴险毒辣的眼神也不似从前，
纵使欢喜郎身经百战出生入死，

在这样的眼神前也不寒而栗,
仿佛他记忆中的魔阵重现,
那恐怖重新折磨他的神经。
但经过这段和平日子的安稳休养,
他已能随缘调整自己的状态。
只见他用鼻子偷吸了一口长气,
掩饰了自己刹那的恐惧,
以猝然临之而不惊的王者之相问询巫师:
"不知阁下突然到此,有何贵干?"
只听得巫师哈哈大笑,其声震天:
"当然是来辅佐大王一统天下。"

原来欢喜郎爱惜巫师是人才,
心情平复后曾多次去天牢探视,
却不料巫师的法力一直没有恢复,
看样子完全成了一个寻常老头。
于是欢喜郎每次都叹息着离去,
慢慢便将巫师从心中抹走,
任他像一条垂垂老矣的看门狗,
孤零零地在那大牢里自生自灭。

此刻欢喜郎听了巫师的话,
马上品出了一种弦外之音,
他能从重兵把守的天牢逃脱,
就连进入皇宫也如入无人之境,
说明他定然有了架海擎天之能,
恐怕比以前有过之而无不及。
若自己再硬碰硬,显然不是明智之举。

欢喜郎转动眼珠思考当下的对策，
揣摩到底发生了怎样的变故。

就在欢喜郎思量之时，
巫师又是诡秘地一笑，
他说："大王不必在心中打鼓，
话往明处说事往明处做，
我已不是当初的欢喜国巫师，
我乃天神下凡！
我拥有无边的法力无所不能，
也拥有无碍的智慧无所不知。
此来只为跟大王做一笔交易，
若是大王同意必然天下统一，
若是大王不同意……
我也自有办法让大王同意。"

巫师这番话刚一出口，
在座的将领无不大惊失色，
只因这语气不仅狂妄无比，
更是肆无忌惮藐视国王。
为了报答国王的知遇之恩，
当下便有人大喝一声：
"无耻妖人，休得无理！"
说着便抽出那佩刀砍向巫师。

只见那巫师不屑一顾，
仍泰然自若地站在原地。
他的眼睛望着欢喜郎，

眼神里盛满冷静的奸笑。
而那将领在即将接近巫师时，
却突然惨叫半声，萎倒在地，
仿佛失去了根茎的花草般凋零。

众将领面面相觑骇然失色，
欢喜郎脸上的颜色也变了几变。
就在欢喜郎惊愕的瞬间，
所有的将领都纷纷倒地。
他们仿佛中毒了一般，只晃了几晃
便齐刷刷摊在地上成了一坨坨狗屎。
这一幕吓得欢喜郎魂飞魄散，
只见他伸出颤抖不已的右手，
正要指向其中一具尸体，
却发现那一坨坨狗屎于瞬间消失，
变成了一张张写满奇怪文字的纸片，
如同那傀儡现出了原形。
他们可都是鲜活的真人啊，
刚才还在一起商议着计谋，
此刻却化成了一张张符文，
欢喜郎实在是不敢相信。

却见那巫师眯起了眼睛，
眼神里透出阴冷和得意，
更有一种压倒式的自信，
仿佛符文是他的得意作品。
他咄咄逼人地看了欢喜郎一眼，
又收起目光垂下了眼帘，

看起来显得无比谦恭。
然而这造作的谦恭分明是别有用心，
更让人感到毛骨悚然。

此刻的欢喜郎成了空心人，
忘记了恐惧也忽略了巫师。
莫非自己坠入了梦中？还是
再次陷入了巫师的魔阵？
他也早已顾不上那国王的威仪，
脸色苍白地杵在大堂中央。

看到国王的窘样，巫师笑了。
他笑容的背后是冷风在呼吼。
只见他拍灰尘一样拍了拍手，
双眼直盯着欢喜郎，一眨不眨地说：
"大王现在可相信我无所不能？
我只想跟你做一笔交易，
他们这些腌臜厮可不配旁听，
因此我略施小计把他们处理了一下。
那一张张符文就是他们的命魂，
只要你我顺利达成了合作，
我再用神通将他们复原。
我保证他们会更加忠心，
就连那战斗力也会在瞬间猛增。
不知大王意下如何，
是否准备听我的计划？"

在巫师说出他的目的时，

欢喜郎已调整好自己的状态。
他毕竟是久经阵仗的国王，
有着超乎寻常的心理素质，
应变能力也十分卓越，
纵然遭遇了突然变故，
也能迅速地理清思路——
这个巫师能眨眼间取人性命，
自己的性命也掌握在他手中。
他咄咄逼人气焰嚣张，
显然已不是当初的那人。
他像被更加强大的神灵附体，
言谈举止俨然法界之王。
如果拒绝合作，那符文就是自己的结局；
如果合作，那巫师还可能帮助自己，
只是不知道他想要的是什么筹码，
如果代价太高则自己也无法接受。
那时与其被他施展魔法变成一张符文，
还不如拼个鱼死网破。
于是他镇定自若地问那巫师：
"不知阁下想谈什么交易？"

巫师闻言又是一笑，
他当然明白欢喜郎的心思。
大魔王神通与佛陀无二，
他们的区别仅仅是心性：
佛陀之心慈悲度众，
魔王之心却只会煽动欲望。
因此，他看欢喜郎的那些小心思，

就像人类看小动物耍阴谋诡计。
只是他并没有戳破欢喜郎，
他已不再是区区的欢喜国巫师，
他是法界大魔王，有着无上威能，
他的心中已不再有鸡零狗碎，
他有着法界魔王的神格。

瞧，他的目光里有王者之气，
有无上的傲慢显得不可侵犯，
看起来有点像佛陀的傲慢，
只是他比佛陀多了种强大挤压，
让人不得不望而生畏。
他说："身为魔神，我无所不能。
我可以助你一统天下，只是那
战争中死去的冤魂要为我所用，
那血腥和罪恶，那仇恨和怨怼，
都是我生命之能的源泉。
若是我助你一统天下，
你要在普天之下广修我的庙宇。
我需要增盛欲望和邪恶
来壮大我的势能，增加我的魔子魔孙。
我不在乎人间的荣华富贵，
我只想让他世尊的光明消失殆尽。
你把心放在肚子里与我合作，
我无心和你争夺一区区王国，
就像太阳不会与萤火虫争夺光明。"

欢喜郎听闻后喜忧参半：

有这大力相助，何愁大事不成？
可大助力也是大威胁，这是真理，
而且这样的合作有违天道，
不符合他天性本有的良知。
只是欢喜郎别无选择，在巫师面前，
他分明是一个脆弱的水晶人。
如今人为刀俎我为鱼肉，
除了被宰割的命运，他别无出路。
加上那一统天下的野心在蠢蠢欲动，
搅得他一阵阵向往又一阵阵犹豫。
好一番衡量之后他终于做出了决定。
只见他站起身对着巫师看了一眼，
然后不置可否地走出王宫。

看到欢喜郎的默认巫师好个得意——
什么至尊之王？在他面前不过是软壳虾。
其实，他并非需要欢喜郎的合作，
为了彻底操控整个世界，他本想
也把他变成纸人，使他于刹那间灰飞烟灭，
没想到任是自己法力如何无边，
居然也撼动不了欢喜郎一毛。
他的心轮上连着五彩之光，直通奶格玛大士，
他的周围更有金刚护轮的保护。
他不但与法界大成就者相通，
自己的命魂也散发着七彩光明。
只是欢喜郎不知道自己如此强大，
他对传承还没有建立起信心，
平时也疏于瑜伽修炼，

才会被巫师吓得乱了方寸。
巫师发现欢喜郎领受过授权，
心光时刻与奶格玛相通之后，
便知道此时的变故瞒不过奶格玛，
他决定兵贵神速占领阴阳城。

那阴阳城又称地球的肚脐眼，
是地球的能量源头，
连通着地球与整个法界的能量场。
他要先占领源头立于不败之地，
高扬他魔王的旗帜，
并以此发动人间战争。
他要让整个世界陷入血海，
让他的黑暗能量激增。
那时他便可以真正地称霸法界，
真正地取代世尊的光明。
一旦法界陷于无边的黑暗，
他便顺理成章成为法界之王。

于是他鼓动欢喜郎出兵阴阳城，
而欢喜郎也对他言听计从。
几十年来，他忌惮于国际舆论，
才没动阴阳城一分一毫。而现在，
天朗气清，在统一大业面前，
国际舆论又有何惧？世人的唾星又能如何？
那舆论只是一个工具，
自古以来都被强权者呼来唤去。
只要掌控了天下，

就不怕它不为自己说话。

他还给自己找了许多借口，
如原来的巫师早已死去，
现在的巫师是法界中的魔神，
应该把过去那旧账一笔勾销，
信任这无所不能的伙伴。
他想魔神的出现也是一种天意，
是命运在帮助他成就大业。
于是他的欲望之心又开始翻腾，
胜乐郎的教诲也被他抛在脑后，
那智慧火苗已被邪风吹熄。

只见他点起千军万马直奔阴阳城，
好个威风凛凛无所畏惧。然而
在他率领大军前进的路上，
耳边却有个声音，
絮絮叨叨地说个没完。只是
那喧天的马蹄声淹没了这个声音，
鼓噪得欢喜郎听不进去一句。
但千年后，那些絮语却穿越时空，
被无数的有缘人听了去——

"可悲可叹欢喜郎！
可怜可哀欢喜郎！
虽有奶格玛的传承，虽有胜乐郎的授权，
奈何却仍然落入巫师的陷阱，
终于变成魔王的傀儡。

你已习惯了凡人的身份，
桎梏了自己超越的力量。
你总把自己放到普通人的水平，
才忽略了背后的大山与大海。
你更因为疏于修炼瑜伽，
没有证量才被巫师利用。

"所以，有志于解脱的行者啊，
要常在心中警醒自己，
你不是普通的凡夫俗子，
你是追求觉悟光明的行者。
那传承的加持如电流绵绵不断，
无论你能否觉知，
它都在那里。
你要以行者的标准要求自己，
不要被凡夫的欲望牵来扯去。
你要精进修行勤修苦练，
时时自省、自强、自律，
让智慧的火苗燃成燎原的大火。"